消えない月

畑野智美

角川文庫
22544

目次

1

窓を開けると、桜並木が見える。

わたしの部屋はアパートの二階にあり、ベランダから手を出せば届きそうなところまで桜の枝が伸びている。

一昨日《おととい》の夜、お風呂《ふろ》上がりに見た時は、満開だった。月が出ていなくて星も見えない暗い空の下で、薄いピンク色の花はぼんやり光って見えた。昨日の夕方に雨が降り、散りはじめた。

夜のうちに雨はやみ、今日はよく晴れている。しかし、花はもう弱っているのだろう。風が吹き、雪が降るように散る。

満開で咲き誇っているのもキレイだけれど、散っていく姿に見惚《みと》れてしまう。全て散ったら、一年先まで見られない。

スマホで写真を撮っても、自分が感じているようには写せなかった。わたしの技術がないせいではないだろう。目で見ている世界と心が感じている世界は、少し違うのだと思う。

撮った写真を母にメールで送ろうと思ったが、そんなことをしている時間はない。

見惚れているうちに、出勤する時間になっていた。

部屋の中に戻り、窓を閉めて、鍵《かぎ》をかける。

帰りは夜遅くなるから、カーテンも閉める。

カバンにスマホを入れて、お財布や手帳や化粧ポーチ、忘れ物がないか確認する。仕事のあき時間のために、テーブルに置いてあった読みかけの文庫本も持っていく。台所に行き、作っておいたお弁当もカバンに入れる。

八畳の部屋と二畳の台所がきちんと整理されているのを確かめて、部屋を出る。

わたしが仕事に行っている間に遊びにくるような彼氏がいるわけではない。でも、起きたままのベッドや畳まれていない洗濯物や広げっぱなしの雑誌があると、帰ってきた時に疲れが増すから軽くでも掃除をして出かけるようにしている。

ドアを閉めて、鍵をかける。

廊下から桜並木は見えないけれど、花びらが風に飛ばされてきていた。

階段の隅に花びらが積もっている。

一階まで下りて、階段下の駐輪場から自転車を出す。

仕事場の福々堂《ふくふくどう》マッサージまで、自転車で十分もかからない。建売住宅や単身者向けのアパートが並ぶ住宅街を抜けて、小学校の横を通り、大きなマンションに囲まれた公園の中の緑道を走り、駅前商店街に入る。小学校の校庭にも緑道にも桜の木があり、子供たちが落ちてくる花びらを摑《つか》もうとしていた。商店街には大きなスーパーもあるが、八百屋や魚屋や洋品店という個人商店も残っている。一本裏の道に入ると、小さなカフェやレストランや雑貨屋が並んでいて、イタリアンレストランの向かいが福々堂だ。店の前に自転車を止める。

従業員口はないので、お客さんと同じように正面口から入る。ガラス戸を開けると、目の前が受付になっている。

受付専任のスタッフは女性二人しかいなくて、マッサージ師が兼任している。専門学校に通って、あん摩マッサージ指圧師の資格を取る勉強をしているアルバイト扱いの男の子が二人いるから、彼らに入ってもらうことが多い。わたしも二年前の春まで専門学校に通いながらここでも勉強させてもらい、受付に入ったり院内の掃除をしたりしていた。無事に資格を取り、今はマッサージ師として働いている。

今日は受付のスタッフも、アルバイトの男の子たちもいないのか、福島《ふくしま》院長と奥さんの副院長が受付に入っていた。

パーテーション一枚隔てて、受付の裏に施術室が並んでいる。カーテンで仕切られているだけの通常の施術室の他に、壁で仕切られているアロマリラクゼーション用の部屋がある。お客さんはいないようだ。話し声が聞こえないし、人のいる気配もしなかった。ランチタイムが終わった後の今くらいの時間は、いつもすいている。

「おはようございます」スニーカーを脱ぎ、従業員用の下駄箱に入れる。

「おはよう」

「今日、受付って誰もいないんですか？」

「ああ、気にしなくていいよ」院長が言う。

「わたし、入りましょうか？」

「河口《かわぐち》先生、指名が入ってるから」副院長が言う。

「誰ですか？」受付の中をのぞきこみ、予約表を確認する。

「松原《まつばら》さん、十四時半から六十分コース」

「分かりました」

もうすぐ十四時になる。

松原さんはいつも時間より早く来る。

指名がなかったらコンビニに買い物に行こうと思っていたけれど、後にした方がよさそうだ。

受付の横にフットマッサージ用のソファーが三つ並んでいる。ソファーの斜め前にあるのがお客さま用のトイレのドアで、斜め後ろにあるのがマッサージ師の控え室のドアだ。

控え室のドアを開けても、そこには階段しかない。二階に上がって、廊下の左奥へ進む。右に行くと、院長と副院長専用の控え室がある。従業員は、マッサージ師も受付専任のスタッフもアルバイトも左奥の控え室を使う。

「おはようございます」

ドアを開けると、全員が流しの前に集まっていた。

流しの横には一口のガス台があり、その奥の冷蔵庫の上には電子レンジが置いてある。マッサージに使うタオルや手ぬぐいを洗うための洗濯機やテレビもあり、ここで暮らせるぐらいのものは揃っている。

池田《いけだ》先生と受付の木崎《きざき》さんが、アルバイトの男の子二人に何かやらせているようだ。男の先生の中で、池田先生は院長と人気を二分している。指名が入っていないのだろうか。他の先生たちは、四人を囲むようにして立っていた。

「ちょっと待って」池田先生が言う。

「何、やってるんですか？」

「いいから待って」木崎さんも言う。

「何？」

先生たちの間から、ケーキが見えていた。

ローソクに火をつけるのに、手間どっているみたいだ。

今日は、わたしの二十八歳の誕生日だ。

「つきました！」アルバイトの男の子が大きな声で言い、その頭を木崎さんが叩《はた》く。

「河口先生、お誕生日おめでとう！」池田先生が言い、そこにいた全員がつづけて「おめでとう！」と言う。

池田先生と木崎さんが、わたしの目の前に数字の2と8の形をしたローソクが立った生クリームのケーキを持ってきてくれる。駅の反対側にあるケーキ屋で買ってきてくれたのだろう。院長と副院長の結婚記念日のお祝いをわたしと池田先生で買いにいったことがあった。その時に、誕生日の話をした。ばればれのサプライズでも、嬉《うれ》しかった。

誕生日の歌を歌ってもらい、わたしは息を吹きかけてローソクの火を消す。

「ありがとうございます」

流しの前に小さな窓があり、裏の神社が見える。そこにも桜の木がある。窓の向こうで、花びらが風に舞っている。

スピーカー設定にしてある内線電話が鳴る。

「河口先生、指名のお客さまです。六十分コースお願いします」副院長の高い声が控え室に響く。

「はい」内線電話に向かって、返事をする。

まだ大丈夫と思ってケーキを食べて木崎さんと話していたら、時間になってしまった。

紅茶を飲んだマグカップとお皿を流しに置く。

「後で片づけるから、置いておいてください」

「やっておくからいいよ」池田先生が言う。

「いいんで、そのままで」ロッカーから施術着を出す。

女性のマッサージ師と受付スタッフには、ナース服の上半分みたいなピンク色のシャツが制服として支給されている。胸には、福々堂と刺繍《ししゅう》が入っている。マッサージ師は、施術する時にそれを着る。男の先生のシャツは白で、形は女性のものよりルーズだ。

「今日は、特別だから」

「池田先生もすぐお客さん来るでしょうし」

「十五時から指名だから、それまで暇」

「でも、いいです」

「早く、下行こう」木崎さんはドアを開けて、廊下に出る。

「そのままでいいんで」もう一度池田先生に言って、わたしも廊下に出る。

どんなに言っても、池田先生は片づけをやってくれてしまうだろう。アルバイトの子たちは、ケーキを食べた後でマッサージの練習のために、下に行った。彼らがいない時の雑用みたいな仕事は、マッサージ師の中で一番下っ端のわたしがやるべきだ。

「今日、夜はどうするの？」階段を下りながら、木崎さんが言う。

「仕事が終わったら、帰るよ」

「誰かお祝いしてくれる人いないの？」

「いないって、知ってるじゃん」

木崎さんとわたしは、同い年だ。池田先生が二歳上で、他の先生たちとは十歳から二十歳くらい離れている。仕事の後で、わたしと池田先生と木崎さんの三人でごはんを食べにいくことがたまにある。女同士だから、木崎さんには池田先生に話せないようなことも話している。

「いい人いないの?」

「いないよ」

「松原さんって、かっこいいよね」

「うーん」

わたしもそう思っていたが、お客さんをそういう目で見てはいけない。

「彼女いるのかな?」

「そんなこと、聞けないよ」

「施術中に色々と話してるじゃん。聞いてみなよ」

「聞けないって」

ドアを開けて、院内に入る。

木崎さんは、副院長と受付を交替する。わたしは、奥の施術室の方へ行く。あいている施術台を使い、院長がアルバイトの二人にマッサージを教えている。副院長は院長に声をかけた後で、控え室に上がっていった。

「ご準備よろしいでしょうか?」カーテン越しに声をかける。

「大丈夫です」

「失礼します」カーテンを少しだけ開けて、中に入る。

松原さんは、施術台に座っていた。木崎さんが変なことを言うから、照れてしまう。

「どうかしました？」わたしの顔をのぞきこむように見て、松原さんが言う。

「いえ、何も。立ってもらっていいですか？」

「はい」

わたしの正面に、松原さんは立つ。施術用に貸し出しているTシャツとハーフパンツを着ていても、かっこいい人はかっこいい。顔は整っているし、体格がいい。特に運動をしていたわけではないらしいが、背が高くて筋肉質だ。姿勢も良く見えるのだけれど、全体的に少し右に傾いている。

最初に松原さんが福々堂に来たのは、去年の十月だ。二回目から、わたしが担当している。二週間に一回は必ず来る。仕事が忙しくて疲れが溜《た》まっている時には、一週間で二回来た時もあった。身体の傾きは徐々に修正されてきたが、仕事に集中するとリラックスすることを忘れてしまうのか、肩や背中が丸くなっていく。先々週来た時よりも、鎖骨が上がっていた。

「お仕事、お忙しかったんですか？」わたしから聞く。

「そうですね」

「今日は、お休みですか？」

「いえ、まだ昨日という感じです」

「どういうことですか？」

「徹夜で、さっきまで働いていました」

「それは、良くないですね」

「忙しかったかどうか、見ただけで分かるんですか？」

「集中すると肩に力が入って、鎖骨がV字に上がるんです。松原さんの鎖骨はこの前の帰りは、まっすぐでした。この二週間、上がった状態が癖になるほど、何かに集中していたということです」

「なるほど。河口先生には、私生活までばれちゃいますね」

「私生活までは、分かりません」

「でも、河口先生は、僕の彼女よりも僕の身体を知ってるからな」

「彼女、いるんですか？」

「えっ？」

「ごめんなさい。変なこと聞いちゃった。うつぶせになってください」胸当ての上のタオルケットを取る。

施術台は、大き目の男性がどうにか横になれるくらいのベッドで、うつぶせでも息ができるように顔のところに丸い穴が開いている。その穴に合わせたU字型の枕に、顔をつけるためのタオルを敷く。ベッドのマットレスが固いので、胸当てを置いてある。

「いませんよ」うつぶせになり、松原さんは言う。「たとえ話みたいなことです」

「そうですか」松原さんの背中から足にかけて、タオルケットを広げる。

「仕事が忙しくて」

「少し休んだ方がいいですよ」肌に直接触らないように、手ぬぐい越しにマッサージを進める。

「そうもいかないんですよね」

「出版業界って、大変なんですね？」

松原さんは誰もが知っているような大手の出版社に勤めて、文芸誌の編集をやっている。ベストセラー作家を多く担当していて、芸能人と仕事をすることもあるらしい。映像化した時には撮影現場に見学に行く、と前に話していた。

「女の子と遊んでいる時間なんて、全然ないです」

「お忙しいのは、よく分かります。でも、ストレッチぐらいやるようにしてくださいね」首から肩にかけて固すぎて、指が入らない。

「それより、さっき何かありましたか？」

「なんでですか？」

「カーテンを開けた時、いつもより楽しそうな顔をしていたから」

「すいません。受付の子と喋《しゃべ》っていたからだと思います」木崎さんのせいで照れていたとは言えない。

「そっか、それだけではない気がしたんだけど」

「あと、誕生日のお祝いをしていたので」

「誰のですか？」

「わたしのです」

お客さんに話すようなことではないが、隠すようなことでもないだろう。

「いつですか？」松原さんは、うつぶせになっていた身体を起こす。

「今日です」

「そうですか。夜は、彼氏とお祝いするんですか？」またうつぶせになる。

「彼氏、いませんから」

「友達とかとは？」

「しません」

「ごはん行ったりしないんですか？　駅の向こうに新しくできた中華、おいしかったですよ」

「今日は、夜まで仕事なんで」

福々堂の最終受付は、夜の十時だ。勤務時間も十時までとなっているが、最終受付でお客さんが入った場合には残業する。

「遅くまでやってますよ。エビチリがうまかったです」

「行きたくなってきました」

「今日じゃなくても、いつか行ってみてください。それで、いくつになったんですか？」

「二十八歳です」

「僕の三歳下なんですね。二十歳くらいだと思っていました」

「そんなに、若く見えますか？」

「会社にいる女の子とは、雰囲気が違うからかなあ」

「そうかもしれません」

出版社に勤める女性はキレイな人が多そうだし、服装やお化粧もちゃんとしているだろう。

わたしは、マッサージ中に汗をかくからお化粧はBBクリームを塗って眉毛《まゆげ》を描くぐらいしかしていない。髪は、前は肩くらいまで伸ばしていたが、専門学校を卒業して正式にマッサージ師として働きはじめた時に、短く切った。それからずっと、ショートカットのままだ。アパートと福々堂を自転車で往復するだけなので、施術着を着たらそのまま働けるように、Tシャツにパーカを羽織ってジャージ素材のパンツを穿《は》くというコンビニに行くみたいな格好で通勤している。ヒールの高い靴を毎日履くのは、足を痛めるから身体に良くないが、たまには無理をすることも必要だ。わたしは、女として気合いが足りない。若く見えればいいということではない。

「四月生まれだから、

「えっ？」

「下の名前、さくらですよね？　ここのホームページに書いてありました」

「そうです」

「さくら先生」うつぶせのまま、松原さんは顔だけ上げてわたしを見る。

お客さん相手に、そういうことを思ってはいけないと分かっている。

でも、嬉しかった。

下の名前を知っていてくれたことも、名前で呼ばれたことも、すごく嬉しかった。


長野県松本《まつもと》市の小さな町にある小さな病院で、わたしは生まれた。二十三歳になる少し前の春に東京に出てくるまで、その町で育った。

東京で桜が散る頃、松本では咲きはじめる。

父はもうすぐ産まれるという連絡を朝の会議中に受けて、急いで病院へ向かうタクシーの中で、その年最初の桜が咲く瞬間を見たらしい。全てがスローモーションのように感じられて、世界は異常なほど美しく輝いていたと言っていたが、夢でも見たのだろう。

わたしが産まれたのは日付が変わった後で、真夜中だった。十五時間以上待って、やっと対面を果たし、父は疲れ切っている母に感謝の気持ちを伝えて休むように言い、一人で病院の庭に出た。新月の夜で、空を覆う無数の星の中に、いくつもの流れ星を見たらしいが、これも夢だと思う。無数というほど星が見える場所ではない。本当に新月だったのかどうかも、怪しい。

しかし、初めての子供が産まれるということが、父にとってそれだけ高揚する出来事だったのは、確かだ。

「桜」と新月を表す「朔《さく》」、両方の意味をこめて、わたしは「さくら」と名付けられた。

わたしも池田先生も残業がなくて十時で上がれたから、木崎さんと三人でごはんを食べにいくことになった。お店は、松原さんに教えてもらった中華にした。

「食べすぎた」お腹を擦《さす》りながら、木崎さんが言う。

「うん」わたしもお腹を擦る。

時間も遅いし、夕方にお弁当を食べたから、少し食べて軽く飲むだけのつもりだった。それなのに、あまりのおいしさにあれもこれもと頼んで、紹興酒やビールも進み、お腹がはち切れそうなくらい飲み食いしてしまった。やめておけばいいのに、わたしと木崎さんはデザートに杏仁《あんにん》豆腐とマンゴープリンも食べた。

「たまには、いいんじゃないの」笑いながら、池田先生が言う。

「たまにならいいんですけど」

「たまにならね」

院長と副院長とベテランの先生たちが早番や中番に入ることが多くて、わたしと池田先生みたいな若手は遅番に入ることが多い。ごはんに行くのは、だいたいいつも十時過ぎだ。そんな時間にカロリーの高いものを食べてはいけないと思っても、こってりしたものが食べたくなる。お客さんに食事にも気をつけてくださいとか言う前に、自分の食生活の乱れをどうにかしなくてはいけない。

「二人とも、細いんだからもっと食べた方がいいよ」

がまんできずに食べるわたしたちが悪いのに、池田先生はフォローしてくれる。

「わたし、河口先生みたいに細くないです」木崎さんが言う。

「いや、わたしは細いだけっていうか、これで太ったら幼稚園児みたいになっちゃうから」

「太ったら、わたしなんて威圧感ハンパなくなるから」

「出るところ出てるからいいじゃん」

木崎さんは、背が高くてすごくスタイルがいい。細いだけではなくて、肉がつくべきところにちゃんとついている。福々堂の受付になる前は、モデルみたいな仕事をしていたらしい。わたしは胸もお尻《しり》も平たくて、太るとお腹だけがポコッと出てしまう。

「トイレ行ってくるから、お茶でも飲んでなよ」池田先生は席を立ち、トイレの方へ行く。

「お茶飲んでもチャラにはならないけど」木崎さんは、プーアル茶を飲む。

「うん」わたしも、プーアル茶を飲む。

「施術中、松原さんと楽しそうに話してたね」

「そんなことないよ」

「彼女いるんですか？　とか、聞いてたじゃん」

　施術室にはカーテンしか仕切りがないので、お客さんと話していれば受付に聞こえる。

「あれは話の流れであって、別に」

「いいな、わたしも松原さんみたいな人と付き合いたい」

「彼氏、いるじゃん」

「別れるかも」

「なんで？　結婚するって言ってなかった？」

　前に聞いた時は、モデルみたいな仕事をしていた時に知り合ったレストラン経営者と付き合っていて、三十歳になるまでには結婚すると話していた。銀座《ぎんざ》や六本木《ろっぽんぎ》に何軒もお店を出している人で、お金持ちらしい。家賃も生活費も彼が出してくれるから、福々堂の受付は彼と会えない時の暇つぶしでしかないようだ。

「最近、全然会えないんだもん」

「そうなんだ。でも、松原さんだって忙しいって言ってたよ」

「本当に忙しいのかなあ。二週間に一度はマッサージ受けにきてるでしょ。週に二回とか来る時もあるし。そのペースでデートできれば充分じゃない？」

「そうかなあ」

　三年以上彼氏がいないから、恋人同士がどれくらいのペースで会うものなのかよく憶《おぼ》えていないけれど、二週間に一度は少ないと思う。でも、もうすぐ三十歳になるのだから、学生の頃みたいに毎日のように会ったりメールしたりしないのが普通なのかもしれない。

「もういい？」池田先生が戻ってくる。

「はい。あっ、お会計」伝票をまだもらっていなかった。

「払ったから」

「えっ？」

「今日は、オレのおごり」

「そんな悪いですよ」

「河口先生の誕生日祝いなんだから、いいんだよ」

「ごちそうさまです」笑顔で、木崎さんは言う。

「ごちそうさまです」わたしも笑顔で言おうと思ったが、うまく笑えなかった。

一緒に働いているから池田先生がどれくらい稼いでいるかは、なんとなく知っている。福々堂は完全歩合制で、指名が入ると取り分が多くなる。池田先生は指名が多いから、結構稼いでいる。どうにか暮らしていける額しか稼げないわたしとは違う。無理をして、奢《おご》ってくれたわけではない。だからいいんだと思っても、悪い気がしてしまう。相手が池田先生じゃなくても、男の人に奢ってもらうのは苦手だ。

外に出て、電車通勤の池田先生とは駅前で別れる。

「お疲れさまです」改札に入っていく後ろ姿に手を振る。

「また明日《あした》」わたしたちの方を振り返って、池田先生は手を振る。

ホームにつづく階段を上がっていくのを見送り、わたしと木崎さんは駅を離れる。自転車を押して、並んで歩く。木崎さんは、わたしが住んでいるアパートの少し先にあるマンションに住んでいる。近所に通勤するだけでも、木崎さんは女らしい服装をして、先の尖《とが》ったパンプスを履いている。ヒールの足音が夜道に響く。

駅前商店街を抜けると、あまり人がいなくなる。

緑道を歩くわたしたちの前にも後ろにも、誰もいなかった。

帰りが遅くなる時で一人の場合は、遠回りになってもマンションの向こう側にある大通りに出るようにしている。

「池田先生、かわいそう」木崎さんが言う。

「なんで？」

「わたしみたいな邪魔者の分までお金払ってくれちゃって」

「邪魔者？」

「本気で気がついてないの？」わたしの顔をのぞきこんでくる。

目鼻立ちのはっきりした顔に、街灯が影を作っていた。

「何が？」

「池田先生は河口先生が好きなんだよ」

「ああ、うーん」

「うーんって、何？」

「それは、ないと思うよ」

「そんなことないでしょ。誰が見たって明らかだって。ケーキだって、池田先生が言い出したんだからね」

「そうだろうなって思ったけど、恋愛感情ではないよ。兄と妹みたいな感じっていうか」

「その、みたいな感じに下心があるんでしょ。本当の弟がお祝いしてくれた？」

「してくれない」

二歳下の弟の和樹《かずき》は大学から東京に出て、そのまま就職した。同じ世田谷《せたがや》区内に住んでいるのに、会うことはほとんどない。

「兄と妹みたいっていうのは、それだけ特別な相手ってことじゃない？」

「そうだけど、下心ではないって。同志とか、そういうやつ」

「そんなこと言ってる間に、池田先生に彼女ができたらどうするの？」

「おめでとうございますって、それだけ」

「本気で言ってんの？」

「うん」

福々堂でわたしが働きはじめたのは、五年前だ。東京に出てきて、専門学校に入ってすぐの頃だ。その時、池田先生は専門学校の三年生だった。院長の下で、一緒に勉強した。受付業務や院内の掃除やその他の雑用について、池田先生から全て教わった。

五年間で、わたしに彼氏がいたこともあるし、池田先生に彼女がいたこともある。でも、お互いに恋愛感情を抱いたことはないと言ったら、嘘になるだろう。池田先生の気持ちを聞いたことはないけれど、好かれていると感じたことはあった。タイミングが合えば、付き合っていたと思う。けれど、毎日のように一緒にいるのに、タイミングは合わなかった。兄と妹という感じでいられる時は仲良くできても、恋愛を意識するとうまく話せなくなる。恋人同士みたいな会話を池田先生とできると思えないし、キスどころか手を繋《つな》ぐことだって想像できない。

今は二人とも恋人がいないけれど、付き合うと考えるのは今更という感じがする。気を遣わずに話せるからとか、仕事をつづけるのに楽だからとか条件を考えて、理性で好きになることしかできない。このまま仕事仲間として、仲良くするのがいいんだと思う。

「誰でもいいから、彼氏作りなよ」

「分かってるよ。木崎さんはそれを言いたいだけでしょ。松原さんがいいって言ったり、池田先生がいいって言ったり。でも、そういうのって誰でもいいってことじゃないから」

「心配してるのよ」

「しなくていいよ」

「商店街の片隅のマッサージ屋で、二十代を腐らせていいの？」

「腐らせてないよ」

「腐らせてるよ！」

「恋愛が全てではないんです。今は、勉強しないといけないこともあるし」

「資格持ってるんだから、もういいじゃん。それで、一生食べていけるでしょ」

「食べていけないから。もっと技術を上げていかないと」

恋愛よりも仕事が大事とは思わないが、今は仕事をがんばらないといけない時だ。毎回必ず指名してくれるお客さんは、松原さんくらいしかいない。女の先生は力が弱いから嫌ですと言うお客さんも多い。ボディケアとかリラクゼーションとか、「マッサージ」とつかないコースならば、資格がなくても担当できる。男性の方がいいと言って、アルバイトの男の子を指名するお客さんもいる。後輩をライバル視するのはおかしいし、わたしだってまだ資格を取って二年しか経っていないのだから焦らなくてもいいと思うけれど、池田先生は三年目でたくさん指名をもらっていた。男性より力がないのはしょうがないと思わず、それに負けない技術を身に付けなくてはいけない。強く押せばいいということではない。

いずれは長野に帰り、開業したい。

そのためには、マッサージ師としてだけではなくて、経営者としても勉強するべきことがある。

当たり前だし、そうでなければ困るのだけれど、アパートに帰って誰もいないと寂しくなる。疲れが増すからと思って掃除していったのに、整理整頓《せいとん》された部屋に寂しさが増す。

カバンを置いて、ベッドの前に座り、ぼうっと部屋中を見回す。

調理器具は一通り揃っているし、洗濯機や掃除機やアイロンもある。それなのに、生活感がない。わたし以外の誰かの匂いや気配がしないせいだと思う。身体を整えるには、まずは精神を整えなくてはいけない。精神を整えるには、身の回りの環境を整えた方がいい。そう思って断捨離や片づけの本を読み、いらない物を全て処分したら、インテリアショップのカタログみたいに無機質な部屋になってしまった。

彼氏がいた頃は、専門学校やアルバイトから疲れて帰ってきて、部屋が汚くなっていたりごはん作ってと言われたりすると、イライラした。わたしの読まないマンガや見ないDVDを置いたまま帰られて、捨てちゃおうかなと考えた。今思えば、あれはあれで楽しかった。

今日は福々堂でお祝いしてもらったし、松原さんとたくさん話せたし、池田先生と木崎さんと中華を食べにいけたし、いい誕生日だった。

でも、それで満足してはいけない。

仕事をがんばらないといけない時だと分かっていても、やっぱり彼氏が欲しい。木崎さんが言うみたいに、二十代を腐らせている気がする。

恋人がいればもっとがんばれる、というのは幻想だろう。がんばろうとしてもうまくいかなくて、私生活が変われば仕事も順調になると思いこんでいる。私生活と仕事は関係がない。マッサージ師としての技術が上がらないのは、わたしの勉強が足りないからだ。彼氏と会うような時間はない。分かっているけれど、恋愛せずに毎日毎日マッサージや健康になる方法ばかり考えていたら、そのうちに男か女か分からない仙人みたいになってしまいそうだ。男性を見ていいなと思ったり、相手の言葉を気にして困ったりすることは、二十代の女性として当然のことなのに、その感情が最近はよく思い出せない。

誰かいい人いないかなって考えると、松原さんの顔が浮かんでくる。

お客さんだからそういう感情で見てはいけないと思わず、一歩踏み出してみたら、何か変わるのだろうか。

しかし、わたしがそういう感情で見たところで、向こうはなんとも思っていない。マッサージを受けるために福々堂に来ているのであり、わたしに会いにきているわけじゃない。施術中に楽しく話せるのは、松原さんの話し方がうまいからだ。わたしが特別なわけではなくて、誰とでも楽しく話せる人だと思う。仕事関係で女性と会う機会は多そうだし、芸能人とだって仕事をしているのだから、わたしなんかを恋愛対象として見てくれることはない。今はたまたま彼女がいないだけで、その気になればすぐにできるだろう。

中学生や高校生の頃は、話せもしない先輩とかクラスで人気のある男子とかを好きになったことがあったけれど、今はちゃんと身のほどを分かっている。

松原さんを好きになるだけ、バカみたいだ。

それでも、頭の中に浮かんでしまった顔は、なかなか消えない。

雨が降っている。

今日で、桜はほとんど散ってしまうだろう。

マッサージ屋は、雨の日は暇だ。わざわざ傘をさして、マッサージを受けにいこうと考える人は少ない。コリをほぐして温まった身体も、雨にあたったら冷えてしまう。

控え室は、マッサージ師とアルバイトの全員がいるには狭い。今日はわたしと池田先生の他にマッサージ師が三人出勤している。五人で座りこんで、それぞれテレビを見たり、本を読んだりしている。アルバイトの子たち二人は歩合ではなくて時給で働いているので、掃除やタオルの洗濯などをして休まずに働かなくてはいけないのだが、やることがなくなったみたいで控え室の隅でマッサージの練習をしている。あまりにも暇なので、院長と副院長は二人でどこかへ出かけた。

指名がない場合は、順番で呼ばれる。出勤してきた時に確認したら、四番目だった。しばらく呼ばれることはないだろうけれど、指名のお客さんが突然来る場合もあるし、今日は女性のマッサージ師がわたし以外にいないからアロマリラクゼーションのお客さんが来たらわたしが担当する。オイルを使うアロマリラクゼーションは女性限定で、お客さんには紙パンツ一枚になってもらうため、担当者も女性限定だ。

近くのカフェやコンビニに行くぐらいならば出てもいいのだけれど、それも面倒くさく感じる。

音もしない弱い雨が、このまま永遠にやまないんじゃないかと思えるくらい、降りつづいている。出勤してくる間に服が濡《ぬ》れたというほどではないが、全身が湿っぽくなった。予備のTシャツを持ってこなかったので、着替えることもできない。控え室も、湿っぽい。男性が六人いるところに女一人でいる窮屈さもあるのに、外へ出たくない。

「出張とかもないのかな？」池田先生が読んでいた本から顔を上げる。

「さっき受付で聞いた時は、ありませんでしたよ」わたしが答える。

アロマリラクゼーションとは逆に、お客さんの家でマッサージする出張は男性のマッサージ師しか行けない。お客さんは男女どちらでもいいのだけれど、万が一のために女性は行けないと決まっている。身体に触るので、トラブルが起きることもある。

「新しく予約が入ってないか、確認してきましょうか？」

「いいよ」

「いいですよ。木崎さんとも話したいし」

廊下に出て、階段を下りる。

院内に入ると、受付で木崎さんも暇そうにガラス戸の向こうを見ていた。

「予約って、入ってる？」

「入ってない。電話も鳴らないし、メールもない」

「今日は、駄目そうだね」

「でも、こういう日って、夕方になって雨がやむと急に混んだりもするから」

「雨、やむのかなあ？」

「天気予報では、五時過ぎにやむって言ってたよ」

「あと一時間くらいでやむと思う？」

もうすぐ四時になる。二時に出勤してきてから二時間、何もしていない。

晴れていてもすいている時間帯だ。お客さんが全然来ないなんて、平日はよくあることだけれど、不安になる。このままお客さんが来なかったら、今日の給料は一円も入らない。歩合制だから稼げる時期は良くても、稼げない時期はきつい。飲食店みたいな繁忙期はないと思われがちだが、お客さんの波はある。

福々堂はケガの治療のためのマッサージではないので、保険は使えない。都内にあるマッサージ屋の相場通りの値段で、三十分三千円と消費税がかかる。週に一回三十分の施術を勧めているが、月に四回で一万二千円というのは誰もが気軽に出せる額ではないだろう。どこかへ出かけて疲れた時にだけ受けるというお客さんがほとんどだ。連休明けや日曜日の夕方が一番混む。

「一時間じゃ、やまないね」

「そうだよね」わたしは折りたたみ椅子を出して受付に入り、木崎さんの隣に座る。

「上、戻らないの？」

「息苦しいんだもん」

「なんかあった？」

「なんもないよ」

「だって、息苦しいんでしょ？」

「精神的にじゃなくて、物理的に」

「ああ、そういうことね。男の先生しかいないからね」

降りつづく雨を眺めながら、話す。向かいのイタリアンレストランにもお客さんはいないようだ。歩いている人もいない。

「木崎さんも、マッサージの勉強すればいいじゃん」

「嫌だよ、学校通いたくない」

「ボディケアとかアロマリラクゼーションとかなら、院長と副院長に習えばできるようになるよ。わたしだって、教えてあげられる」

資格がいらないものならば、学校に通わなくてもいい。

「いいよ。やりたくないもん」

「一緒にアロマの勉強とかしようよ」

「嫌だ。興味ない」

「じゃあ、どうしてここで働いてるの？」

「暇つぶしだって言ってんじゃん」

「その割に、最近はよく働いてるよね」

受付専任のスタッフもアルバイトで、時給で働いている。もう一人は主婦だから週に二日か三日しか入らなくて、午前中に少し働くだけだ。木崎さんも前は週に三日か四日しか入らなかったのに、最近は週五で働いている。

「だって、彼氏と会えないんだもん」

「別れるかもしれないんだったら、アロマの勉強しておくといいと思うよ。アロマテラピー検定とかなら、通信講座で勉強できるし」

「別れたら、次の男を探す」

「ここにいても、出会いないよ」

「あるよ。松原さんみたいに大手出版社に勤めてるお客さんがいるし、池田先生を指名するお客さんの中には有名デザイナーやミュージシャンだっているんだから」

「ああ、いるね」

世田谷区には芸能人が多く住んでいるらしく、テレビや雑誌で見たことのあるようなお客さんが何人かいる。わたしも担当したことがあるが、気がついていないフリをするのが基本だし、マッサージして身体に触っていても存在が遠すぎると感じた。神経質な性格が身体に出ている人もいて、どんなに見た目が良くても、いいなとは思えなかった。

「あっ、噂をすれば」木崎さんは正面を指さす。

ガラス戸の向こうに、松原さんがいた。仕事用のカバンと大きな白い紙の手提げ袋を持っていて、傘を閉じるのに手こずっている。

「こんにちは」わたしは受付から出て、ガラス戸を開ける。

「こんにちは。あの、えっと、ちょっと、待ってください」いつも冷静に見える松原さんが慌てている。

「いや、これは駄目です。駄目じゃないんですけど、まだ駄目です」

「お荷物、持ちましょうか？」

「はあ」

「待ってください」紙袋を肘《ひじ》にかけるように持ちかえて、傘を閉じる。

中に入り、ガラス戸を閉める。

「急にいらっしゃるの、珍しいですね。タオル使いますか？」

受付の前に立ったままで話す。松原さんは、いつも必ず予約してから来る。

「大丈夫です。持ってますから」カバンからハンカチを出し、濡れている紙袋やシャツを拭《ふ》く。

「昨日マッサージしたところに何かありました？」

「今日は、マッサージを受けにきたんじゃないんです。河口先生にこれを渡そうと思って」

紙袋を差し出されたので、わたしは受け取る。

「なんですか？」

「お誕生日プレゼントです。昨日、誕生日だって言ってらっしゃったので」

「ええっ！　ありがとうございます。あっ、でも、どうしよう。こんな大きなものいただくのは、申し訳ないです」

「大きいだけで高いものじゃないんで」

「いいのかなあ」

お客さんから何かもらうことはたまにある。でもそれは、親戚《しんせき》から送られてきたみかんとか、お中元やお歳暮でもらったけれど飲み切れないジュースとか、年配のお客さんがおすそ分けとして持ってきてくれる程度のものだ。こんな風に、プレゼントをもらったことはない。

「今、院長もいないし、大丈夫だよ」木崎さんが言う。「黙っておいてあげるから、もらっちゃいなよ」

「うん」せっかく持ってきてくれたのに、返すのも悪い。

「僕が渡したかっただけなんで、気にしないでください」

「すいません。誕生日の話なんかしたから、気を遣わせてしまいましたよね」

「いや、なんか、こっちこそすいません。本当に気にしなくていいので。じゃあ、帰ります」

松原さんは、雨の中を傘もささずに出ていってしまう。追いかけて、わたしも外に出る。

「ありがとうございます」

後ろ姿に向かって言うと、松原さんは振り返って笑顔で手を振ってくれた。わたしも手を振り返す。

全身が雨に濡れても、気にならなかった。

湿っぽくて面倒くさいと感じていた気持ちが一気に吹き飛んだ。

胸の奥からやる気が湧いてくる。


紙袋の中には、二十センチ角ぐらいの白い箱が入っていた。

箱を開けると、赤とピンクのバラがビッシリ詰まっていた。枯れないように加工されたプリザーブドフラワーだから、このまましばらく飾っておける。バラに埋もれるように白いカードが差してあり、そこには松原さんのメールアドレスと電話番号が書いてあった。


三日間、迷いに迷って、お礼のメールを送った。

何度かメールでやり取りした後で、LINEを使うようになった。キャラクターのスタンプを送り合うと、親しい仲になったみたいに思えた。わたしの仕事が休みの日に、二人でごはんに行く約束をした。向こうから誘ってくれた。


松原さんに決めてもらい、お店で待ち合わせることになった。駅の向こうにあるカジュアルフレンチのレストランだ。二階にあって外から見えないし、わたしには高級すぎる気がして、入ったことはないお店だった。

近所でもお洒落《しゃれ》して行かなきゃいけないと思い、久しぶりにワンピースを着て、ヒールの高いパンプスを履いた。男の人と二人で会うのにちょうどいいワンピースがなくて、結婚式の二次会にでも行くみたいになってしまった。でも、Tシャツにパーカよりマシだろう。ちょうどいい服を買うような、お金はない。

お店に着いたら、松原さんは先に来ていた。カウンター席の他に、テーブル席が四つだけの、小さなお店だ。松原さんは窓側の席に座り、スマホを見ていた。横顔しか見えないが、険しい表情をしている。

「こんばんは」横に立ち、声をかける。

「あっ、こんばんは」松原さんは、スマホから顔を上げる。

「お仕事ですか？」

「大丈夫です」カバンにスマホをしまう。「いつもと雰囲気が違うから、分かりませんでした」

「変ですよね。こんな格好」

張り切って来たことがすごく恥ずかしくなってくる。松原さんは、青いシャツにベージュのパンツというカジュアルな服装だ。無理をしてでも、服を買えばよかった。

「かわいいですよ。僕も、スーツでも着てくればよかった」

「かわいくはないです」

「そんなことないです。河口先生は、かわいいですよ」

「いえいえ、そんな」店員さんに椅子を引いてもらい、わたしは奥の席に座る。

「否定して、言わせるみたいなやつですか？」

「えっ？」

「そういう女の人いるじゃないですか。かわいいって言われたいから、そんなことないよって言いつづける人」

「わたしは、そういうことではなくて、本当にそんなことないんで」

「否定すると、かわいいって言いつづけますよ」

「やめてください。松原さんこそ、誰にでもかわいいとか言う人なんじゃないですか？」

「言いませんよ」

「でも、周りにキレイな人、たくさんいますよね」

「うーん、僕の周りにいるキレイな人は、着飾っているだけというか、化粧でごまかしているというか、それはそれで女性としての努力だと思うんですけど、僕はあまり好きじゃないです。河口先生みたいに素朴な方がいいです」

「……素朴」

「ごめんなさい。言い方、悪いですね」

「大丈夫です」

「何、飲みますか？　お酒、飲めますか？」松原さんは、わたしに見やすいようにドリンクのメニューを開く。

カジュアルと言ってもフレンチなので、見たことも聞いたこともないワインが並んでいる。

「わたし、こういうお店ってよく分からなくて」正直に言う。分かっているフリをするよりも、恥をかかないで済む。

「じゃあ、適当に注文しちゃっていいですか？」

「はい、お任せします」

「料理も頼んじゃいますね。食べられないものって、ありますか？」

「ないです。人が普通に食べるものならば、なんでも食べられます」

「人によって、普通は違うからな。河口先生、ご出身はどちらですか？」

「長野です」

「長野のどこ？」

「松本市です」

「市内でしか食べないようなものとかって、ないですか？」

「野沢菜が常に家にあるとかはありますけど、特別なものは食べません。家が農家とかだったら何かあるかもしれません。でも、うちは一般的なサラリーマン家庭なので。松原さんは、ご出身どちらなんですか？」

「僕は、東京です。今は一人暮らししてますけど、実家まで電車で三十分もかかりません。注文しちゃいますね」

店員さんを呼び止めて、松原さんはまず料理の注文をする。それに合わせてワインは何がいいか、相談している。

「あの、お花、ありがとうございました」注文が終わるのを待って、わたしは言う。

「いえ、別に」

「あれ、安いものではないですよね？」

悪趣味だと思いつつ、木崎さんと一緒にインターネットで値段を調べた。わたしがもらったのと同じようなものは、八千円ぐらいした。

「母の知り合いのお店で、安く買えるんです」

「あっ、そうなんですね」

「女の子にプレゼントするのに何がいいか迷ってるって話したら、これがいいって母が選んでくれました」

「お母様と仲いいんですね」

「僕が大学生の頃に父が亡くなって、母は一人で暮らしています。だから、毎日のように電話やメールで、どうしているのか確認することにしているんです。河口先生は、ご家族と仲いいですか？」

「うちは、普通だと思います。母とはたまにメールして、お正月には実家に帰ります。でも、もっとマメに電話したり帰ったりしなきゃ駄目ですよね」

「ご両親が元気ならば、いいんじゃないですか。うちは、母一人で、いつ何があるか分からないので。本当は、一緒に暮らした方がいいと思うんですけど、仕事が忙しくて遅くなっても、母は僕が帰るまで寝ずに待っているんですよ。父にしていたみたいに。それで、体調を崩したら良くないので、僕は家を出たんです。って、すいません、話しすぎですね」

「大丈夫です。なんでも話してください」

家族のことを話してもらえるなんて、特別な相手になったような気分だ。

「河口先生は、高校を卒業してすぐにマッサージ師になったんですか？」

「いえ、短大に行きました。その後、地元の信用金庫に就職して一年半働いてから、東京に出てきて、専門学校に通いました」

「専門学校に通うんですね。福々堂でたまに、学生みたいな男の子たちがマッサージの練習をしているから、ああいうものなのかと思っていました」

「マッサージ師と名乗るためには、資格が必要です。正確には、あん摩マッサージ指圧師と言います。練習している男の子たちでもお客さんを担当することはできますが、リラクゼーションのようなマッサージとつかないコースだけです」

「へえ、そうなんですね。信用金庫は、マッサージ師になるために辞めたんですか？」

「辞めた時は、そこまで考えていませんでした。辞めてから半年の間に決めたんです」

「どうして辞めたんですか？」

「……ちょっとトラブルがあって」

「トラブル？」

「えっと……」

「話したくなかったら、いいですよ」

「大したことじゃないんです。窓口業務中に高齢者ストーカーの被害に遭いまして」

「高齢者ストーカー？」

「ストーカーってほどじゃないんですけど、よく来るおじいちゃんに好かれて、熱烈アピールを受けて、それが信用金庫内で問題視されて、いづらくなってしまって」

わたしは、仕事として親切にしているつもりだったのに、向こうは特別扱いされているように感じていたらしい。最初は、窓口で定期預金や年金に関するやり取りをしながら、お孫さんの話をするくらいだった。そのうちに、おじいちゃんは預金の契約や解約を繰り返すようになった。しばらく経つと、何も用事がないのに来るようになり、窓口の前に座りこんで話しつづけた。警備員さんが注意すると、細い腕を振り回して暴れたので、息子さんに連絡した。お嫁さんとお孫さんが迎えにきて、おとなしく帰っていった。それから来なくなり、待ち伏せされたりすることもなかった。もう大丈夫と思ったが、一緒に働く人たちから「河口さんにも落ち度があった」とか「勘違いさせるようなことしたんでしょ」とか言われ、働けなくなった。

「僕もストーカーみたいになってません？　河口先生が好きで、熱烈アピールって」

「そんな、松原さんはストーカーなんかじゃありません」

「福々堂も高齢者のお客さん、多いんじゃないですか？」

「そうですね。でも、松本にいた時のことを院長と副院長にも話してあるので、考えてもらえています」

面接の時に、信用金庫でのことを話したら、院長も副院長も「辛《つら》かったね。かわいそうに」と言ってくれた。誰かに同情してもらいたかったんだと気がつき、情けないと思いながらも、泣いてしまいそうになった。

「それなら、良かったです」

「はい」

店員さんがグラスのシャンパンを持ってくる。

「遅くなってしまいましたけど、今日は河口先生の誕生日祝いなので、最初はシャンパンにしました」松原さんは、グラスを取る。

「うわっ、なんか、すいません」わたしも、グラスを取る。

「あと、さっき、告白みたいなことしたんですけど、スルーですか？」

「えっ？　いつ？」

「好きで、熱烈アピール」

「ああ、告白とかそういう好きとは思いませんでした」

マッサージ師として気に入っているという意味だと思った。どういう意味か聞き返すだけおかしい気がしたから、聞かなかった。

「そういう好きじゃなかったら、誕生日プレゼントあげたり、食事に誘ったりしません」

「そうですよね」

「河口先生のことが好きです」わたしの目を見て、松原さんは言う。「いきなり結婚前提とか言われたら重いと思うんですけど、僕はそれくらいの気持ちです。福々堂でマッサージを受けている間に話すことは、マッサージ師と客としての会話だから、どんなに楽しくてもそういう気持ちで見てはいけないと思っていました。でも、止めようと考えて止められる気持ちではありません。今日こうして話せて、気持ちが更に強くなりました」

「はい」わたしは、小さくうなずく。

「それは、付き合ってもらえるということですか？」

「そうです」顔が熱い。

こんな風に面と向かって、告白されたのなんて初めてだ。それも、自分がいいなと思っていた人で、夢としか思えない。

「じゃあ、今日は僕と河口先生にとっての記念日ですね」

「付き合うのに、先生っていうのはちょっと、敬語もちょっと」

「そっか」

松原さんは、グラスを持っているのとは反対の手を口元に当てて、何か考えているような顔をする。考えがまとまったのか首を縦に振った後で、またわたしの目を見る。

「誕生日おめでとう、さくら」

「ありがとう」

グラスを軽く持ち上げて、乾杯する。

2

仕事は暇で、つまらない。

それ以前の問題として、意味が分からない。

自分が編集者として関わったはずの雑誌なのに、理解できない言葉が並んでいる。

編集長の蕪木《かぶらぎ》さんが一人で作っているような雑誌だ。今日も朝から、蕪木さんはどこかの大学の教授だか准教授だかのところへ取材に行っている。夜まで戻ってこないだろう。僕は、会社でぼうっとしていればいい。

去年の十月にパチンコ雑誌から科学雑誌の編集部に異動になった。正社員である蕪木さんと僕の他に、契約社員の女性が二人いる。人数が少ないから忙しそうだと思っていたのだけれど、取材もライターから送られてきた記事の確認も蕪木さんが一人でやるし、資料集めとか電話対応とか雑用みたいな仕事は契約社員の二人がやっている。僕はホームページ担当となっているが、雑誌の発売日に目次がアップされているか確認するぐらいで、やることは特にない。他の仕事は、校了日とか忙しくてどうしようもなくなった時に雑用が回ってくるか、三人が苦手そうなリア充っぽい人への取材を頼まれるぐらいだ。

パチンコも興味が持てなくて何がおもしろいのか全く分からなかったが、科学はもっと分からない。

僕は、大学は文学部だった。センター試験を受けるために、生物と化学の勉強はしていたけれど、受験レベルの知識しかない。十年以上経ち、ほとんど忘れてしまった。どうして専門外の雑誌の編集部に異動になったのだろう。

しかし、うちの会社では、僕に合うような雑誌は発行されていない。パチンコや競艇のギャンブル関係の雑誌、科学とか地学とかのマイナーな専門誌、マニアックすぎるスポーツ誌、そんなんばかりだ。文芸誌とか少年向けのマンガ雑誌とかファッション誌とか、大手出版社がやっていることには手を出さない。

ここにいてもどうしようもないから、早く辞めたい。

「お疲れ」競艇雑誌編集部の紺野《こんの》が後ろから声をかけてきて、僕の隣の席に座る。

隣の席はあいていて、本や雑誌や何が入っているのか分からない封筒が机の上に山積みになっている。地震のたびに、少しずつ崩れていく。

「お疲れ。何？」

「今日、飲みに行かない？」

「行かない」

「田沢《たざわ》さんは？」

「昼メシ食いにいった」

契約社員の田沢さんを紺野は気に入っているらしい。田沢さんは、今年の春に大学を卒業したばかりだ。京都にある国立大学で物理学を専攻していて、そのまま大学院に進むか、企業の研究室に入ることを希望していた。どちらも叶《かな》わず東京に出てきて、うちで契約社員になった。

「じゃあ、また後で来るから、田沢さんも誘って三人で行こう」

「行かないって言ってんだろ」

紺野とは同期だ。でも、僕は一年浪人しているから、紺野よりも一歳上だ。なれなれしく話しかけてこないでほしい。三流大学を出て、競艇好きで、自ら望んでうちの会社で働いているような奴と親しくなる気もなかった。

「なんでだよ？　用事とか、ないだろ？」

「ある」

「何？　彼女でもできた？」

「できてない」

本当は、一ヵ月と少し前から付き合っている彼女がいる。紺野に言うと、一時間も経たないうちに会社中に広まるから、教えたくない。

「また、実家に帰るのか？」

「違うよ」

「じゃあ、なんだよ？」

「教える必要ない」

「冷てえな、松原は」そう言いながら席を立ち、紺野は同じフロアにある自分の席に戻っていく。

今日は、彼女のさくらが僕のマンションに来て、夕ごはんを作ってくれる。

さくらは、土日も仕事があり、平日も夜遅くまで働いているから、彼女が休みの日にしか会えない。なかなか進展せず、一ヵ月間は外で会って食事をするだけだった。結婚の約束をしているから焦る必要はないと思っても、もっと会いたかった。先週、初めてさくらが僕のマンションに来た。合鍵も渡したし、これからは会える時間が増えるだろう。

福々堂に僕が客として通っていたのをきっかけに、付き合うようになった。そうなると思っていなかったので、マッサージを受けながら、僕は嘘をついた。中堅程度の出版社で科学雑誌の編集をやっているなんて言えなくて、大手出版社で文芸誌の編集をやっていると話した。

いつか転職してそうなる予定だし、さくらは僕のことを分かってくれるから大丈夫だ。

マンションに帰ると、さくらはもう来ていた。

「ただいま」

「おかえりなさい。早かったね」さくらは、台所から玄関に出てくる。

「待たせたら悪いと思って、急いで帰ってきた」

「まだごはんできてないから、急がなくてもよかったのに」

「ああ、うん、でもさ」靴を脱いで、部屋に上がる。

僕がわざわざ急いで帰ってきたのに、そんな言い方はないんじゃないかと思ったが、怒らない方がいい。さくらは、素直じゃないところがある。嬉しいと言うのが恥ずかしいのだろう。しばらく彼氏がいなかったみたいで、男と付き合うのにも慣れていない。

「すぐ作るから、待っててね」

台所に戻ろうとしたさくらを後ろから抱きしめる。細くて小さな身体は、腕に力をこめたら、折れてしまいそうだ。僕の方に振り向かせて、キスをする。

唇をはなして顔を見たら、さくらは恥ずかしそうにしていた。

「どうしたの？」僕が聞く。

「ビックリして」

「なんで？」

「だって、この前までお客さんだったのに」

「こうしてることが信じられない？」

「うん、なんかね」恥ずかしそうにしたまま、台所へ戻る。

もっと恥ずかしがらせたいけれど、それはごはんを食べた後にした方がいい。

寝室に行って、着替えを済ませる。

都内にある実家を出て、このマンションに引っ越してきて、三年が経つ。近所に福々堂というマッサージ屋があることは前から知っていたが、行ったことはなかった。異動になった頃から、肩こりが酷《ひど》くなったので、去年の十月に初めて福々堂へ行った。二回目に行った時に担当してくれたのがさくらだった。僕は、さくらのことを二十歳くらいだと思っていた。化粧はあまりしていなくて、笑顔に純粋さが表れている。若いし、細いし、大丈夫なのかなと思ったけれど、力強く押すだけではないマッサージが僕には合った。次からは指名して、マッサージ中にお互いのことを話すようになった。話していると、身体だけではなくて気持ちも癒《いや》されていく。四月に行った時に誕生日の話をして、さくらが僕より三歳下の二十八歳だと知った。話の流れで、お互いに恋人がいないことも分かった。

これは、運命なんだと感じた。

僕があんな出版社にしか就職できなかったことも、パチンコ雑誌でこき使われて帰りが遅くなると母に迷惑をかけるから実家を出たことも、異動になったことも、全てがさくらと出会うために決まっていたことなんだ。

さくらと出会えたことで、僕の人生は望み通りに変わっていく。

寂しくて暗い場所だと感じていた1LDKの狭いマンションも、さくらがいるだけで明るい場所になる。狭さも、二人がくっつくためだと思えば、これでいいんだと思える。

初めてさくらが来た日に、隣で眠っている横顔を見て、人生が充実していくのを感じた。

着替えを済ませて寝室から出ると、ダイニングテーブルに夕ごはんの準備ができていた。

先週は外で食事をしてから部屋に来た。ごはんを作ってもらうのは、初めてだ。

「どうしようか迷ったんだけど、簡単なものにしちゃった」さくらが言う。

テーブルには、ハヤシライスとポテトサラダが並んでいる。

「これだけ？」

「もっと作った方がよかったよね。でも、ここだと調理器具もないし、材料も全部買ってこないといけないから」

「いちいち、口答えしないでほしいんだよな」

「えっ？」

「ああ、ごめん」

怒ってはいけないと分かっているのに、思わず言ってしまった。しかし、さくらは僕に反抗するようなことをたまに言うから、それは早いうちにやめさせなくてはいけない。

「こっちこそ、ごめんなさい。そうだよね、仕事から疲れて帰ってきて、これだけじゃ足りないよね。調理器具とか調味料とか、うちから持ってくればよかったな」

「今度、買いにいこう。持ってくるのは大変だし、うちにも色々あった方がいいだろ？」

「うん」

「お金は後で払うから、適当に買ってきてくれてもいいし」

僕はほとんど料理をしない。冷蔵庫に入っているのは、ミネラルウォーターとビールとそのまま食べられるつまみ程度だ。引っ越してきた時に包丁を一本と鍋《なべ》をひとつと最低限必要な食器だけは買ったが、全然使っていない。去年の初めまで半年間付き合っていた彼女が買ってきた調理器具や調味料は、別れる時に全て捨てさせた。

「お金は自分で払うからいいよ」

「いいって」僕は、椅子に座る。

さくらは何か言いたそうにしていたけれど、黙って僕の正面に座った。口答えするべきではないと分かってくれたようだ。

「ビールでいい？」座ったばかりなのに、さくらは立ち上がる。

「ああ、うん」

炊飯器もないのに、どうやって米を炊いたのだろう。鍋ひとつで作り上げるには、大変なメニューに見えてきた。ハヤシライスとポテトサラダが好きだ、とマッサージ中に話したことがあった。それを憶えていて、無理して作ってくれたのかもしれない。

ビールとグラスをテーブルに並べて、さくらは座る。

「冷めないうちに食べて」

「ごめん、これだけ作るのだって、大変だったよな？」

「大丈夫だよ。お鍋ひとつでも、順番考えればどうにかなったから。レンジもあるし」

分かっていないで責めるようなことを言ってしまった僕が悪いのに、さくらは笑顔で許してくれる。

「ごめん」

「でも、口に合うか、自信ないな。いつも、おいしいもの食べてるもんね」

「そうでもないよ」

実家に帰る時以外は、外で食事をする。まずいものは食べたくないからネットで調べて店を探すが、たまに外れを引く。

「前に教えてもらった中華も行ったんだよ。って、話してないよね？」

「中華？」

「ほら、まだ付き合う前。誕生日の話をした時、教えてくれたでしょ？　教えてもらった日に、福々堂で一緒に働いている先生と受付の子と三人で行ったの」

「誕生日に行ったってこと？」

「そう、すごくおいしかった。また行きたいから、今度行こうよ」

「ちょっと待って。先生って、女だよな？」

福々堂で働いているマッサージ師は男が多いが、女もさくらと副院長以外に二人いる。受付の子は、木崎さんという女性だろう。仲がいいらしくて、さくらの話によく出てくる。

「男の先生だよ。池田先生って、分かんない？　最初に福々堂に来た時、池田先生が担当してるはずなんだけど」

「ああ、分かる、分かる」

色が白くて、ウーパールーパーみたいなのっぺりした顔の男だ。評判がいいみたいだが、僕には合わなかった。姿勢を良くした方がいいとか、コリが溜まりすぎだとか、ストレスを感じやすい仕事なんじゃないかとか、うるさかった。

「池田先生も、すごくおいしかったって言ってたよ」

「池田先生って、いくつなの？」

「二歳上」

「僕より一歳下ってことか」

「うん」

「男のくせに、大学も出てないんだろ？」

「ううん。池田先生は大学卒業した後で専門学校に入ったから」

「どうせ三流大学じゃないの？」

「うーん、どうなんだろう。でも、それ関係なくない？」

「どっちにしてもさ、男とメシ食いにいったりするなよ。付き合う前のことだから許すけど、誕生日なんていう特別な日に行くもんじゃない」

「でも、池田先生とは同僚だし、専門学校に通っていた頃から知っていて、兄と妹みたいな感じでね」

「さくらがそう思っていても、向こうがどう思ってるかなんて分からないだろ？　僕と会ってない日に、今もメシに行ってるとか、ないよな？」

「仕事の帰りが一緒になった時に行くのは、駄目なの？」

「駄目に決まってんだろ。木崎さんと行く時も報告して」

「木崎さんと行くのに、池田先生に来ないでくださいとは言えないよ」

「ちょっとさ、スマホ出して」

「なんで？」

「男関係、確認したいから」

「後じゃ、駄目？　先にごはん食べちゃおうよ。冷めちゃうし」

ハヤシライスからツヤがなくなっている。冷めて表面が固まりはじめていた。早く食べた方がいいと分かっているけれど、それどころではない。

「駄目、先に出して。あと、次に会うまでにさくらの部屋の合鍵を作っておいて」

アパートの前まで送っていったことはあるが、さくらの部屋に入ったことはない。スマホだけじゃなくて、部屋もチェックした方がいい。

「池田先生とは、本当に何もないよ」

「口答えするなって言ってんだろ！　何もないなら、さっさと出せよ！」

怒ってはいけないと思って我慢してやっているのに、どうしておとなしく言うことを聞けないのだろう。怒鳴らなくては分からないのだから、しょうがない。

「ちょっと待って」さくらは席を立ち、リビングからカバンを持ってきて、スマホを出す。

何かしようとしていたから、ロックを解除したところで奪い取る。

「男の連絡先、全部消すからな」

「えっ、やめてよ」

「なんで？　だって、必要ないよな？　仕事でどうしても連絡とらなきゃいけないとか、ないだろ？　何かあれば、福々堂に電話すればいいんだから」

「そうだけど」

「じゃあ、いいじゃん」

アドレス帳を開き、男の名前を消していく。仕事関係だけとは思えない人数が登録されていた。僕は、仕事で連絡する必要がある相手しか、女は登録していない。

「これ、誰？」さくらに聞く。

「専門の友達」

「これは？」

「地元の友達」

「これは？」

「前の仕事先の先輩」

「信用金庫の？」

「うん」

「いづらくなって辞めたのに、なんで残してんの？」

「その先輩は優しくしてくれた人で、辞める時も心配してくれてたから」

「ああ、そう」

　そんなのは、僕に関係ないことだ。心配するなんて下心があったとしか思えない。友達だろうとなんだろうと、片っ端から消す。

「こいつ、なんで下の名前なの？」

　他はフルネームで登録しているのに、一人だけ「和樹」となっていた。

「弟だから、それだけは、消さないで」

「ふうん。じゃあ、これだけは残す」さくらの弟は、いつか僕の義弟になる。

　男の名前と男なのか女なのか判断できない名前は全て消し、メールの履歴やＬＩＮＥの友だちも削除してから、さくらにスマホを返す。

「わたし、今日は帰るね」

「なんで？」

「だって、なんかさ」それだけ言い、さくらは泣き出してしまう。

「どうして、泣いてんの？」

「……ごめんなさい」

　自分のしていたことがどれだけ悪いことで僕を傷つけることなのか、分かってくれたようだ。

「いいよ、謝らなくて」泣いているさくらの正面に立ち、強く抱きしめる。

「ごめんなさい」

腕の中にある小さな身体を、僕が一生かけて守っていかなくてはいけない。

「愛してる」

日曜日は僕は休みなのに、さくらは仕事だから、実家に帰ることにした。

マンションから実家まで、電車で三十分もかからない。

都内だから出る必要はないと思い、大学卒業後も実家で暮らしていた。新聞記者だった父は、僕が大学二年生だった六月に死んだ。祖父母はまだ生きていて、僕が高校を卒業するまで一緒に暮らしていたが、今は温泉地にあるマンションで隠居生活を送っている。実家には、僕と母二人では使い切れないくらい部屋がある。広い家に母一人残すのは、心配だった。父を支え、僕を育てて、家のこともやりながら、母は定年まで法律事務所で事務の仕事をしていた。自立した女性であり、一人で暮らせないような情けない人ではなくても、突然倒れたりする可能性はある。そういう時のために、できるだけそばにいたかった。

しかし、僕がいることで、母に無理させている気もした。仕事で遅くなっても起きて待っていてくれて、朝も僕の出勤に合わせて起きてくる。働いていた頃の友人に旅行に誘われても、家のことがあるからと断ってしまう。もっと自分の好きなことに、時間を使ってもらいたかった。

そのために、僕は三年前に実家を出た。

実家の一駅先にあるマンションにしようと最初は考えていたのだが、それでは母が毎日のように掃除や洗濯のために部屋へ来てしまいそうだ。負担をかけたくないから出るのに、余計に大変な思いをさせることになる。毎日は来られないように、離れたところに住んだ方がいい。でも、何かあった場合には、タクシーですぐに行けるところにしたかった。近すぎず、遠すぎないところで、今のマンションを選んだ。

母が元気にしているのか確かめるために、できるだけ帰るようにしている。

商店街の近くにあるマンションの周りとは違って、実家の周りは静かだ。駅から少し離れた住宅街で、広い庭のある大きな家が並んでいる。日曜日でも、子供たちがそこら辺を走り回ったりしていない。聞こえるのは、どこかの家の庭にいる鳥の囀《さえず》りだけだ。

「おかえりなさい」母が家の前にいた。

「どうしたの？」

「もうすぐ、よっ君が帰ってくると思って」

僕の名前は義文《よしふみ》なので、母には子供の頃のまま「よっ君」と呼ばれている。

「待たせたら悪いと思って、連絡しなかったのに」

「母親の勘」

「すごいなあ」

こうやって家の前で待っていたり、他の予定をキャンセルしてしまったりするから、帰ってくることは連絡しなかった。もしもいなかったら、それで構わない。けれど、息子の勘として、母が家にいることは分かっていた。

「お昼ごはん、食べた？」

「まだ」

「用意してある」

「身体、大丈夫？　暑くなかった？」

「大丈夫、今出てきたばかりだから」

五月の後半になり、夏みたいな日がつづいている。まだ午前中なのに、痛く感じるほど陽射しが強い。

門を開けて、庭を通り、家の中に入る。

帰ってきたらまず、和室に行き、父にお線香を上げる。仏壇の前で手を合わせて、仕事のことやさくらのことを報告する。

「ごはん、すぐに食べるでしょ？」

父と僕が話し終わるまで待って、母は声をかけてくる。

「うん」仏壇の前から立ち上がり、僕はダイニングへ行く。

テーブルには、野菜サラダが用意されていて、スプーンとフォークが並んでいた。

「帰ってくるだろうと思って、作っておいた」母は、ハヤシライスを盛ったお皿を台所から持ってくる。

「この前、さくらも作ってくれた」

「じゃあ、違うものの方が良かった？」

僕が座った正面に、母は座る。しかし、母は、僕とは一緒にごはんを食べない。僕が子供の頃からそうだ。冷たいものは冷たいうちに、温かいものは温かいうちに食べられるように、父と僕と祖父母が食べている間は給仕に徹していた。今日みたいにまとめて出せるようなメニューの時も、僕がいつでもおかわりを言いやすいように待っていてくれる。

「ううん。さくらが作ったのもまずくはなかったんだけど、お母さんが作るのには劣るって感じだったんだよね」

「そんなこと言ったら、さくらさんに悪いわよ」

「そうだけど、食べながらずっとお母さんの作ったハヤシライスを食べたいって思ってた」

「じゃあ、ちょうど良かったわね」

「うん。いただきます」スプーンを取り、一口食べる。「やっぱり、お母さんが作ったの方がおいしい」

さくらが作ったハヤシライスとは、コクが違う。

「さくらさん、市販のルーを使ってるんじゃないの？」

「多分、そうだと思う」

「それじゃ、おいしくならないわよ。でも、仕事してるんだったら、時間かけられないものね」

「お母さんだって、仕事してたじゃん」

母は、仕事していても、家事の手抜きをしたことはない。

「お父さん、厳しかったから」

「もう手抜きしていいよ」

「できないし、こうしてる方が楽なの。それに手を抜いたら、この家を維持できないし」

父も厳しかったが、それ以上に厳しかったのは、祖母だ。

祖母はよく、母に向かって「松原家の嫁として、ふさわしくない」と言っていたけれど、そんなことはない。母ほど、なんでもできる女性は、世界中を探しても見つからないだろう。結婚した時、母は三十歳になっていた。仕事をつづけたいと言う母に対し、祖母が出した条件が全てを完璧《かんぺき》にやることだった。祖母は何もせず、監視するように見ていた。睨《にら》むみたいな目で見ている祖母も、何も言わない祖父も、僕は好きになれなかった。祖父母が旅行に行って、父も仕事でいなくて、僕と二人だけで過ごす日にも、母は決して手を抜かなかった。

「結婚したら、この家に帰ってくるよ。家のことはさくらにやってもらえばいい」

「悪いわよ。さくらさん、仕事つづけるんでしょ？」

「どうだろ？　資格持ってるから、つづけるんじゃないかな。でも、嫁として、家のことをやるのが当然じゃん」

「おばあちゃんみたいなこと言わないで」

「お母さんにできたことができないような女とは、結婚したくないんだよ」

「そういうこと言ってるから、いつまでも結婚できないのよ。早く孫の顔が見たいな」

「さくらとは、結婚するよ。約束してるから」

話しながら、ハヤシライスと野菜サラダを食べ終える。祖父母がいた頃は、食事中に話すことも禁止されていた。こうして話せるようになった分だけ、母も楽になったのだろう。

「もっと、食べる？」

「もう少し、ちょうだい」

「ちょっと待ってね」お皿を持ち、母は台所へ行く。

古い家だから、台所とダイニングが離れている。改装したくても、祖父母が生きているうちはできない。

「あっ、そうだ。お母さんの指輪のサイズって、何号？」

母がダイニングに戻ってきたところで聞く。

「なんで？　買ってくれるの？」

「違うよ。さくらのサイズと同じくらいだと思うから」

「もう指輪、買うの？」

「婚約指輪じゃないよ。恋人のいる証《あかし》みたいなやつ。付き合って、一ヵ月以上経つし」

男に誘われても、さくらは優しいからうまく断れないかもしれない。そういう時のために、指輪があった方がいい。

「さくら、さくらって、さくらさんの話ばっかりね。寂しいな」

「さっきは、早く孫の顔が見たいって言ってたじゃん」

「そうだけど」拗《す》ねるように言いながら、母は笑う。

子供の頃、母の笑った顔は、たまにしか見られなかった。笑ってほしくて、僕がおどけると、父に怒鳴られた。

「今度は、さくらも連れてくるよ」

「お父さんの命日？」

「お父さんに会わせるには、まだ早いかな」

二階で物音がして、僕も母も天井を見上げる。

誰かいるはずがない。本棚やタンスの上から何か落ちたのだろう。そう分かっていても、誰かいるような気がする。泥棒が入ったとかではなくて、いなくなったはずの人間の気配がこの家には染みついている。

父が死んでから、来月の十二日で十年になる。

雨が降る日で、父は朝から頭が痛いと言っていた。頭痛薬を飲んでも治まらず、病院に行った方がいいと母は言ったのだけれど、午前中の会議に出ないといけないと言って父は家を出た。そして、駅に向かう途中で倒れた。くも膜下出血だった。そばにいた人が救急車を呼んでくれたのだが、近くで事故があった影響で、受け入れ先がなかなか見つからなかった。

　手術するまでに時間が経ってしまい、手遅れになった。意識が戻らないまま、一週間後に父は死んだ。

　病室で、泣いている祖母と泣かない母を見ながら、僕はどうするべきなのか考えていた。

　窓の外を見ると、降りつづいていた雨がやみ、爪を立てたような薄い月が夜空に浮かんでいた。

　外へ駆け出して、叫び声を上げたい気分だった。悲しいはずなのに、全然悲しくなかった。全身を縛りつけていた紐《ひも》がほどかれたような、解放感があった。

　子供の頃からずっと、父のようになりたいと思っていた。

　母からも祖母からも「お父さんのようになりなさい」と、言われた。父は、大手新聞社の政治部の記者だった。テレビに映ることもたまにあった。父と同じ大学に入り、同じ仕事をすると決めていた。

　しかし、一浪しても僕は、父が卒業した都内にある国立大学に入れなかった。

　父は取材で何日も帰ってこないこともあり、親子の思い出は全くないと言ってもいいくらいだ。他人のように感じていたから、憧《あこが》れを持てたのかもしれない。背中を見上げ、追いかけつづけることに、疲れてしまっていたのだと思う。どんなことをしても褒めてくれなかった父は、大学に落ちたと報告した時、残念そうに大きな溜め息をついた。期待してくれていたんだと思ったが、「二浪なんて恥ずかしいから、私立に行け」と言われた。仏壇に向かって何を報告しても、褒めてもらえることはもうない。褒められるようなことも、できていなかった。

紺野が田沢さんの横に立ち、必死で口説いている。当たり障りのない会話から飲みに誘う作戦なのだろうけれど、かわされつづけている。田沢さんは何を聞かれても、パソコンを見たままで、最低限の答えしか返さない。

「大学生の頃、どこに住んでたの？」紺野が田沢さんに聞く。

「京都です」

「京都のどの辺り？」

「市内です」

「市内のどの辺り？」

「大学の近くです」

「大学って、市内のどの辺りにあるの？」

「それを分からない人に、説明する必要はありません」

「どういうこと？」

「私の通っていた大学がどの辺りにあるのか知らないということは、紺野さんは京都にあまり詳しくないということです」

「なんで？」

「京都に詳しい人ならば、私の通っていた大学がどの辺りにあるのか、分かるからです」

「そうなの？」

「そうです」

会話が途切れても諦《あきら》めるつもりはないのか、紺野は次の質問を考えている。噛《か》み合っていないわけではないし、これはこれで合っているようにも見える。

田沢さんは、必死に勉強して、国立に入ったタイプだろう。勉強しかしてこなかったから、男と付き合ったことなんてないんだと思う。服装は地味で、流行も何もないようなシルバーフレームのメガネをかけている。紺野みたいなチャラチャラした男と付き合って、女にしてもらった方がいい。

「紺野、うるせえから、さっさと戻れよ」燕木さんが言う。

燕木さんは、何日も家に帰っていないので、機嫌が悪い。機嫌がいいところなんか見たことないが、いつも以上だ。契約社員の二人や僕にもっと仕事を振ればいいのに、全部を自分でやろうとする。その上、太っていて汗臭いから、会社中の女性社員に嫌われている。

「はい、すいません」紺野は謝りながら、僕を見る。

何か言いたいことがあるのだろうけれど、無視する。もうすぐ六時になる。忙しそうにしている蕪木さんや契約社員の二人には悪いが、僕は帰る。今日は、中学と高校の同級生だった住吉《すみよし》と会う約束をしている。紺野なんかにかまっている時間はない。

「お先に」あいさつをして、席を立つ。

「お疲れさまです」契約社員の二人が小さな声で言う。

「帰んの？」

エレベーターホールに行く僕に、紺野はついてくる。

「帰るよ。じゃあな」

何か言われるよりも前に、エレベーターに乗る。

住吉とは、新宿《しんじゆく》三丁目にあるイタリアンレストランで、待ち合わせている。会社から二駅だから、六時半の約束には余裕で間に合う。でも、住吉は約束より早く行けるかもしれないと言っていた。僕も急ぐために、タクシーで向かう。

しかし、店に着いても、住吉は来ていなかった。

まだ早いからと思って先に入って待っていたが、約束の時間になっても来ない。スマホを見ても、LINEもメールも届いていなかった。こっちから連絡しようかどうしようか迷っていたら、やっと来た。

「久しぶり」大きな声を上げて、大きく手を振りながら、住吉は店に入ってくる。

「久しぶり」

「今日、暑いな」僕の正面に座り、ネクタイを緩める。

「遅刻した言い訳とか、ないのか？」

「十分くらいだろ？」

「十五分だ」実際は、十二分だった。

「ああ、ごめん、ごめん。取材に時間かかってさ」

　住吉は、僕が入りたかった国立大学に現役で合格して、僕がなりたかった大手新聞社の政治部の記者になった。朝も夜も関係なく取材で駆けまわっていて、たまにしか会えない。

「取材って？」

「まだ公表できないやつ」

「ああ、そう」

「どう？　最近？」

「先に注文しようぜ」僕は、住吉が見やすいようにドリンクメニューを開く。

「オレ、ビール」

「そういう店じゃねえよ」

「なんでだよ？　何を飲もうが自由だろ？」

「自由だけどさ」

　新聞記者として、パーティに出たり、高いものを食べたりしているはずなのに、住吉の酒の飲み方は大学生の頃のままだ。育ちがあまり良くないから、いつまで経ってもいい店に馴染《なじ》めないのだろう。

僕と住吉が通った中学と高校は、私立の男子校で、全国でもトップレベルの進学校だ。毎年、国立大学の合格者を何人も出す。中学に入学してすぐに「国立大学を目指しましょう!」と担任から言われて、センター試験の前日まで六年間言われつづける。私立でも、裕福な家の子供ばかりではない。どうにか学費を払える程度の稼ぎしかないような家の子供も何人かいた。子供が国立大学に合格して、官僚になったりいいところに就職したりすれば、払った額を取り戻せるとでも思っているのだろう。同じ制服を着ていても、そういう家の子供はすぐに分かった。日頃の生活態度が、僕たちとは違った。

大きな声で騒ぎ、身振り手振りも大きい住吉は、その代表だった。中学の入学式の日から、目立っていた。関わりたくないと思っていたのに、なぜか向こうから声をかけてきた。どんなに逃げようとしても、追いかけてきて、いつの間にか一番仲のいい友達になっていた。

住吉の実家は、団地だ。弟と妹がいて、家族五人で暮らせるとは思えないくらい狭い。私立に通わせられる稼ぎがあるようには見えなかったが、弟と妹も私立の中学校と高校に通い、国立大学に入った。

「何、頼めばいいんだよ?」ドリンクメニューを見ながら、住吉は言う。

「好きなの、飲めよ」

「好きなの頼んだら、怒るだろ?」

「怒んねえよ」

「じゃあ、ビール」

「オレも、そうしようかな。暑いしな」

こいつのペースに巻きこまれてはいけないと思っても、住吉といると、抗《あらが》えなくなる。振り回されているように感じていた時もあったが、慣れた。

カウンターにいる店員を呼び、ビールと軽めのつまみをとりあえず注文する。

「で、どう？　最近？」住吉が聞いてくる。

「そっちは？」

「何か話があって、連絡してきたんじゃないの？」

さくらと付き合いはじめたことを伝えたくて、今日は僕から住吉を誘った。でも、いきなり話すようなことではないだろう。

「ビール来たら、話す」

「ああ、そう」

「子供たちは、どうしてる？」

社会人になってすぐに、住吉は結婚した。大学一年生の頃から付き合っていた彼女に、子供ができたからだ。彼女は僕たちと同い年で、名前さえ書けば入れるような女子大に通っていた。バーベキューばかりやっているアウトドアサークルで、住吉と彼女は知り合った。女子大生が読む雑誌から、そのまま出てきたような女の子だ。偏差値の高い大学のサークルに参加して男漁《あさ》りをしているタイプだと、見ただけで分かった。騙《だま》されているとしか思えなかったが、住吉はベタ惚《ぼ》れしていた。妊娠を知らされた時も、オレのせいだと言って、真剣に反省していた。

彼女は、ブログで料理や生活雑貨を公開して小遣いを稼ぐ専業主婦になり、男の子を二人と女の子を一人産んだ。

学生の頃は、住吉が下宿していたアパートで何度か会った。最近は、子供たちのお祝いの時に会うくらいだ。会うたびに、こういうバカな女とは付き合いたくないと思う。

「次男のランドセルを誰が買うかで、揉《も》めてる」

「まだ早くないか？　四月まで一年近くあるぞ」

「なんかさ、そういうのって年々早くなるんだよ。うちのは、私立小学校のお受験をまだ諦めてないし」

「そうなんだ」

「でも、母親は、中学から私立でも三人を国立に入れたっていう自負があるし」

「大変そうだな」

一番上の子が小学校に入る前にも、同じようなことで揉めていた。子供は三人とも住吉と似ていなくて、かわいい顔をしている。僕も早く結婚して子供が欲しいと思うが、住吉家の嫁姑《しゅうとめ》事情を聞いていると、怖くなる。でも、母とさくらは、うまくやってくれるだろう。母の言うことに、さくらが逆らうはずがない。

店員がビールを運んでくる。

「じゃあ、お疲れ、お疲れ」

乾杯して、一口飲む。

「それで、何？」

「彼女ができた」

「それだけ？」

「結婚すると思う」

「おおっ！　そっか、良かったな！」住吉は、店中に響く声を上げる。

「声、デカい」

「ごめん」声を小さくする。「それで、いつ？」

「まだ付き合いはじめたばかりだから、すぐにではないけど、話を進めていこうと思ってる」

「そっか、そっか」

「マッサージ師の資格を持っていて働いてる子だから、彼女の仕事のことも考えないといけないし」

「そうなんだ」嬉しそうにして、住吉は僕の話を聞いてくれる。

大学や仕事のことで嫉妬《しっと》したこともあったけれど、僕と住吉は友達で、親友と言える相手だ。

　それなのに、どう話せば、さくらが住吉の奥さんよりも上だと伝えられるのか、考えていた。専業主婦にしかなれないような女とは違うと思わせたい。

　でも、僕の嫌味なんか、住吉には通じない。中学生の頃から、勉強もスポーツも何をやっても、住吉には勝てなかった。たまに僕の方が成績が良かった時に、住吉は「良かったな」と言ってくれた。「大学も一緒に行こう」と言ってくれていたのに、応《こた》えられなかった。住吉の明るさと善良さには、嘘がない。だから、苦しくなる。

　同じ苦しみを味わわせたいと考えてしまう。

　明日も朝から取材に行かないといけないと言われ、住吉とは早めに別れた。

　駅に着いても、まだ十時前だった。

　福々堂が開いている時間だから、さくらと会って帰ろうかと思ったが、アパートで待つことにした。その方が驚くだろうし、喜んでくれる。

　さくらが住んでいるアパートは、駅から遠い。歩いて二十分くらいかかる。人通りのない公園や住宅街を通るし、引っ越しさせた方がいい。アパートなんてセキュリティも甘くて、女の子が一人で住む部屋ではない。僕が住んでいるマンションも二人で住むには狭いから、できるだけ早く一緒に住める部屋を探そう。

歩いているうちに十時になった。自転車通勤をしているさくらに追い抜かれたらおもしろいと思ったが、アパートに着くまで会わなかった。

ドアの前に立って待つ。

一番奥の部屋だから、見通しが悪い。ベランダは通りに面しているけれど、安全とは言えない部屋だ。

仕事のシフトは一ヵ月分まとめて出るので、事前に聞いてある。変更になったら、連絡するように言った。今日は遅番で十時までだ。閉店時間が十時だから、それより遅くなることはない。福々堂からアパートまで、自転車で十分もかからないだろう。

しかし、十時十分になったのに、帰ってこない。

LINEに〈今、何してる?〉と、送る。どこにいるのか、どうして帰ってこないのか、また池田と会っているんじゃないのか。問い詰めたかったが、ここにいることがばれないようにしなくてはいけない。

読んだら「既読」と出るのに、出ない。もう一度〈何してる?〉と、送る。しかし、いつまで待っても、既読にならなかった。今度は〈仕事、終わった?〉と、送る。これも、既読にならない。仕事が終わって木崎さんとごはんに行くのならば、連絡があるはずだ。帰り道の途中で、何かあったのかもしれない。

電話をかけるが、出ない。

二回、三回とかけても、出なかった。〈何かあった? アパートで待ってる〉と、L

INEを送る。驚かせようとか、考えている場合ではない。

既読にならないし、折り返しの電話もかかってこない。

警察に行った方がいい。

とりあえず、福々堂に行ってみよう。

部屋の前を離れ、階段を下りる。

「あれ？　どうしたの？」

階段下から声をかけられる。駐輪場にさくらがいた。

「どうしたの？　じゃないよ」

「えっ？　なんで？」

「スマホ、見てないのかよ！」

「ごめんね」さくらは自転車のカゴからカバンを取り、スマホを出す。「自転車に乗ってたから見れなかったの」

「何してたんだよ？　仕事終わってすぐに福々堂を出れば、こんな遅くならないよな！」

「九時ちょうどに六十分コースのお客さんが入って、終わったの十時過ぎだったから。それから片づけして」

「言い訳すんなよ！」

「残業することもあるって、前に言ったじゃん」

「聞いてない」

「言ってないかもしれないけど、仕事だからそういうこともあるよ。福々堂の営業時間、分かってるでしょ？」

「口答えするなって、何度言えば分かる？」

「ごめんなさい」僕から目を逸《そ》らし、さくらは不満そうな顔をする。

「なんだよっ！　その顔は？」

「大きな声出さないでよ」

そんなに大きな声は出していなかったが、住宅街なので声が響く。

「とりあえず部屋に行こう」

「帰ってくれない？」

「なんで？」

「疲れてるの。今日、忙しくて」

「だから、部屋で話すって言ってんだろ」

「今日じゃなきゃ、駄目？」

「駄目だよ」

「分かった」

さくらは先に階段を上がり、奥の部屋の前まで行って、鍵を開ける。

部屋に入るのは、初めてだ。

外から見て想像していた以上に、狭い。

「そこ辺、好きに座って」

「ああ、うん」僕は、テーブルの前に座る。

「何か飲む？」

「いい」

「それで、何？　わたしは、どうしたらいいの？」さくらは、僕の正面に座る。

「少しでも遅くなるなら、連絡してほしいんだよ」

「連絡できない時だってあるよ」

「LINEでひとこと、送るぐらいできるだろ？」

「そうですね。分かりました。これからは、そうします」下を向いたまま話していて、表情が見えない。

「僕は、心配してるんだよ」

「分かってる。ありがとう。ごめんなさい」

「分かってくれれば、いいんだ」立ち上がり、さくらの隣に座り直す。

下を向いているさくらの顔を上に向かせ、キスをして、シャツの中に手を入れる。

「ちょっと、やめて」

抵抗しようとする手を力ずくでおさえて、床に押し倒す。

シャワーも浴びずに電気がついたままの部屋でやるなんて、さくらは嫌だろうと思ったけれど、我慢できなかった。アルコールが入っているせいか、すぐにしたかった。左手でさくらの身体をおさえ、右手だけで引きはがすようにして服と下着を脱がせる。閉じている足の間に手を突っこんで、指を奥まで入れると、抵抗をつづけていたさくらの全身から力が抜けた。指を抜き、僕も服を脱ぐ。さくらは、恥ずかしそうに両手で顔を覆い「お願いだから、やめて」と何度か言った。だが、本気でやめてほしくて、そう言っているわけではない。本気ならば、叫び声を上げたりして、もっと必死に抵抗するはずだ。こういう少し乱暴なセックスをすることも、恋人同士には必要だ。

終わるとすぐに、さくらはシャワーを浴びにいこうとした。後ろから手を摑《つか》んで、僕の前に座らせて抱きしめる。

「シャワー浴びさせて」さくらが言う。

「このまま、もう少しだけこうしてて」

「うん」

「さっきは、怒ってごめん。でも、本当に心配なんだよ」

「分かったから、わたしもごめんね」

「ううん。いいよ」

話しながら、さくらの身体に触る。小さな胸は、成長しはじめたばかりの中学生のようだ。触っていると、自分たちが子供みたいに思えてくる。大人になるより前にさくらと出会いたかった。もっと早くに知り合っていたら、他の男に触らせずに済んだ。

「できるだけ連絡するから、もう怒らないでほしいの」

「分かった」

「お願いね」

「夏休みって、取れる？」

「八月の終わりで良ければ、取れるよ」

「実家、帰るの？」

「帰ろうと思ってたけど」

「けど？」

「何かあるなら、帰らないでおく」

僕とどこか行きたいのに、自分から言い出せずにいたのだろう。

「旅行、行こうか？　さくらに合わせて、僕も休みを取るよ」

「大丈夫なの？」

「夏は、そんなに忙しくないから」

嘘をついていることは、旅行の時に話そう。

そこで正直に話し、転職するつもりだということも、伝える。

「どこ、行く？」

「海がいい。子供の頃に、家族で行ったんだ。八月の終わりだと、もう泳げないかもしれないけど、近くに温泉もあるはずだからゆっくりしよう」

小学校一年生の時に、父と母と僕の三人で旅行に行った。父の知り合いが持っている別荘を借りた。海で泳ぐだけではなくて、山に虫を捕りにいった。山からの帰り道の川沿いに桜並木があり、今度は春休みに来ようと約束した。でも、その後、一度も行かなかった。家族三人で出かけたのは、その一度だけだ。楽しそうにしている父を見たのも、あの時だけだった。

「いいよ。長野って海がないから、夏休みに海って憧れだった」

「海、行ったことないの？」

「あるけど、そんなにない。行っても、日本海だし」

「日本海、行ったことないな」

「太平洋は、一回しかないかも。あっ、お台場も入れるなら、もう一回ある」

誰と行ったのかは、聞かないでおこう。前の彼氏と行ったとか言われたら、またけんかになってしまう。違う人間なのだから、理解できないこともある。たくさん話して、僕のことを分かってもらえばいい。過去の恋愛については、さくらが僕にどう接するべきなのか理解できてから、話させた方がいい。

「シャワー、浴びてきていい？」さくらが僕に聞く。

「一緒に浴びる」

「狭いから、無理」

「そう。あっ、ちょっと待って」部屋の隅に置いたカバンに手を伸ばし、中から箱を出して、さくらに渡す。

昨日、仕事帰りに指輪を買った。シルバーのシンプルなデザインのものにした。サイズを直してもらい、今日の昼休みに取ってきた。

「何？」

「開けてみて」

「うん」リボンをほどき、箱を開ける。

「どう？」

「えっ？」さくらは、驚いた顔をする。「どうして？　こんなのもらえないよ」

「いいよ。気にしないで。婚約指輪は、もう少し先って思ったから、とりあえずの安物だし」

「……でも」

「左手の薬指にしてみて」

「うん」指輪をはめる。

思った通りに、ピッタリだった。

「サイズ、ちょうどいいね。同じくらいと思ったから、母に教えてもらったんだ」

「そうなんだ。ありがとう」僕の顔を見て、さくらは少しだけ笑った。

照れていて、どういう表情をしたらいいのか、分からないのだろう。

「お返しに、前に頼んだ合鍵、ちょうだい」

「まだ用意できてないの」

「玄関にあるのは？」

下駄箱の上に鍵を入れる小さなカゴがあり、そこにさくらが自転車の鍵と家の鍵を置く前から、一本入っていた。

「あれは、誰かが遊びにきた時に貸す用だから」

「誰かって？」

「地元の友達が東京に遊びにきた時とか。もちろん、女の子だよ」

「近いうちに誰か来るの？」

「……来ない」

「だったら、あれを使っておくよ」立ち上がり、僕は玄関へ行く。

カゴの一番底に入っている鍵をもらう。

これで、いつでも、この部屋に入れる。


夜中に目を覚ましたら、さくらは隣で眠っていた。シャワーを浴びた後にもう一度セックスをして、ベッドで話しているうちに寝てしまったから、裸のままだ。

ベッドから起き上がり、玄関の横にあるトイレに行く。

起こしてしまったかと思ったが、部屋に戻っても、さくらはまだ眠っていた。カバンからスマホを出して、寝顔を写真に撮る。フラッシュを使っても、起きなかった。寒くなったら起きるかなと思って布団をはがしてみたけれど、起きない。全身の写真も撮っておいた。

恋愛がうまくいっているからか、いつもは嫌だとしか感じられない会社でさえ、楽しい場所に思える。そんな風に、安い女性誌みたいなことを考えてしまう自分も、おもしろいと感じられた。さくらと出会わなければ、知らなかった自分だ。

仕事に対するやる気が湧いてきても、やることはない。パソコンで、さくらに話した海について調べる。

どの辺りということは憶えていたが、はっきりとどこかは分からなかったから、母に電話をかけて確認した。母も「あの時、楽しかったわね」と言っていた。さくらより先に母と行くべきだった。いつか、僕とさくらの子供が産まれたら、母も誘って、みんなで行けばいい。

子供の頃に行った時は、民宿がたくさんあった気がしたが、最近はリゾートホテルや旅館が増えてきているようだ。海水浴する家族向けではなくて、女性向けやカップル向けの宿泊プランが多い。個室露天風呂がある旅館にしぼって、調べる。散歩して、部屋でゆっくりしながら、お互いのことを話すのが今回の旅行の目的だ。ごはんも、部屋で食べられる方がいい。

ここがいいと決めて連絡しようと思ったら、ちょうどさくらからＬＩＮＥが届いた。

〈別れたい〉とだけ、書いてあった。

3

耳の奥で、LINEの通知音が鳴りつづけている。

朝も昼も夜も、真夜中でも、松原さんからLINEが届く。〈もう一度でいいから会ってほしい〉と頼んでくる時もあれば、〈どうして、すぐに既読にならないんだ！〉と怒っている時もあり、怯《おび》えているような目をしたクマやうさぎのスタンプが連続で送られてくる時もある。

LINEで〈別れたい〉とわたしから連絡して、その後に一度だけ二人で会った。付き合ってみて合わないと感じたと話したが、分かってもらえなかった。駅前にあるコーヒーショップで、松原さんは怒鳴り声を上げ、「悪いところがあれば、直す」と言って泣いた。そういうところが苦手なんだと思ったけれど、怒られる気がして言えなかった。何を指して「そういうところ」と考えているのかも、うまく説明できない気がした。すぐに怒るところ、大袈裟《おおげさ》なところ、気分が変わりやすいところ、言葉にしてみてもどれも違う。松原さんがそういう態度をとる原因がきっとあり、それがなんなのか分からないことが怖かった。

二人でいても、松原さんは彼の理想とするわたしと一緒にいるように思えた。現実のわたしは、彼の理想に捻《ね》じ曲げられていく。

泣いている松原さんに「ごめんなさい」と頭を下げて、コーヒーショップを出た。そのすぐ後からずっと、LINEが届きつづけている。返信しないでいれば、何日か経ったらおさまると思っていた。

しかし、もう一ヵ月以上経つ。

通知をオフにしたから、音は鳴らないのに、鳴っているように感じる。マッサージ中でも、控え室に置いてあるスマホが気になってしまう。

「もう少し、強くていいです」お客さんが言う。

「はい」

男性のお客さんだから強めにしていたつもりだが、弱かったようだ。体重をかけて、指先に力をこめる。

「強すぎです」

「すみません」

眠れない日がつづいていて、肉体的にも精神的にも疲れが溜まっている。前は、首や背中に触った感じでどれくらいの力で押せばいいのか分かったのに、感覚が鈍っている。お客さんの身体を任されているのだから、集中しなくてはいけない。でも、そう思えば思うほど、どうしたらいいのか分からなくなり、手順通り終わらせるだけになってしまう。

うつぶせになっていたお客さんにあおむけになってもらって、首と肩まわりのマッサージをする。起き上がってベッドに座ってもらい、軽くストレッチをする。

「どうですか？」

「うーん」

お客さんは、右側に首を傾ける。

どう言ったらいいのか分からない時以外でも、右側に首を傾けることがクセになっているのだろう。カバンを右肩にかけたり、右手で持つことも多いのだと思う。身体をまっすぐに伸ばしても、すぐに全身が右へ傾いていく。

左に傾いていると感じるくらいでまっすぐになりますとか、カバンを左手で持つようにしてくださいとか、アドバイスすることはできる。お客さんが女性だったら、家でできるストレッチを教えたりもする。でも、男性のお客さんには何も言えない。

信用金庫でおじいちゃんに付きまとわれた時、同僚から「勘違いさせるようなことしたんでしょ」と言われた。わたしは普通に接客して、年配の方だから親切にしたつもりだったのに、周りにはそう見えたのだろう。

自分にそのつもりはなくても、相手や周りがそう感じたのならば、わたしが悪かったんだ。

松原さんのことだって、舞い上がってしまわずに、付き合うまでにもっと慎重になればよかった。福々堂でマッサージ師とお客さんとして会うのとプライベートで会うのは違うと分かっていたのに、考えられなくなっていた。

これからはもっと、自分の行動に注意しなくてはいけない。

「着替えをお願いします」お客さんの着替えが入ったカゴを出して施術台から離れ、カーテンを閉める。

「片づけやっておくから、上がっていいよ」受付から副院長が出てくる。

副院長が受付に入っている時は、お客さんが帰った後で施術台に枕やタオルケットをセットし直すのも、マッサージ師の仕事だ。やらなくていいと言われるのは、お客さんから「今後は、別の先生にしてください」と、拒否される可能性がある時だ。評判のいい先生だって、「合わないから替えてください」と言われることがある。人と人の関係である以上しょうがないことだと思っても、拒否されるのは辛い。

「すみません」

「大丈夫だから」

「はい」

ドアを開けて、階段で二階に上がる。

控え室に入ると、ロッカーの前のカーテンが閉まっていた。

「おはよう」少しだけカーテンを開けて中に入り、すぐに閉める。

出勤してきた木崎さんが着替えていた。黒地に赤いバラの柄のブラジャーから胸がこぼれ落ちそうになっている。わたしや他の女の先生の着替えは、Tシャツの上に施術着を羽織る程度だから、わざわざカーテンを閉めない。受付のアルバイトの二人だけが、着替える時にカーテンを閉める。

二ヵ月くらい前、松原さんとの付き合いが順調だと思えていた頃は、少しでも良く思われたくて、わたしも帰る前に着替えていた。カーテンを閉めていると、他の先生たちにからかわれた。そんなことを幸せと感じていた。

「おはよう」木崎さんが言う。

「ブラのサイズ、合ってないんじゃない？」

「最近また大きくなったみたい」

「ふうん」話しながら、ロッカーからスマホを出す。

LINEを開くと、一時間と少しの間に松原さんから三十件も届いていた。一行程度の短いメッセージが三件送られてきて、三分だけ時間があき、五件送られてきて、十分あいた後で、読む気にならないような長い文章が送られてくるということが繰り返されている。短いメッセージは、機嫌が良かったり、怒っていたりというバリエーションがあるが、長い文章ではひたすらにわたしのことを責めている。

〈二十歳くらいの恋人同士ならば、少し付き合って別れるというのも分かります。しかし、僕とさくらは、三十一歳と二十八歳になる大人です。それが一ヵ月半も経たないうちに、大した話し合いもせずに別れるというのは、常識的に考えてありえません。会って話し合いをして、もう一度付き合うべきだと僕は考えています。お互いのことを話し、分かり合い、その上で今後のことを決める。そうしたいと願うことの、どこに問題があるのでしょうか？　こちらが何度も連絡しているのに、無視しつづけるという態度も、

常識として考えられません〉

文章は違っても、いつも同じようなことが書いてある。常識のない子供みたいなことをしたわたしが悪いと分かっているが、会って話しても、また怒られるだけだ。

スクロールして、全てに目を通す。

「LINE、まだ届くの？」着替え終えて、木崎さんはスマホをのぞきこんでくる。

「うん」

「通知をオフにしたんじゃないの？」

「オフにしたけど、既読にしないと怒られるから、見ないと」

「だからさ、ブロックして削除すればいいって言ってんじゃん」

「そうなんだけど、わたしも悪いし」

ブロックして削除すると、何も届かなくなり、友だちリストからも消せる。メールみたいに「送信できませんでした」という通知が相手にいくわけではない。向こうからは、今まで通りに送ることができる。けれど、いつまでも「既読」にならなければ、ブロックされたと分かる。そしたら諦めてくれるかもしれないが、そんな子供みたいなことをしてはいけない。ちゃんと話し合いをしなかったわたしに責任があることなのだから、松原さんの気が済むまで付き合うべきだ。

大手の出版社に勤める松原さんの周りには、芸能人やモデルだっている。そういう人はあまり好きじゃないと言っていたが、出会いはたくさんあるはずだ。

新しい恋人ができれば、わたしのことなんて忘れるだろう。

着替え終えて階段を下りていった木崎さんが、控え室に戻ってきて、慌てているような顔でドアを閉める。

「どうした？」池田先生が聞く。

「松原さんが来てます。下で副院長と話してます」木崎さんが言う。

「えっ？」控え室にいる先生たちが驚いたような声を上げる。

付き合っていた頃は、控え室で池田先生や木崎さんに松原さんのことを話していた。なので、他の先生たちも、わたしと松原さんの関係を知っている。しかし、お客さんと付き合うのは問題があると思い、院長と副院長には言わなかった。松原さんは、付き合いはじめたのと同時に福々堂に来なくなった。急に来なくなったことを院長も副院長も気にしていたけれど、仕事が忙しいんじゃないですかと木崎さんが言い、それで納得したようだ。

「マッサージ受けにきたの？」わたしが聞く。

「そうじゃない？　それしかなくない？」木崎さんは、わたしの隣に座る。

「副院長にも、事情を話しておけばよかったな」池田先生もわたしの前に来て、座る。

「でも、わたし、今日はもう上がりだから」

今日は朝から働いていたので、六時で上がれる。この後に予定がない日ならば、退勤時間ギリギリにお客さんが来ても受けるけれど、断る権利はある。

「ああ、そうか。ちょっと確認してくる」立ち上がり、木崎さんは控え室から出ていく。

「大丈夫？」わたしの目を見て、池田先生が言う。

「はい」

返事をするだけなのに、声が震えた。

どれだけLINEが送られてきても、松原さんが福々堂に来ることはもうないと思っていた。顔を見ていないから、できることがある。一ヵ月以上の間、誰かを攻撃しつづけるなんて異常なことだ。松原さん自身、誰を攻撃しているのかも分からなくなっているんじゃないかと考えていた。福々堂から松原さんのマンションまで、歩いて五分もかからない。駅の周りにあるレストランやコーヒーショップに、松原さんはよく行っていた。わたしのアパートは駅から少し遠いけれど、生活圏は近い。これだけLINEが送られてくるのに会わないのは、向こうがわたしを避けていたからだと思う。LINEを送りつづけながらも、直接会うのは気まずいと感じているのではないかという気がしていた。

木崎さんが控え室に戻ってくる。

「マッサージ受けにきたわけじゃないみたい」

「何しにきたの？」池田先生が聞く。

「副院長がホームページに載せた健康法について聞きたくて、寄ったんだって。和やかに話してた」

「それだけ？」わたしが聞く。

ても悩んでいるのだろう。もう帰ったし」

「そうなんだ」

少し待ってから帰れば、会うことはないだろう。

「そんなんで、来るか？」池田先生は、眉間《みけん》に皺《しわ》を寄せる。「ホームページをチェックしてるってことだよな。それくらいはやってるだろうって思ってたけど、院長と副院長のブログに河口先生の情報も載ってるから。マッサージ以外で、ここに来る口実を探してたんじゃないか」

「大袈裟ですよ」笑いながら、木崎さんが言う。

「そうですよ」わたしも言う。

「いや、大袈裟に考えておいた方がいいって」眉間に皺を寄せたまま、池田先生が言う。

池田先生は、いつも笑っている優しい人だ。初めて会ってから五年以上経つが、怒っている姿を見たことは数えるほどしかない。アルバイトの男の子たちが接客でミスをした場合には怒るけれど、仕事を教える立場として厳しくした方がいいと感じた時だけだ。松原さんから大量にLINEが送られてくることを話した時に、池田先生は「男として許せない」と言って、怒った。わたしなんかのことで、眉間に皺を寄せるほど、悩んだり怒ったりしないでほしい。

「大丈夫ですって」

そう言って、木崎さんは控え室を出ていく。

六時半まで待って、福々堂を出た。

夏至を過ぎたばかりで、この時間はまだ明るい。

梅雨入りしてから昨日までは、毎日のように雨が降っていた。今日の午前中は久しぶりに晴れて青空が広がっていたが、午後から曇ってきて、空は灰色の雲に覆われている。夜には、また雨が降るという予報だ。

雨が降ると、自転車を置いて帰らないといけなくなるので、歩いてきた。アパートまで歩くと、二十分くらいかかる。

池田先生には、アルバイトの男の子たちにアパートまで送ってもらった方がいいと言われたが、一人で大丈夫ですと断った。何かあったら連絡しますと伝えたけれど、池田先生の連絡先は松原さんに消されたままだ。消されてしまったから教えてください、とは言えなかった。週に四日か五日は福々堂で会っているから、LINEや電話で連絡をとることは滅多になくて、今のところまだ連絡先を消されたことは、知られていない。

これくらいの時間だと、緑道には犬の散歩をしている人が多くいる。犬を連れた人たちが集まって、お喋《しゃべ》りしていることもある。しかし、この天気では、散歩に出たとしても、緑道を通り抜けるだけで帰るだろう。商店街を抜けた後は、広い通りに出た方がよさそうだ。

松原さんに渡した鍵を返してもらっていない。

コーヒーショップで別れ話をした時に、返してほしいと頼んだが、今日は持ってないと言われた。

　このままLINEが送られてきたり、松原さんがまた福々堂に来たりするようだったら、引っ越した方がいいのかもしれない。部屋に入られた形跡はないし、考えすぎだと思う。でも、鍵を開けて入ってこられてから逃げようとしても、遅い。とりあえず鍵の交換をしてもらおうと思い、アパートの管理会社に電話したら、二万円くらいかかると言われた。引っ越しすることを考えると、その出費は不要に思えて、交換しないままになっている。アパートを出て、福々堂も辞めた方がいいだろう。そうすると生活費がなくなるけれど、このままでは池田先生や木崎さんに迷惑をかけつづけてしまう。しばらく実家に帰って、スマホも解約して、やり直すのが一番いいんじゃないかと思う。父と母には心配かけるが、いずれは松本で開業するつもりだから、いつまでも東京にいる必要はない。

　諏訪《すわ》のおじいちゃんの家に行くのでもいい。おじいちゃんは諏訪湖の近くで、柔道整復師をやっている。弟の和樹は子供の頃から柔道を習っていた。和樹が試合で怪我をしても、おじいちゃんがすぐに治してくれた。魔法みたいに見えた。信用金庫を辞めた後に、その時のことを思い出して、わたしもマッサージ師になろうと決めた。

　おじいちゃんの家で手伝いをしながら、勉強すればいい。諏訪湖に行ったり、松本に帰って友達と会ったりしているうちに、気持ちは晴れていくだろう。

　でも、それではまた、同じことが繰り返される気がする。

　信用金庫でうまくやっていけなくて、東京に来て、東京でもうまくやっていけなくて、長野に帰る。逃げてばかりだ。松原さんのこともちゃんと向き合わずに逃げようとしたから、こんなことになってしまった。

商店街にあるスーパーの前を通りすぎようとしたところで、後ろから肩を叩《たた》かれた。

振り返ると、松原さんがいた。

「久しぶり」わたしの顔を見て、松原さんは笑う。

あまりにも普通で、わたしにしつこくLINEを送ってきている人とは、別人のように見える。

「お久しぶりです」

「元気そうだね？」

「……はい」

「ちょっと、コーヒーでも、飲んでいかない？」

「いえ、帰らないといけないんで」

「駅前のコーヒーショップで、少しだけ」

「えっと、でも……」

「何か予定があるの？」

「ありません」

「どうしたの？　敬語なんか使って」

「いや、あの、その……」

どうしたらいいのだろう。

ここで叫び声を上げて助けを求めるとか、そういうことではない。松原さんはわたしに暴力を振るおうとしているわけではないし、叫んだりしたら、わたしの方が怪しく思われる気がした。酔っ払っているとか、ヒステリーを起こしたとか松原さんに言われたら、周りの人はそれを信じる。「違うんです！　助けてください」と、わたしが騒げば騒ぐほど、怪しく思われるだろう。もしも誰かが助けてくれたところで、大ごとになってしまう。商店街で騒ぎを起こせば、福々堂にもすぐに伝わる。誰にも迷惑をかけないように、自分で冷静に対処するべきだ。けれど、このまま話していても、断れない。断ったら、アパートまでついてこられそうだ。コーヒーショップに行って話せば、鍵を返してもらえるかもしれない。

松原さんは機嫌がいいみたいだし、今までのことを謝りにきたという可能性もある。育ちだっていいはずで、有名な会社で働いている人なんだから、感情的になって常識外れなことをしてしまい、恥じているということもあるだろう。

「少しでいいから、話したいんだ。三十分もかからないから」

「分かりました。三十分だけなら」

「行こう」

先を歩く松原さんの後についていく。

コーヒーショップに着くまで松原さんは何も話さなかったが、わたしの方を何度か振り返って、微笑みかけてきた。

本を読んでいる人や仕事の打ち合わせの人がいて、コーヒーショップは混んでいた。奥の二人がけの席がちょうどあいたので、そこに座る。レジカウンターに、松原さんがわたしの分のコーヒーも買いにいってくれる。

四月の半ば頃に付き合いはじめて、一ヵ月くらいの間、松原さんは常に優しかった。照れずにレディファーストができる人で、どこに行っても、わたしの希望を聞いてくれた。わたしが土日は休めないことも分かってくれた。

初めて松原さんのマンションに行った頃から、何かが違うと感じるようになった。セックスをしたからというわけではないと思う。だが、その日から急に態度が変わり、彼は怒るようになった。次に松原さんのマンションに行った時に、スマホから男性の連絡先を消され、男と会うなと言われた。それから一週間くらい経った日の夜、少しだけ残業して帰ったら、松原さんがアパートの前にいた。遅くなったこともスマホを見ていなかったことも、怒られた。わたしが自分の意見を言うことは、許されなくなった。「やめて」と何度も言ったのに、無理矢理身体をおさえこまれて、セックスを強要された。シャワーを浴びた後で、もう一回しようと言われた。断ったら、また怒られると思い、応じた。どうしたらいいのか分からなくなり、次の日のお昼過ぎにLINEで〈別れたい〉と送った。

時間が経つと、記憶は薄れていく。

　恋人同士ならば、よくあるけんかだったんじゃないかとも思える。松原さんは怒っていたわけではなくて、わたしを心配してくれただけなのかもしれない。何も考えずに、池田先生とごはんに行くことを話したわたしが無神経だったのだろう。自転車に乗っている時でも、松原さんから連絡がないか、スマホを気にしていればよかった。わたしがもっと気をつけていれば、あんなことにはならなかった。

　そう考えても、身体をおさえこまれた時の恐怖は、消えない。

「お待たせ」松原さんが戻ってきて、テーブルにコーヒーを置く。

「ありがとう。お金、払うね」

「いいよ。これくらい」椅子を引いて、座る。

「でも、わたしたち、別れたんだし」

「やり直せない？」わたしの目を見て、松原さんは穏やかに話す。

　白い中に黒い丸があるだけなのに、目というのはどうして、人によってこんなにも違うものに見えるのだろう。さっきわたしの目を見て話してくれた池田先生の目と松原さんの目が、同じものでできているとは思えなかった。

「ごめんなさい」目を逸らし、わたしは頭を下げる。

「今日、福々堂に行ったんだよ」

「はい」

「気づいてた？」

「木崎さんに聞きました」

「やっぱり、あの時はまだ、控え室にいたんだ」

「はい」

松原さんの話し方や声も好きだったはずなのに、今は気味が悪い。怒ったり、泣いたりされた方がいいように思えてくる。

「今日、朝からＬＩＮＥを送ってたじゃん」

「はい」

「それで、既読がつく時間を見てたんだ」

「えっ？」

わたしが顔を上げると、松原さんは目を逸らして斜め下を向く。

「午前中から働いているから、六時には上がるだろうと思って、福々堂に行った」

「はあ」

「ここで前に話してから一ヵ月が経つし、さくらもまともに物事を考えられるようになったんじゃないかと思って」

「まともに？」

「自分のやったことのおかしさや幼稚さに、もう気がついただろ？」

「それは、気がついてます。だから、悪いなと思ってます」

「やり直すために、お互いに必要な時間だったと思うんだよ。いや、違うな。これから一緒に生きていくために、必要な時間だった。結婚することを考えれば、これくらいはなんでもなかったんじゃないかな。僕なりに、さくらが何が嫌で、別れたいって言い出したのかも理解した」

「……結婚？」

「付き合う時に、そう言っただろ。結婚前提って」

「ああ、そうでしたね」

言われたけれど、本気で考えているとは、思っていなかった。

年齢的に結婚を視野に入れてはいたが、付き合うという話の時に言われたのは、その場の雰囲気や勢いだと思っていた。付き合っている間にも何度か「結婚」という言葉が出た。しかし、それも舞い上がっている気持ちから出た言葉で、冗談みたいに捉《とら》えていた。セックスを強要された後で、指輪をもらった。「婚約指輪は、もう少し先」と言われた。返せないと思って受けとったが、婚約なんて絶対にしないと考えていた。指輪は前にここで話した時に合鍵と一緒に返そうとしたのに、両方とも受けとってもらえなかった。

「僕は、さくらと結婚するために、自分の希望を言った方がいいと思っていた。これは、間違っていないって、今も思ってる。それなのに、さくらは何も希望を言ってくれなかった。言ってくれたとしても、どこに行きたいとか、何を食べたいとか、そんなことばかりだった」

「わたしだって、それ以外にも、希望は言ったでしょ。それなのに、口答えするなって、あなたが言ったんじゃない」

「それは、僕の希望だから言うよ。当たり前だろ？」

「えっと、そうかな」

穏やかに話を進められると、間違っているのは自分だけだという気がしてくる。

「そうやってお互いを理解し合っていきたいと考えていたのに、さくらはそのための努力をしてくれなかった。でも、僕が急ぎすぎたんだと思う。先は長いんだから、これからはもっと時間をかけて、話し合っていこう」

「ごめんなさい。無理だから」

「どうして？」

「あなたのこと、もう好きじゃないの」

恋人同士に必要なのは、これだけのはずだ。

どちらかが相手のことを好きではなくなったら、別れなくてはいけない。

「それはさ、最初に比べて好きじゃなくなったっていうことじゃない？　僕だって、付き合いはじめた頃と同じように、さくらのことが好きなわけじゃないよ。でも、時間が経てば関係性が変わるのは当然で、今は最初の頃とは違う気持ちがある。さくらのことを本当に大切に思ってる。これからは、うまく付き合っていける」

会わなかった間に、彼の中でどんな物語ができあがったのだろう。あれだけのＬＩＮＥを送りつつも、松原さんの中では、わたしと彼の普通の恋愛が進んでいる。あのＬＩ

NEがなくて、今日の松原さんだけを見ていたら、やり直せるような気がしてしまう。

わたしと松原さんでは、普通が違う。

松原さんにとっては、あのLINEも、普通のことなのかもしれない。

「ごめんなさい。無理です」もう一度言う。

「すぐには決められないってことかな？」

「鍵を返してください」

「八月の旅行まで二ヵ月くらいあるし、それまでにゆっくりと関係を修復していこう。それでも無理だったら、鍵を返すよ」

「旅行なんて、行くはずないでしょ」

「ごはんがおいしいって評判の旅館でね、なかなか予約がとれないのに、ちょうどキャンセルが出たみたいで、予約がとれたんだよ」

「わたしたち、別れたのよ」

「部屋に露天風呂もあるし」

夢を見ているようだ。

わたしが何を言っても、目の前にいる彼に言葉は届かず、会話は全くかみ合わない。

これは、どうしようもないほどの悪夢だ。

「とにかく、鍵を返してっ！」大きな声を上げる。

隣に座っていた人が驚いたような顔でわたしを見たが、松原さんは表情を変えなかった。

「また、話そう」

立ち上がり、松原さんは先に帰っていく。

自動ドアの向こうでは、雨が降りはじめていた。

コーヒーショップで話した後も一週間は、松原さんからLINEが送られてきた。無視していたら送られてこなくなったが、福々堂に電話がかかってくるようになった。通常のマッサージの予約ではなくて、出張やアロマリラクゼーションを希望して、わたしを指名する。

出張は男性の先生しか行けなくて、アロマリラクゼーションは女性しか受けられないと何度説明しても、電話をかけてくる。

一日に二回も三回もかけてくるので、何があったのか院長と副院長に話した。院長は、「河口先生のことは娘のように思っている。何があっても守るから、気にしないでいい」と言ってくれた。副院長も、「似たようなトラブルは前にもあったから、大丈夫よ」と言って、「早く話してくれればよかったのに」と、心配そうにしていた。わたしや池田先生が働きはじめるよりも前に、お客さんが女の先生に一ヵ月くらい付きまとっていたことがあったらしい。何か対処したわけではないが、ある日突然に来なくなった。その時のことがあったから、わたしが信用金庫でのことを話した時も、親身になって聞いてくれたのだろう。

　松原さんもそのうちに電話をかけてこなくなる。院長も副院長もそう言っていたが、わたしはそんなことはないだろうと思っていた。わたしの予想があたり、梅雨が終わり、八月になっても電話はかかってきている。

　空は青くて、蝉が鳴いているのに、自分だけがまだ雨の中にいるように感じた。

「ごめんね」折りたたみ椅子を出して受付に入り、木崎さんの隣に座る。

「いいよ。気にしないで」

　お客さんはいなくて、院長と副院長はお昼ごはんを食べにいった。裏の神社から、子供たちが蝉を捕まえようとしている声が聞こえてくる。池田先生と他の先生たちは、控え室で昼寝をしている。

「警察に行った方がいいのかなあ」

「大袈裟だって言ってんじゃん」

「でも、このままだと、院長と副院長にも迷惑かけるし」

「大丈夫だよ。電話に出て、申し訳ありませんって言えばいいだけなんだから。警察沙《ざ》汰《た》とかにした方が迷惑かけることになるよ」

「そうだよね」

　松原さんが会いにきたのは、一回だけだ。付きまとわれているわけじゃないのだから、警察に行くほどのことではないのだろう。警察に行って、わたしが電話のことや福々堂でのことを話せば、院長や副院長にも来てもらうことになるかもしれない。わたしのことで、二人にこれ以上の迷惑をかけたくなかった。

「こういうことを言うのは、どうなのかなって思ってたんだけど」ガラス戸の向こうを見て、木崎さんは話す。

「何？」

「河口先生がはっきりしないのが悪いんじゃないかな」

「えっ？」

「松原さんに、はっきり言わないのが悪いんじゃない？」

「わたし、はっきり言ったよ。別れたいって言ったし、鍵を返してとも言ったし、もう好きじゃないとも言った」

「言葉でそう言ってるだけで、気持ちとしてはそうじゃないんじゃないの？　だから、言い方が弱くなってるんじゃない？」

「どういうこと？」

「LINEだって、ブロックして削除したら、連絡とれなくなるわけじゃん。電話やメールも、着信拒否すればいいんだし。何もしないで、人のアドバイスも聞かないで、どうしよう？　とか、困るとか、言いたいだけに見えるんだよね。悲劇のヒロインぶって、周りに迷惑かけるのを楽しんでるようにしか見えない」

「そんなことないよ」

「松原さんも軽い嫌がらせ程度のことしかしないし。なんか、そういうプレイに付き合わされてるって感じがする」

「だから、そんなことないって」

「だったら、着信拒否設定して、スマホから松原さんの連絡先とか全部を消せばいいじゃない。返せなかったっていう指輪だって、松原さんのマンションに行って、郵便受けにでも入れておけばいいんじゃないの？」

木崎さんは、わたしの方を見る。

「それは、できないよ。一ヵ月と少しだけど、付き合ってたんだし。わたしだって、悪いんだから。ちゃんと常識的に行動しないと」

「その態度がプレイみたいに見えるんだって。わたしだったら、はっきり言うし、スマホから全部消して、連絡とれないようにする」

「それは、相手に失礼になると思う」

「わたしが失礼だって、言いたいの？」

「そうじゃないけど……」

どうして、木崎さんはこんなことを言うのだろう。

いつも話を聞いてくれて、心配してくれて、わたしが落ちこんでいる時には「大袈裟だよ」と、笑い飛ばしてくれた。木崎さんがいたから、一人じゃないと思えて、今日まで耐えてこられた。

「……ごめん。彼氏とけんかしちゃって、イライラしてて」

「ううん、大丈夫。わたしの方こそ、ごめんね。自分の話ばかりして」

「いいよ、いいよ」

「彼氏と何があったの？」

「話すようなことじゃない」木崎さんは、笑って言う。「いつものことって感じで、すぐに仲直りするから」

「そう」

「恋人同士って、そういうことなんだと思う。けんかしてぶつかり合って、仲を深めていく。河口先生と松原さんは、うまくけんかできなかったのが良くなかったのかもね」

「だから、松原さんの気が済むまで、ブロックしたりしちゃいけないんだと思う」

「そうだね。ごめんね、嫌なこと言っちゃって」

「いいよ、気にしないで。何かあったら、なんでも言って」

最近、わたしのことを話すばかりで、木崎さんの話を聞けていなかった。友達なのに、気を遣えなくなってしまっていた。優しくしてくれることに甘えてばかりではいけない。友達同士だって、恋人同士と同じだ。人間関係なんだから、お互いに嫌なことはあって、たまにはそれを言い合う必要がある。

階段を下りてくる足音が聞こえて、ドアが開く。

池田先生が出てきて、受付の横に立つ。

「おはようございます」わたしと木崎さんは、声を合わせる。

「おはよう」眠そうな顔で、池田先生が言う。「予約、入ってる？」

「五時から六十分コース入ってます」

「それまで、誰も来そうにないな」外を見る。

歩いているのは、子供たちだけだ。

外に出る気にもなれないくらい、陽射しが強い。

「松原さんからは？　今日も、電話あったの？」

「午前中に一回だけありました」木崎さんが答える。

「河口先生、今日って、早番だよね？」池田先生は、わたしの方を見る。

「はい」

「これは推測でしかないんだけど、シフトばれてない？」

「えっ？」

「早番に河口先生が入ることはたまにしかないのに、分かってるって感じがするんだよ。河口先生が休みの日に電話がかかってくることもないし。ＬＩＮＥが送られてこなくなったってことは、それで行動を把握してるわけじゃないから、偶然かなって思ってたんだけど、ここまで合ってるとおかしいよな」

「怖いこと、言わないでください」怒ったような声で、木崎さんが言う。

「シフト表が流出するはずないし、違うとは思うんだけど」

「違うなら、自分の胸に留めておいてくださいよ」

「そうだよな。ごめん。戻ります」

ドアを開けて階段を上がり、池田先生は控え室に戻っていく。

同じことをわたしも考えていた。

松原さんは必ず、わたしがいる時に電話をかけてくる。

アパートから出るところを見られているのかもしれないと思ったが、自転車に乗って買い物に行くことだってある。福々堂に入っていくところを確かめなければ、出勤したのかどうかは分からない。出勤時間は日によって違うし、誰にも見られずに、店の周りでわたしを待つことはできないだろう。そんなことをしている時間だってないはずだ。

池田先生と同じように、シフト表の流出という可能性も考えてみた。でも、パソコンのエクセルで作っていても、メールで送ったりはしないものが流出するとは思えなかった。

誰かが松原さんに渡しているなんてことは、ありえない。

気のせいだと思っても、何かを見落としている気がする。


寝苦しい。

窓を開けて寝るのは二階でも危ない気がするし、冷房をつけて寝ると風邪を引く。しかし、閉めきった部屋で扇風機を回しても、ぬるい空気をかきまわすだけで、全然涼しくならない。少しだけ眠れても、またすぐに目が覚めてしまう。

ベッドから起きて、枕元に置いた時計を確認する。

二時を少し過ぎていた。

三十分くらいしか眠れていない。

窓を開けベランダに出て、風にあたる。

夜になっても気温が下がらず、涼しいというほどではない。けれど、部屋の中よりもマシだ。

遠くで車の走る音は聞こえるが、歩いている人はいない。

月も星も見えなかった。

ここから見えないところに、月は出ているのかもしれない。

桜並木と正面の七階建のマンションに遮られて、空は狭い。

松原さんと話した時に、八月の終わりにとると言った夏休みは、九月の初めにとることにした。松本に帰って、ゆっくり過ごす。今後のことは、その後で考える。誕生日に、松原さんからプレゼントにプリザーブドフラワーをもらってからずっと頭の中が混乱していて、冷静になれていない。両親と話して、地元の友達と会えば、気持ちを取り戻せるだろう。

プリザーブドフラワーは捨ててはいけない気がして、箱のフタを閉めたまま、下駄箱の上に指輪と合鍵と一緒に置いてある。

風に揺れる桜の葉の間、マンションの階段で、人影が動く。

白いTシャツを着た男の人がわたしを見ている。

松原さんだ。

見間違いだと思いたかったが、階段の電灯が松原さんの顔を照らしていた。

部屋の中に戻り、窓の鍵をかけてカーテンを閉める。

玄関の鍵とチェーンも確認する。

テーブルに置いてあるスマホを見る。

LINEは送られてきていないし、メールや電話もない。松原さんは、いつからあそこにいたのだろう。前にもいたのだろうか。夜はカーテンを閉めるようにしているが、昼間は開けている。見られていたことがあったのかもしれない。マンションの階段は人が通り、昼間や夕方に何時間もいられる場所ではない。子供も多いから、ずっとそんなところにいたら、通報される。今日以外にもいたとしても、これくらいの時間に数分だけだろう。だから、そんなに不安になることではない。

そう思っても、全身の震えが止まらない。

部屋に一人でいない方がいい。

近所に住んでいる友達は、木崎さんだけだ。でも、木崎さんにはこれ以上迷惑をかけたくない。専門学校の頃の友達は一番近くても三駅先だし、こんな時間に電話して泊まらせてもらえるほどに親しいわけじゃない。同じアパートに住む人たちとは、廊下ですれ違ってもあいさつもしない。隣に大学生の女の子が住んでいるのは知っているが、他の部屋の住人が男なのか女なのかも分からなかった。松本の実家だったら、近所に知り合いがたくさんいて、夜中でもいつでも頼れる友達が何人も住んでいる。東京に出てきたのが間違いだったという気がしてくる。

スマホのアドレス帳を開き、電話をかけても大丈夫そうな人を探す。

松本の友達に電話しても、心配させるだけだ。

警察に通報するべきなのかもしれないけれど、こんな遅くにパトカーが来たりしたら、近所中に迷惑がかかる。

院長や副院長に電話するようなことでもないだろう。

頼れそうな人は、一人しかいない。

和樹だ。

姉と弟で普段から仲がいいわけではないが、姉のピンチに助けてくれないほど冷たい弟ではないはずだ。子供の頃に面倒を見てあげたのだから、たまにはわたしの言うことを聞いてくれるだろう。わたしが電話をかけた時点で、大変なことが起きたと察してくれると思う。

同じ世田谷区内に住んでいて、良かった。

番号にタッチして、電話をかける。

出ない。

かけ直しても、出ない。

もう一度かけ直しても、出ない。

時間が時間だし、眠っているのだろう。

わたしも眠ればいい。

眠って起きたら朝になっていて、騒ぐようなことじゃなかったと思えるかもしれない。

でも、怖くて眠れそうにない。

心の中で謝りながら、木崎さんに電話をかける。

コール音が鳴り響く。

「もしもし」

「ごめんなさい。夜遅くに」

「どうしたの？」

「松原さんがアパートの前にいるの。それで、悪いんだけど、木崎さんの部屋に泊まらせてもらえない？　マンションまではタクシーで行くから」

「えっと」

「駄目かな？」

「うーん、彼氏が来てるんだよね」

「ああ、そうなんだ」

「泊まらせてあげたいんだけど、ほら、けんかして仲直りしたところだから。帰ってとは言いにくくて」

「そうだよね。ごめんね」

「わたしもわたしのことがあるから、河口先生にばかり付き合っていられないっていうか」

「大丈夫。気にしないで」

「ごめんね」

「あっ、あの、池田先生の連絡先って、教えてもらえる？」

もう誰にも頼れないと思ったら、池田先生の顔が頭に浮かんだ。

「連絡先、知ってるでしょ？」

「松原さんに消されちゃって。男の人の連絡先、全部消されたの」

「そんなことあったの？」

「うん」

「LINEで送るから」

「お願い」

「じゃあね」

電話を切る。

すぐにLINEで、池田先生の連絡先が送られてきた。

迷惑をかけるとか、心配をかけるとか、こんな時間に悪いとか、もう考えられなかった。ここは東京で、わたしは一人なんだという気持ちだけが、心を埋めつくしていた。

それ以外には考えられず、身体中の感覚が消えてしまったようだった。

池田先生に電話をかける。

何があったのか話すと、池田先生は「すぐに行く」と言ってくれた。

「河口先生」

ドアの向こうから小さな声でわたしを呼ぶ声が聞こえて、涙が溢《あふ》れ出た。

松原さんと別れてから、怖いと感じても、嫌だと思っても、胸が苦しくなるほど辛《つら》くなっても、泣いていなかったことを思い出した。

のぞき穴で、外を確認する。

うすいグレーのTシャツに水色の短パンを穿いた池田先生が立っていた。

チェーンを外し、鍵を開けて、ドアを開ける。

「河口先生、大丈夫？」

「ごめんなさい」

「いいから。周りを見てきたけど、もういないみたい。でも、ここは危ないから、どこか別の場所に行こう。友達とか、近くに住んでない？」

「えっと、その、住んでるんですけど」

説明しないといけないのに、涙も鼻水も止まらなくて、ちゃんと喋れなかった。

「とりあえず、上がってもいい？」

「どうぞ」

池田先生にテーブルの前に敷いた座布団に座ってもらい、わたしは正面に座る。ティッシュで涙を拭《ふ》き、洟《はな》をかむ。感覚が戻ってきて、汗も流れ出てくる。冷房をつける。

「好きなだけ泣いていいから」

「ごめんなさい。こんな時間に」もうすぐ三時になる。

「いいよ。何も連絡をくれない方が心配」

「池田先生には迷惑をかけてばかりで」

「いいから、いいから」

「弟に電話したんだけど、出なくて。木崎さんに電話したら、彼氏が来ていて。それで、他に頼れる人がいなくて」

「そうか。木崎さんも冷たいからな」

「木崎さんは、悪くないんです」

「うん、分かるよ。悪いとは言ってない」

「すいません」

話している間に、また涙と鼻水が溢れ出てくる。

「泊まれる場所はないってことだよな」

「はい」

「オレの部屋でもいいんだけど、それはマズいよな。でも、ここにオレが泊まるわけにもいかないし」

「それでも、大丈夫ですけど」

「いや、オレが困る」

「そうですよね」

何も考えられなくなって、電話してしまったが、池田先生にだって彼女がいるのだろう。今日も彼女が部屋にいるのかもしれない。

「あの、彼女が来ているとかだったら、帰ってもらっていいですよ」

「いや、そういうことじゃなくて。それに、もし彼女が来ていたとしても、河口先生をこのままにして帰れないよ」

「すいません」

「謝らなくていいから。しつこいようだけど、そうやって気を遣われる方が心配。気にせずになんでも話してほしい。オレは福々堂で五年以上一緒に働いて、河口先生のことは大切な友人だと思ってる。もしものことがあったら、オレも生きていけなくなる」

「ごめんなさい」

「だから、謝らなくていいって。それよりも、感謝してほしいかな」

「そうですよね。ありがとうございます」

迷惑かけることを悪いと思うばかりで、池田先生が優しくしてくれることに感謝できなくなってしまっていた。

「福々堂に行こうか？」

「えっ？」

「タクシー待ってもらってるから、それで福々堂まで行こう。少しでも眠って、早番の先生たちが出勤してくる前には、出よう」

「はい」

「持っていくものがあれば、用意して」

「はい」

お財布とスマホと福々堂の鍵をカバンに入れる。福々堂の鍵は、早番の時のために全員が持っている。

冷房を消して、戸締りを確認してから部屋を出る。

アパートの前でタクシーに乗ろうとしたら、消えそうなくらいに細い月が夜空に浮かんでいるのが見えた。

月はタクシーを追いかけるように、福々堂までついてきた。

「タクシー代、払います」福々堂の前に着いたので、わたしはお財布を出す。

「いいよ」

「でも……」

「今度、昼メシおごって」池田先生は、運転手さんにタクシー代を払う。

「分かりました。なんでもおごります」

「何をおごってもらおうかな」

タクシーを降りて、福々堂のシャッターの鍵を開けて、シャッターを片方だけ上げる。ガラス戸の鍵を開けて中に入り、電気をつけてから、シャッターを下ろしてガラス戸を閉める。

冷房をつけて、池田先生は施術台に座る。

「少しは、落ち着いた？」

「はい」

「良かった」

「ありがとうございます」わたしも、隣に座る。

「なんでも言ってくれていいから」

「はい」

カバンの中で、電話が鳴る。松原さんからかと思って身体が強張《こわば》ったが、和樹だった。

「弟です」

池田先生に言ってから、電話に出る。

「もしもし」

「電話、何？　なんかあった？」

「お姉ちゃん、付き合ってた人に付きまとわれていてね」

「またかよ？」

「信用金庫のおじいちゃんとは付き合ってないから、またじゃないよ」

信用金庫を辞めた後、しばらくは何もする気が起きなかった。松本にいたくないと思い、東京に来た。和樹の部屋に泊まらせてもらったりしていた。その時に、何があったのか話した。「わたしも悪かったと思う」と言ったら、和樹は「そんなことはない」と怒った。何があっても味方をしてくれる弟がいると思えて、先のことを考えられるようになった。

「それで？　どうしたの？」

「和樹の部屋に泊まらせてもらいたいんだけど」

「いいんだけど、オレ、会社にいんだよ。朝までに企画書を上げないといけなくて」

「こんな遅くまで働いてんの？」

「さっき仮眠とったし」

「仮眠とらないで仕事を終えて、アパートに帰って休んだ方がちゃんと寝られるし、効率だっていいの。中学生や高校生の時だって、試験の前日に一夜漬けしても意味ないって言ってたでしょ」

「オレに対する説教は今はいいから」

「そうだね」

「タクシーで迎えにいくとしても、一時間近くかかるけど、大丈夫そう？」

「どうしよう」

池田先生がわたしの肩を叩く。

「ちょっと待ってね」和樹に言い、スマホから顔をはなす。

「なんだって？」

「会社にいて、一時間近くかかるみたいなんです」

「今日はここで眠って、朝になったら迎えにきてもらえば？　オレのことは気にしなくていいから」

「でも……」

「いいから」

三時を過ぎたし、和樹が来るまで待って、池田先生に帰ってもらうのも大変だ。ここで少し寝て朝になってから、帰った方がいいだろう。

「じゃあ、甘えさせてもらいます」

「それでいいです」

電話に戻り、和樹に状況を説明して、朝に迎えにきてほしいと頼む。朝になればアパートに帰っても平気なんじゃないかと思ったが、それでも和樹についてきてもらった方がいい。

もう一人にはなりたくない。

わたしは二階の控え室で眠り、池田先生は一階の施術台で眠った。

ここには生活できる最低限のものが揃っているし、いざという時にはまた泊まらせてもらおう。近くにはコンビニの他に、明け方までやっている居酒屋やバーもあるから人がいて、駅前には交番がある。院長や副院長も駄目とは言わないだろう。

窓を開けると、裏の神社から涼しい風が吹いてきた。

どうにかなると思えたら安心できて、眠れた。

神社で、ラジオ体操をやっている音が聞こえて、目が覚めた。

顔を洗い、歯を磨き、一階に下りる。

池田先生はまだ寝ているかと思ったが、起きていて、受付で本を読んでいた。

「おはようございます」

「おはよう」本から顔を上げる。「ちゃんと眠れた？」

「はい」

「ちょっと顔を洗ってくる」池田先生は二階へ上がる。

待っている間に、スマホを確認する。

松原さんからは、何も届いていない。マンションの階段にいたのは、似たような雰気の違う人で、やっぱり見間違いだったのかもしれない。でも、知っている人に会った時は、閃《ひらめ》くように「あっ！」と感じる。階段のところにいた人がこっちを見ていると思った瞬間に、「松原さんだ」と感じた。それに間違いはないと思う。

手に持ったままのスマホがマナーモードで震える。

和樹からの着信だ。

「もしもし」

「駅、着いた」

「福々堂の場所、分かる？　駅前の通りを渡って、細い道を入ったところなんだけど」

「検索してきたから大丈夫」

「じゃあ、前で待ってる」

「了解」

電話を切る。

「弟さんから？」池田先生が階段を下りてくる。

「駅に着いたそうです」

「じゃあ、帰ろうか？　上は戸締りしてきたから」

「はい」

電気と冷房を消し、ガラス戸を開け、シャッターを上げて、外へ出る。

ラジオ体操から帰る子供たちが駆け抜けていく。

湿度はあるけれど冷たい風が吹き、夏の朝だと感じた。

青く雲一つない空に、まだ月が出ている。

「姉ちゃん」子供たちをよけながら、和樹が福々堂の前に来る。

「ありがとう」

「どういたしまして」

「弟の和樹です」池田先生に紹介する。

「はじめまして。河口先生と一緒に働いている池田と申します」

「すみません。姉がご迷惑をおかけして」和樹は、池田先生に頭を下げる。

「いえ、僕は大丈夫なんで、お姉さんのことお任せしますね」

「はい。ありがとうございました」

「また後で。仕事の時に」わたしの方を見て、池田先生は言う。

「はい。ありがとうございました」頭を下げて、改めてお礼を言う。

「じゃあ、何かあったら連絡して」

駅の方へ行く池田先生を和樹と二人で見送る。

「あの人と付き合うの？」小さな声で、和樹が言う。

「そういう相手じゃないよ」

少し前まで、そういう相手になる可能性は全くないわけじゃないと感じていた。でも、今日のことで、ゼロになったんだと思う。

角を曲がる前に池田先生はわたしたちの方を振り返り、手を振った。

心配そうな笑顔だった。

和樹と一緒に、手を振り返す。

わたしは、どんな顔で池田先生を見ているのだろう。

4

九月になって急に涼しくなった。

来週後半からまた暑くなると天気予報で言っていたが、八月ほどではないようだ。

夏は、終わった。

八月の後半にとる予定だった夏休みは、結局とっていない。さくらと行くために予約していた旅館は、キャンセルした。〈別れたい〉とLINEで送られてきてから、三ヵ月以上が経つ。駅前のコーヒーショップで二回だけさくらと会ったが、話にならなかった。何かに怯えているような顔をして、さくらは下を向いてばかりいた。

彼女自身の意思で別れたいと言っているのではなくて、誰かに脅されたりしているんじゃないかという気がした。

LINEを送っても「既読」にはなるのに、返信がない。二人で話せるようにと思い、福々堂に「出張かアロマリラクゼーションをお願いします」と予約の電話を入れても、拒否される。「女性の先生は出張はできません」とか「男性のお客さまにアロマリラクゼーションはできません」とか言われた。僕は福々堂の常連客だ。他の客と扱いが同じなわけがない。さくらも受付に入ることはあるはずなのに、いつかけても違う誰かが出る。福々堂のマッサージ師か受付の中に、僕たちの仲を邪魔している奴がいる。その誰かに見られると困るから、さくらは僕と会った時に怯えているような顔をしていたのだろう。

どうにかして助けられないかと思い、夜中にさくらが住むアパートの近くまで行ってみた。

向かいのマンションに入って階段から見ていたら、さくらがベランダに出てきて、一度だけ顔を合わせることができた。だが、彼女は驚いたような顔をして、すぐに部屋の中へ戻ってしまった。その次の日から、さくらは夜になっても、アパートに帰ってこなくなった。僕と顔を合わせたことがばれて、部屋に帰らないように言われたのかもしれない。福々堂に出勤しているから、監禁されたとか事件に巻きこまれたとかではないようだ。

コーヒーショップで会った時、さくらは大声を出した。

あれは、誰かに僕との関係が終わったと思わせるためだったのだろう。

その誰かは近くに座って、僕とさくらの話を聞いていたということだ。さくらの様子がおかしいと感じたから、僕は怒らないようにして、鍵《かぎ》も返さなかった。「鍵を返して」と言われたが、それは彼女の本心ではないと分かった。僕がもっと気をつけて見てあげていれば、こんなことにならなかった。

しつこいほど、さくらが鍵の話をしたのは、その鍵を使って助けにきてほしいというメッセージだったんじゃないかと思う。

「電車、止まってるみたいですよ」隣を歩く田沢さんがスマホを見ながら言う。

歩きながら、僕はさくらのことを考えていた。最近は、一緒にいられた頃よりも長い時間、さくらのことを考えている。

「マジで？」

「人身事故で、上下線とも止まっています。大学生が通過する急行にホームから飛びこんだらしいです。飛びこむには、いい時間ですよね」

「なんで？」

「分からないんですか？」田沢さんは、睨《にら》むように僕を見る。

「いい時間とかあんの？」

「たくさんの人に迷惑をかけて死ぬために、電車に飛びこむという自殺手段を選ぶわけです。朝か夕方の混雑時ならば、より多くの人に迷惑をかけられます。もう少し遅い時間の方がいいんじゃないかと思いますが、今の時間に電車が止まれば、終電までダイヤは乱れたままでしょう」

「ああ、そうだね。つまり、僕たちは迷惑をかけられているというわけだ」

神奈川県にある大学まで、田沢さんと二人で取材に来た。大学は夏休み中だが、研究室には学生が何人かいた。テレビにもたまに出ている教授で、来月の初めに発売する雑誌で特集を組む。蕪木さんが企画したくせに、僕が担当することになった。教授は、若いというほどではないけれど見た目はスマートで、ライフスタイルも話題になるような人だから、蕪木さんの一番苦手なタイプだ。それなのに、憧れているらしい。太ったおっさんの乙女のように複雑な気持ちに付き合っている暇もないので、面倒くさいと思いつつも担当を引き受けた。

特集記事の担当なんてしたことがないし、専門的なことは分からないので、田沢さんに同行してもらった。取材は彼女に進めてもらい、僕は横で聞いているだけだった。

もう少し早い時間に帰る予定だったが、話が盛り上がって長引き、夕方になってしまった。

「どうしましょうか？」

「どこかの駅までタクシーで行くとしても、結構遠くに行かないといけないしな」

都内だったら、少し歩けば別の路線の駅に行ける。けれど、この辺りでは、そういうわけにはいかない。タクシーやバスで別の駅に行けるが、道も混んでいそうだし、遠回りして東京まで帰ることになる。一時間もしないうちに電車は動くだろうから、待っていた方がよさそうだ。

「動くまで待つというのが一番いい選択肢だと思われます」田沢さんが言う。

「そうだな。だったら、別行動にしよう」

東京から離れたところで女といても、さくらに見られることはないだろう。でも、もしもの場合を考えて、仕事だとしてもできるだけ、女と二人でカフェに入ったりしないようにしたい。不安にさせることはしない。さくらに何が起きているか分からないが、離れている間だからこそ、彼女のことを考えるべきだ。

「了解しました。わたし、大学の資料館を見にいきます」

「分かった。じゃあ」

「失礼します」軽く頭を下げて、田沢さんは大学の方へ戻っていく。

会社にいる時は、無愛想というか表情を動かすこともない田沢さんだが、取材中は楽しそうにしていた。今でも、大学院か企業の研究室に入りたいと思っているのだろう。

駅前まで行って、コーヒーショップか喫茶店に入ろうと思ったが、どこも満席だった。ファストフード店に入ったら、窓側のカウンター席があいていた。

コーヒーを飲みながら、さくらにLINEを送る。

前触れがなく突然に〈別れたい〉と送られてきた後は混乱して、彼女を責める文章をLINEで送ってしまった。二回目に会ってしばらく経ってから冷静になり、何か事情があるんだと考えられるようになった。福々堂に電話しても拒否されて、その考えは正しいと確信した。さくらが部屋に帰らなくなってからは、電話をするのをやめた。

今は、日常的なことをLINEで送るようにしている。

〈今日は取材で、神奈川県まで来たよ。帰ろうとしたところで、電車が止まってしまった〉ここまで送ってから、困っているクマのスタンプを送る。〈コーヒーショップも喫茶店も入れなかったから、久しぶりにファストフードに入った。コーヒーがおいしくてビックリ〉今度は、驚いているクマのスタンプにする。〈さくらも、行ってみるといいよ〉最後にもう一つ、笑っているクマのスタンプを送る。

すぐに既読になった。

僕からLINEが送られてくるのを待っていたのだろう。

会えなくても、さくらは僕を想ってくれている。


三十分くらいで電車は動き出した。

すぐだと混んでいるので少し経ってから、駅へ行った。

会社でしばらく待っても、田沢さんは戻ってこなかった。直帰したのかもしれない。蕪木さんもいないし、僕も帰ればよかった。出勤時間は九時、退勤時間は十八時と決まっているが、誰も守っていない。昼頃に適当に出勤してきて、終電前には帰っていく。泊まりこんでいる人もいる。だらしなかったり、汚かったりするのを仕事ができる証拠のように話している人もいて、これ以上ここにいてはいけないと感じた。

隣の席に積まれた本や雑誌や封筒の山が大きくなっている。送られてきた郵便物を蕪木さんがパッと目を通しただけで、重ねるせいだ。いらないものならば、ゴミ箱へ捨てればいい。

やることは特にないし、ここにいてもしょうがない。

帰ろうとしてエレベーターホールに出たところで、スマホが鳴った。

住吉からの着信だった。

端に寄って、電話に出る。

「もしもし」

「もしもし、今日って何してる？」

「仕事」

「何時まで？」

「ああ、ちょっと分かんないな」

今から帰るところだと正直に言えばいいのに、嘘をついてしまった。八時を過ぎているが、朝も夜も関係なく働いている住吉から見たら、帰社するには早いとか暇そうとか感じる時間だろう。

「オレ、今日はもう帰れるから久しぶりに飲みに行けないかって思ったんだけど」

「家に帰って家族サービスしろよ」

「家族サービスもちゃんとしてるって。今日は遅くなるって言ったから帰ってもメシないし」

「早く帰れるようになったから作ってって言えばいいだろ」

「そんなんしたら、怒られるだけだって」

付き合っている頃から住吉は奥さんの言いなりだったが、結婚してからは更に彼女の立場が強くなったようだ。

同じ仕事をしていても、住吉と僕の父は違う。父は、家族サービスなんてしなかったし、母の希望を聞いたりもしなかった。そんな父に対して、母は愚痴一つこぼさずに言うことを聞いた。それが夫婦であり、さくらにも同じようにしてほしかったが、うまく伝えられなかった。口で言い聞かせるのではなくて、母と会ってもらえばよかった。

「どうしようかなあ」住吉が言う。

僕が断っても、誘える友達は他にもいるだろう。

「いいよ、いいよ。じゃあ、九時に新宿三丁目の辺りでいい？　今やってる仕事を片づけたら、出られるから」

「いいの？」

「話したいこともあるし」

「分かった。九時な。店、どうする？」

「LINEで送る」

電話を切り、自分の席に戻る。

ネットを見ながら、店を考える。

住吉が苦手だと感じそうな洒落た店を選ぶ。

少し遅れていこうと思ったのに、時間通りについてしまった。

雑居ビルの五階にあるワインバーだ。

さくらと付き合いはじめたことを報告したイタリアンよりも、更に狭くて、常連向けという雰囲気の店だ。カウンター席の他には、二人がけのテーブル席が一つしかない。前にも何度か来たことがある。パチンコ雑誌にいた頃、静かな場所に行きたくて、仕事帰りに寄った。

まだいないだろうと思ったが、住吉は先に来ていて、テーブル席で赤ワインを飲んでいた。

「ごめん、遅くなった」住吉の正面に座る。

「大丈夫。っていうかさ、居酒屋とかでいいんだよ。こんな洒落た店、どうしたらいいか分かんねぇよ」

予想通りの反応なのに、嬉しいとは感じられなかった。

中学生の頃からずっと住吉に勝ちたいと思っていた。けれど、勝てたとしても、自分の負けを素直に認められる姿を見せつけられるだけで、惨めになってしまう。刺身がうまい店とか、煙くさくなるような焼き鳥屋とか、住吉の好きそうな店を選べばよかった。

「ここはとりあえず待ちあわせって感じで」

「オレは、メシが食いたい」

「それは？　どうしたの？」ワイングラスを指さす。

「マスターに選んでもらった」

「ああ、そう。僕も同じものを」カウンターの中にいるマスターに注文する。

「この前の、どうなった？」

「前に会った時に結婚を考えてるって、話してたじゃん」

「そっか、それから会ってないんだっけ？」

「そうだよ。あれ、いつだ？」

「五月？　六月？」

憶えていないようなフリをしながらも、五月だと分かっていた。

飲みに行こうと住吉から誘ってくることは、ほとんどない。今日みたいに、突然に時間があいた時ぐらいだ。いつも僕から誘う。前に会ってから三ヵ月以上経つし、そろそろ連絡してみようと考えていたところだった。

中学生と高校生の時は学校で毎日のように会えた。しかし、卒業して、僕が浪人生で住吉が大学一年生になると、連絡もとらなくなった。僕が大学に入ってからは、たまに飲みに行くようになったけれど、住吉は大学の友達や彼女との付き合いを優先させていた。

僕にとって、住吉はたった一人の親友だ。

でも、住吉にとって、僕はたくさんいる友達の中の一人でしかない。

「で、どうなった？」

「店変えてから、話そうか」

マスターが赤ワインを持ってきて、僕の前に置く。


「この前？」

「なんで？　うまくいってないのかよ」

「うーん、うまくいってないっていうか」僕は、ワインを一口飲む。軽くて甘くて、口当たりがいい。飲みやすいものがいいと住吉が頼んだのだろう。

「別れたのか？」

「そうなんだけど、そうじゃなくて」

「何？」

何があったのかを話す。

しかし、僕とさくらの間でどういうやり取りがあったのか、詳しくは話さないようにした。どれだけ親しい友達でも、恋人同士の間に起きたことを喋るべきではない。夜中にさくらのアパートの近くまで行った時のことも、話さないでおく。あの時、さくらからテレパシーのようなものを感じた。何を言いたいのかはっきり聞きとれたわけではないけれど、僕への愛を感じた。アパートの上に消えそうなくらいに細い月が浮かんでいて、それだけの微《かす》かな光が僕たちを包んでいた。二人の間で起きたことは特別であり、他人には理解できないことだ。

住吉は黙って聞いていたが、眉間に皺を寄せて、その皺を徐々に深くしていった。

「それ、もう無理だろ」僕の話を最後まで聞いてから、住吉が言う。

「えっ？　何が？」

「相手の女がどうして急に別れたいって言い出したのかは分かんないけど、三ヵ月以上も会ってないんだろ？」

「六月の終わりに一回会ってるから、会ってないのは二ヵ月くらいかな」

「二ヵ月だとしても、三ヵ月だとしても、無理だって。ちょっと、ここだと話しにくいから、店変えよう」

「分かった」

支払いを済ませて、店を出る。

古いビルだからエレベーターがなかなか来ない。

階段で下りて外へ出て、正面のビルの地下にある居酒屋に入る。

座敷席に通された。

向かい合って座る。

周りの客は何時から飲んでいるのか、完全にできあがっていて、大声で喋っている。おっさんたちがネクタイを緩め、日本の政治がどうだとか首相がどうだとか原発がどうだとか言っているが、大した内容は話していない。どんな話をしても、給料に対する不満というオチに繋がる。僕たちの隣には二十代後半から三十代前半くらいに見える女性のグループがいて、結婚したいとか彼氏欲しいとか、叫ぶように話していた。

おしぼりを持ってきた店員に、住吉は慣れている感じで、ビールだけではなくて食べ物も注文する。こういう店では、最初から最後まで住吉に主導権を握られてしまう。だから、苦手そうな店を選ぶようになったんだと思い出した。

「それで、二ヵ月会ってないんだろ？」住吉が言う。

「会ってない」

「向こうから連絡してくることもないんだろ？」

「ない」

「別れても友達でいましょうみたいなのもないんだろ？」

「ない。別れたら、友達でいられないよな？」

「オレは、いられる」

「お前、元カノ一人しかいないからな」

住吉は、奥さんと付き合う前には、一人としか付き合っていない。高校一年生の夏から半年間だけだ。近所に住む幼なじみみたいな相手で、試しに付き合ってみたという感じだった。半年間で、唇が軽く触れる程度のキスしかしなかったらしい。そんな奴に恋愛について語られても、信用できない。

「一人しかいなくても、分かる」

「いやいや、分かってないって」

「そうだけどさ」

アルバイトという感じの女の子が溢《あふ》れそうなほどビールの入ったジョッキを運んできて、僕と住吉の前に並べる。

「お姉さん、彼氏と別れても友達でいられる？」住吉が女の子に聞く。

「無理です」

「そうなの？」

「別れた後も仲良くできたとしても、元彼と男友達は違います」

「どうして？」

「男友達とはやらないけど、元彼とはやっちゃうかもしれない。でも、男友達とやっちゃうこともあるかな」

「ああ、そう」

「はい、失礼します」テーブルから離れる。

女の子全員が彼女のようだったり、僕たちの隣に座っている女性グループのようだったりするわけではないのだろう。田沢さんみたいに、男と付き合ったこともない女の子だって、世の中にはたくさんいるはずだ。でも、さくらのように、いくつになっても恥じらいを持ってかわいらしくいられる女性は少ない。

「松原が結婚したいとまで言った相手だから応援しようってオレは思ってたけど、やめといた方がいいんじゃないか」

「どうして？」

「たとえば、松原の言うように誰かに邪魔されているとしても、それって男だろ？」

「多分」

「前に付き合っていた男が急に連絡してきたから、松原に別れたいってLINEしたとか、そういうことだとするじゃん」

「うん」

「それは、つまり、前の男と切れてなかったってことだよな」

「そういう感じではないんだよ。もっと複雑な事情があるっていう気がする」

前の男が連絡してきて困っているということだったら、僕に相談してくれただろう。さくらは、前の男と切れていないのに僕と付き合ったりするような女ではない。

「オレは、相手のことを知らないからなんとも言えないけど、向こうはもう松原に対して気持ちはないんじゃないか？」

「どうして？」

「今でも気持ちがあれば、連絡してくるだろ？　LINEが既読になるってことは、普通に見れてるんだし」

「だから、それはきっと、返信しないように誰かに言われてるんだって」

「それだったら、既読にならないようにだって、できるはずだ。昔の電話じゃないんだから、いくらだって拒否できる」

「ブロックだってなんだってできるのに、既読になるから、おかしいって僕は感じてるんだよ」

「そっか。うん、そうだな」

恋愛経験の少ない住吉には、いくら話しても無駄だ。さくらとのことは今までに付き合った彼女との関係とも違うし、誰かに分かってもらおうとしても無理なのだろう。

「松原は、彼女ができても長続きしなかったから。その子のことは特別なんだって分かるよ。でも、他にも女はいるよ」住吉はジョッキを取り、半分を一気に飲む。

長続きしないというのは、余計だ。

一人とずっと付き合い、結婚して家庭を築いている自分のすごさをアピールしたいのだろうか。

「さくらは、特別なんだ。最初に会った時にそう感じたんだ」

「そうか……」残り半分のビールを飲み干す。

特集記事の担当になってから、実家に帰っていなかった。

校了して、久しぶりに帰ってこられた。

母と二人、リビングでコーヒーを飲みながら、テレビを見る。

祖父母が家にいて、父が生きていた頃は、こういう時間を過ごすこともできなかった。ニュース以外でテレビを見るのは、一日に一時間と祖母に決められていた。その一時間も、祖母と一緒に見ないといけない。アニメもバラエティ番組も、緊張しながら見た。僕が笑う横で、祖母はテレビを睨《にら》んでいた。祖父は一人、自分の部屋でプロ野球中継を見ていた。

こうしてゆっくり過ごせるようになったのは、僕が家を出てからだ。やらなくてはいけないことが減り、母はやっと自分の時間を持てるようになった。パチンコ雑誌にいた時ほど忙しくないし、実家に戻ろうと思ったこともあったが、今のままの方が母にとっては楽だろう。僕が結婚したらまた同居するのだから、それまではやりたいことをやってほしい。

「この教授の特集記事が今度載るんだよ。僕が担当したんだ」

クイズ番組の解説者として、この前取材した教授が出ていた。

「すごいじゃない！」

「編集長からどうしてもやってほしいって言われて」

「よっ君は頼りにされてるのね」

「うん、まあ、うちの会社で頼りにされてもね」

「そんな風に言わないの。だって、テレビに出ているような先生と仕事をするなんて、誰にでもできることじゃないわよ。この先生、世界的にも有名な研究者なんでしょ」

「そうみたいだね」

記事も田沢さんとライターに任せて、僕は確認しただけだ。横で話を聞いていたのに、記事の内容は理解できなかった。脳科学の教授で、テレビでは脳の活性化や記憶方法について分かりやすく話している。しかし、専門で研究しているのは、脳と犯罪の関係らしい。脳のどの部位に異常があると暴力性が増す可能性があるとか、どの部位に傷ができると衝動的な行動をとりやすくなるとか、そういう話だ。今回の特集では、テレビで話しているようなことと脳と犯罪の関係の両方を取り上げた。専門的なこと以外に、脳をはたらかせるクイズも載せる。誰にでもできる簡単な問題から難しい問題まで揃えたが、僕はこういうクイズが苦手で、みんなができる問題が解けない。田沢さんは、どの問題もすぐに解いていた。

「お父さんには報告した？」

「さっき、話した」

帰ってきてお線香を上げた時に父にも話した。褒めてもらいたくて、教授がどれだけすごい人なのか説明した。声が返ってくることはないと分かっている。それでも、見栄を張ろうとする気持ちは、父に見透かされている気がした。

子供の頃、褒めてもらいたくて、嘘をついたり大袈裟に話したりしたことがあった。父は目を大きく開き、黙って僕を見た。睨まれたというのとは、違う。それよりも強く、本気で怒っていたのだと思う。

それなのに僕は、学校のことや塾のテストのことで嘘をついて大袈裟に話すのをやめられなかった。中学生や高校生になり、父が死ぬまでつづいた。仲のいい友達は住吉しかいないのに、学校にはたくさん友達がいると話した。この問題をできた人は少ないと言い、自分がすごく見えるようにした。褒めてもらえないならば、ちゃんと怒られたかった。「そういうことをやってはいけない」と、父が僕に話してくれれば、やめられた。

「新しい彼女は、できないの？」母が言う。

さくらとの間に何があったのか、母には全てを報告した。電話でも話し、前に帰ってきた時にも話した。住吉には話さなかったことも伝えてある。母と僕とさくらは、いつか家族になるのだから、なんでも話しておくべきだ。

「さくらと本当に別れたわけじゃないから」

「さくらさんは、やめた方がいいんじゃない？」

「どうして？」

「よっ君のこと、大切にしてない感じがするのよ」

「そんなことないよ」

「お母さんだって仕事をしていたから、働きつづけるのはいいと思うの。でも、マッサージ師っていうのは、ちょっとね」

「なんで？」

「だって、男性のお客さんに触ることもあるんでしょ？」

「うん」

「よっ君と付き合うって決めた時点で、女性客専門のお店で働くようにするとか、考えるべきだと思うの」

「それは、そうなんだけど」

出会いのきっかけにもなったし、福々堂を辞めた方がいいとは思わないようにしていた。けれど、男の先生がいて、男性客も多いというのは、どうしても引っかかる。さくらには僕以外の男に触れてほしくないし、話すのもやめてほしい。働くことは応援したいから、また付き合えるようになったら、仕事についても相談した方がいい。母と僕とさくらの三人で食事をしながら、先のことを話すのがいいだろう。

「さくらさんに何かあったとしても、許される態度ではないとも思うの。女なんだから、男の人の言うことを聞くべきでしょ。まだ若い恋人同士ならともかく、結婚するって決めていたんだから」

「そういうことは、僕からもさくらに話したって言ったじゃん」

「そうね」

「もう少し待ってあげてよ。問題が解決したらすぐに会わせるから」

「早く解決するといいわね」

「会った時には、優しくしてあげてよ」

「分かってるわよ。よっ君の大事な女の子だものね」

「そうだよ」

「お母さんより大事なんでしょ？」

「だから、そういうことじゃないって」

僕が笑って否定すると、母も笑う。

テレビからも笑い声が上がる。

こうして穏やかに過ごす中にさくらが入り、二年か三年が経った頃に僕とさくらの子供も加わる。子供にやってあげたいことがたくさんある。仕事から帰ってきたら一緒に宿題をやって、日曜日の夕方にはキャッチボールをして、夏休みには海に行く。そのためには、今の出版社で働いているままの方がいいのかもしれない。でも、誰もが羨《うらや》むような会社で忙しく働く後ろ姿も、子供には見せてあげたい。

「何かあれば、弁護士さんにお願いするから、言いなさい」母はテレビの方を向いたまま、言う。

「ああ、うん」

あまりにもさくらの方の問題が長引くようだったら、母が働いていた法律事務所の弁護士さんに話を聞いてもらうことになっている。弁護士さんをさくらにも紹介して、問題を解決するために相談に乗ってもらい、僕とさくらの関係修復にも協力してもらう。

「あと、電話はやめなさい」

「何が？」

「福々堂に電話するのは、もうやめなさい」

「もうやめたよ」

「ＬＩＮＥもほどほどにしておきなさい。さくらさんだって、忙しいんでしょ」

「うん」

「他愛もないことを少し送るくらいで、大丈夫よ」

「最近は、そうしてるよ」

「そう」母はコーヒーカップを持って、一口だけ飲む。

何を言いたいのかよく分からないが、母がそうした方がいいと言うことには、従う。母の言う通りにして、失敗したことはない。

机の上の山を崩さないようにして、田沢さんは僕の隣の席に座る。

蕪木さんは取材で出ていて、もう一人の契約社員はランチに行っている。

「松原さん、これって知ってますか？」田沢さんは、スマホの画面を僕に見せてくる。

男子大学生のツイッターのアカウントだ。プロフィールには、僕と田沢さんが取材に行った大学の理学部三年と書いてある。アイコンには、サークルの飲み会で撮った写真を使っている。髪型も服装も、大学生が読む雑誌をそのままマネした感じがする普通の男の子だ。

「何？」

「前に取材に行った日に自殺した男の子です」

「えっ？」

「教授のところに最初に行った日、帰りに電車が止まったじゃないですか？」

「うん」

「その男の子が死ぬ決意をして、電車に飛びこむ直前まで実況中継してたんです」

「そうなんだ」

「興味ないんですか？」

「うーん」

全く興味がないと言えば嘘になるが、興味があるというほどでもない。十代や二十代前半の頃だったら、おもしろがって喰《く》いついたかもしれないけれど、今はもう悪趣味だと感じる気持ちの方が強い。

取材に行ったのは一ヵ月以上前だし、今更という感じもする。

死んでから一ヵ月以上経っても、ツイッターのアカウントは、残っているものなんだ。遺族の希望があれば削除できるのだろう。でも、自殺した日よりも前には大学でのことや友達とのことも書いているみたいだし、削除しにくいのかもしれない。日記やアルバムがインターネット上に公開されているようなものだ。嫌な思い出に関するツイートだけ削除して、楽しいツイートだけ残すかどうするのか、遺族もすぐには決められないだろう。

父が死んだ時も急だったから、色々なことを決めるのに、時間がかかった。祖母は泣いているばかりで、母が何を言っても「あなたのせい！　出ていきなさい！」としか言わなかった。話し合いにならないから、母が働いていた法律事務所の弁護士さんに間に入ってもらった。弁護士さんがいてくれたおかげで、母と僕は家に住みつづけることができた。

「松原さんは、こういうの好きな人だと思ってました」

に戻る。

「どういう意味？」

「興味ないならいいんです」つまらなそうな顔をして立ち上がり、田沢さんは自分の席に戻る。

見られている気がして振り返ると、紺野が自分の机に積まれた雑誌の上から顔を出し、僕を見ていた。目が合ったから何か言ってくるかと思ったが、積まれた雑誌の中に埋もれるようにして、仕事に戻った。

半年も誘いつづけて、一緒にランチに行くことも飲みに行くこともできていないのに、紺野はまだ田沢さんが好きなようだ。最近はしつこく声をかけていないから諦めたのかと思ったが、会社のパソコンにメールを送りつづけているらしい。田沢さんは、一回も返信していない。取材に行った時に「どうなってるの？」と、田沢さんに聞いたら、そう話していた。お互いに意地になっているだけなんじゃないかと思う。ランチにでも一回行ってみたら、紺野は諦められるかもしれないし、田沢さんは紺野を好きになるかもしれない。

紺野が男で先輩だから、これ以上しつこくすると、セクハラやパワハラという問題にもなりかねない。うちの会社は、そういうことに意外と厳しい。編集部は男が多くて、総務部や経理部は女性が多いので、対立構造ができあがっている。田沢さんも本気で嫌ならば、蕪木さんか僕に言うだろう。それまでは、放っておいた方がいい。恋愛のことだから、頼まれてもいないのに他人が何か言って、解決する問題ではない。

悪趣味だと感じながら、田沢さんに教えられた大学生のツイッターを見てしまう。自殺する数日前まで、海や花火大会に行ったこと、短期のアルバイトでライブ会場の設営をしたこと、研究室の合宿でバーベキューをしたことを写真つきで楽しそうに書いていた。取材した教授の研究室に所属していたようだ。友達も多いし、彼女もいて、希望通りの研究室に入れて、充実した学生生活を送っているように見える。けれど、それは全て、彼が望んだこととは、少し違ったらしい。少しの違いが積もり、大きな違和感に変わった。これから大学を卒業するまでに、この違和感はもっと大きくなり、やがてそこに自分は呑みこまれ何も感じなくなってしまう。それが大人になることだ。夏休みという非日常の中で、そのことに気がついた。気がつくと、気持ちを止められなくなった。希望通りの人生を送るために努力できなかった自分が悪いのだろう。受験勉強だって必死にやったつもりだけれど、全くサボらなかったとは言えない。好きな女の子に告白するのは怖くて、好きだと言ってくれる女の子としか付き合えない。友達に嫌われないように、テレビやネットや雑誌を見て、普通を装っている。ツイッターの中で楽しそうにしている自分が他人みたいに思えた。しかし、悪いのは自分だけではなくて、環境だ。環境を壊すためには、流れを止めなくてはいけない。だから、電車に飛びこむことにした。

最後の方のツイートには、友達や彼女だけではなくて関係がない人からも「生きなさい」というリプライが送られてきている。止めるために駅へ行った友達も何人かいたようだ。誰の言葉も耳に入らないほど、自らの思想を信じてしまったのだろう。

彼の気持ちは、とてもよく分かる。

僕も大学生の頃は、同じことを考えていた。就職してからも、考えていた。自分の希望していた人生ではないと感じ、その気持ちに慣れることができなかった。

さくらと出会えたことで、これで良かったんだと思えるようになった。


早く帰れる日は、さくらの部屋に寄るようにしている。

合鍵を使って、中に入る。

玄関には、僕がプレゼントしたプリザーブドフラワーと指輪と僕の部屋の鍵が飾られている。

冷蔵庫に福々堂のシフト表が貼ってあるので、いつ出勤しているのか分かる。

僕たちの仲を邪魔している誰かにばれないように、さくらがいない時だけ部屋に寄るようにしている。二人でいるところを見られてしまったら、問題が大きくなるかもしれない。

さくらは、全く部屋に帰ってきていないわけではないようだ。本棚には新しい本が増えているし、クローゼットからは秋物の洋服がなくなっているし、台所や洗面所を使った形跡が残っている時もあった。この部屋から出ていくつもりはないのだろう。

前に来た時にはなかった段ボール箱が台所の隅に置いてある。

貼ったままになっている送り状の依頼主の住所を見ると、松本市と書かれていた。氏名は、河口となっている。実家から届いたものだ。

他にも、変化がないか、確認する。僕がここに来た跡が残らないように、開けたものは閉めて、動かしたものは元の場所に戻す。

鍵をもらってすぐに〈別れたい〉とＬＩＮＥが送られてきた。それから何度か、こうして部屋に来ている。

このことだけは、母にも話していない。

話そうかと思ったが、セックスについて話すのと同じ感じがしたから、やめた。

部屋にいると、さくらがいなくても、気配を感じられる。さくらのことを想い、彼女がどんな生活をしているのか想像する。部屋の真ん中に座っているだけでも、僕とさくらの間にある愛に包まれるような気持ちになった。

だが、最近はその愛が薄れているように感じる。

この部屋に、さくらが荷物を置いたり取りにきたりする程度にしか帰ってこられないからだろう。

助けにいくにはまだ早い気がしていたけれど、そろそろどうにかした方がよさそうだ。

もう一度さくらと会って話した方がいい。

ＬＩＮＥを送っても返信をもらえないし、福々堂に電話をしても会わせてもらえない。

通常のマッサージの予約ならば、福々堂も断れないだろう。しかし、マッサージ中に話している声は、受付や他のマッサージ師にも聞こえる。

前に会った時と同じように、仕事帰りに声をかけるしかない。


福々堂の正面にイタリアンレストランがある。

ランチとディナーの間は、カフェとして営業している。奥のソファー席からでも、福々堂の入口の様子が見える。窓側の席にはケーキを食べながら話している主婦のグループと打ち合わせをしているサラリーマンがいるので、のぞきこまなければ、外からは奥の席の様子は見えない。

どうしてもさくらの姿を見たくなった時には、ここに来るようにしている。

ガラス戸の向こうにある受付に、今日は学生みたいな男の子が座っている。マッサージ師の勉強中というアルバイトの子だろう。

さくらは遅番で入ることが多くて、カフェ営業の時間にはあまり福々堂の出入りをしない。それでもたまに、コンビニに行くところや受付で副院長や木崎さんと話している姿を見られる。

見るたびにさくらは痩《や》せていっている気がした。もともと細い身体が折れそうに見えた。木崎さんと話している時には、困った顔をしていることが多い。脅している誰かのこと、僕と会えないこと、他にも悩みはたくさんあって、それを相談しているのだろう。

ずっと見ていても、さくらを脅しているのが誰かは分からなかった。池田というマッサージ師が怪しいと思っていた。しかし、さくらと木崎さんと池田の三人で、よく話している。

付き合っていた頃に、「池田先生とは、本当に何もないよ」とさくらから言われても、僕は信じられなかった。でも、同僚でしかないようだ。僕は女とは友達にならない。男女の間に友情が成立するなんてことはないと思う。居酒屋のアルバイトの女の子が言っていたように、男友達とだってやっちゃう可能性はある。大学生の頃は友達だと思っていた女の子が何人かいたが、女とも意識していなかったような相手から告白されて、友情ではなかったんだと分かった。付き合っている彼女以外、できるだけ女と関わらないようにしている。しかし、仕事ではどうしても話したり、一緒に取材に行ったりしないといけない。さくらと池田の関係は、僕と田沢さんみたいなことなのだろう。

冷静になればそう考えられるが、さくらから話を聞いた時には考えられなかった。だが、仕事上で関わらないといけないとしても、帰りに食事に行ったりするべきではないというのは、どれだけ考えても僕が正しい。恋人である僕がやめてほしいと言ったのだから、さくらはおとなしく従うべきだ。

木崎さんと池田以外の同僚とは、親しく付き合っていないみたいだ。他の先生やアルバイトの男の子たちともたまに話しているが、軽く言葉を交わす程度だった。けれど、それは見える範囲であって、二階の控え室ではもっと話しているのかもしれない。控え室がどんな風になっているのか知らないが、男のマッサージ師が多い中にいるというのも了承しがたい。

母が言うように、女性客専門の店に移らせた方がいい。そういうところならば、マッサージ師も受付も女性しかいない店もある。経営者も含めて女性だけの店を今から探しておこう。

もうすぐ六時になる。

今日は、さくらは珍しく早番で入っている。帰る姿を見られるのは、早番の時だけだ。遅番だと帰るのが十時過ぎになる場合もある。このイタリアンレストランはチェーン店だから、パスタもピザもまずくて、食べる気がしない。ディナーの時間帯にコーヒー一杯で長居はできないので、カフェ営業の時間だけ来るようにしている。さくらが帰っていく姿を見たくて、外で仕事をしますと言い、会社を抜けてきた。蕪木さんがいない時ならば、しばらく戻らなくても、誰からも何も言われない。

控え室に繋がるドアを開けて、さくらが出てくる。

受付にいる男の子と何か話している。

どこかへ行くのか、さくらは水色のワンピースを着ていた。

僕と会う時には着替えていたらしいが、いつもはそのまま働けるような服装で出勤しているはずだ。

木崎さんは休みみたいだから、一緒にどこかへ行くというわけではないだろう。専門学校に通っていた頃の友達と会うのかもしれない。長野から友達が遊びにくることもあると話していた。スマホのアドレス帳にはたくさんの女友達が登録されていた。早く上がれる日だから、その中の誰かとごはんに行くのであって、男となんて会うはずがない。

あのワンピースは、僕と会うために買ったものだ。

駅の反対側にあるカジュアルフレンチの店で、初めて二人で食事をした時に僕から告白して付き合うことになった。二回目のデートは近所の店ではなくて、少しだけ遠くへ行った。その時に、さくらはあのワンピースを着ていた。「かわいい」と僕が言ったら、「新しく買ったの」と言って照れていた。

そんな大切なワンピースで、僕以外の男に会うとは考えられない。

いつもはここから見ているだけで、さくらが帰った後でしばらく待ってから、会社に戻るようにしている。アパートに帰らないでさくらがどこへ行くのか気になったが、追いかけたりするのは危険だ。僕が追いかけているところを誰かに見られたら、その誰かにさくらがまた脅されるかもしれない。でも、いつまでもこのままではいられない。今日は、声をかけようと決めていた。

しかし、それどころではなさそうだ。

カバンからスマホを出して、さくらにLINEを送る。

ここにいることは書かずに、〈寒くなってきたね。風邪ひいたりしてない?〉と、さりげない内容にする。

いつもはすぐに既読になるのに、ならない。さくらはまだ福々堂にいて、男の子と喋《しゃべ》っている。カバンの中のスマホを気にしてもいないようだ。

〈僕は、ちょっと体調悪いんだ〉と書き、マスクをして咳込《せきこ》んでいるプードルのスタンプと合わせて送る。〈さくらのマッサージを受けたら、元気になれるかな〉と、つづけて送る。スマホが鳴っているはずなのに、さくらはカバンの中を見ようともしない。

どういうことなのか聞きにいきたいけれど、そんなことしない方がいい。

ありえないと思っていたが、あの男の子がさくらを脅しているのかもしれない。楽しそうに喋っているみたいに見えるけれど、彼の機嫌を損ねないように気を遣っているという可能性もある。メガネをかけていて冴《さ》えない感じの男の子でも、力はありそうだ。柔道か空手か何かやっていたような身体つきをしている。控え室で二人になった時とかに、力ずくで何かされて、さくらは彼の言うことを聞かないといけなくなった。その時の証拠写真があり、黙って言うことを聞いている。彼の前だから、スマホを出せない。

そう考えると、全ての辻褄《つじつま》が合う。

どれだけさくらが辛い思いをしたのか考えると、涙がこぼれ落ちそうになった。

さくらは、男の子に手を振り、福々堂から出る。

コーヒー代を払い、僕もイタリアンレストランを出る。

駅の方へ行くさくらの後を追う。

福々堂を出たのだから、もうスマホを見てもいいのに、ＬＩＮＥはまだ既読にならない。あの男の子が脅しているわけではないのだろうか。しかし、スマホを見ない理由は、他に考えられなかった。午前中にもＬＩＮＥを送った。それは既読になっているから、アパートにスマホを忘れたわけではないはずだ。いつもならば、接客中以外はすぐに既読になるのに、今日はどうしたのだろう。

改札の前で、さくらは立ち止まる。

僕はコインロッカーの陰に立ち、様子を見る。

さくらは、誰かと待ち合わせをしているようだ。

声をかけて話を聞こうかと思ったが、電車が着いたみたいでホームの方からたくさんの人が階段を下りてきた。

そのうちの一人にさくらは手を振る。

男だ。

福々堂のマッサージ師ではない。会社帰りなのか、スーツを着ている。さくらよりも少し年下という感じがする。男は改札を抜けると、さくらに駆け寄る。どこかへ行くのかと思ったが、二人はさくらのアパートの方へ帰っていった。

会社には戻らず、マンションに帰ってきた。

暗い部屋の真ん中に座りこむ。

アパートの方へ帰っていく二人の後ろ姿が頭から離れない。

さくらから〈別れたい〉とＬＩＮＥが送られてきてから今日まで、自分が考えていたことを信じていたわけじゃない。

父に褒められるために、嘘をついて大袈裟に話したのと同じで、自分にとって都合のいいように話を作っていただけだ。全ては、僕の妄想でしかない。そう分かっていても、信じたかった。さくらのことが好きだから、また付き合えると思っていたかった。最初にコーヒーショップで話した時に、気持ちが離れてしまっていることは、分かった。分かったから、鍵を返したら終わってしまうと感じた。返さないでいい理由を考えて考えて、無理矢理に作り出した話を信じることにした。

誰かに脅されたりなんかしていなくて、さくらはただ僕と別れたかっただけだ。駅で待ち合わせていた男は、池田みたいに何もない相手なのかもしれない。弟かもしれない。引っ越しを考えていて、不動産屋とかなのかもしれない。でも、どうにかして話を作ろうと考えても、これ以上は信じられない。恋人としか思えなかった。

あの男といつから付き合っているのだろう。

アパートに帰らなくなった頃からだと思う。夜中に僕と顔を合わせたことなんて関係がなくて、あの男の部屋に行くようになったから、帰らなくなった。さくらは、あの男の仕事が忙しい時とか、男の部屋に持っていくものがある時とかだけ、アパートに帰っている。

だが、さくらは付き合ってすぐに男の部屋に居つくタイプではない。もしかしたら、僕と別れたすぐ後から、あの男と付き合っていたのかもしれない。さくらの部屋に僕が行った時に、たまたま出くわさなかっただけで、お互いの部屋を行き来していたのだろう。それで、男の部屋で半同棲《どうせい》するようになった。さくらの部屋に男の痕跡《こんせき》はなかったが、基本的には男の部屋で過ごすようにしているからだと思う。今日は久しぶりにさくらの部屋で過ごすことにしたんだ。どんなやり取りがあって、そう決めたのかは、僕には想像できないし、考えたくもない。

男と知り合ったのは、僕と別れてからだと思いたい。さくらは、知り合ったばかりの男と簡単に付き合うような女ではないと考えたかったけれど、そんなことないと僕は知っている。僕とだって、福々堂のマッサージ師と客という関係でしかなかったのに、誘ったらすぐについてきて、簡単に付き合えた。結婚を考えて、真剣に付き合っていたのは僕だけだったんだ。大手出版社に勤めていると嘘をついていたから、それだけが狙いだったのかもしれない。マッサージ師として、さくらはそれほど稼げていなかった。仕事をがんばっているように話していたのは嘘で、結婚して専業主婦になって楽しようと考えていたんだ。僕よりも条件のいい男が見つかったから、〈別れたい〉とＬＩＮＥを送ってきた。

さくらはそんな女じゃない。がんばって仕事をしていたし、僕といる時に嬉しそうにしていた笑顔に嘘はなかった。彼女のことは、僕が誰よりも分かっている。

せめて本当のことを言ってくれれば、よかった。

正直に「他に好きな人ができた」と言ってくれたら、僕も諦めることができた。それなのに、さくらは下を向いて黙りこみ、何も言わずに逃げようとした。誠実さがないわけじゃない。子供っぽいところもあったから、それで逃げきれると思ってしまったんだ。LINEだって無視すればいいと、中学生や高校生みたいなことを考えている。人間関係なんだから、そんなことをしていいはずがない。

今頃、さくらの部屋で二人は何をしているのだろう。

さくらが作った夕ごはんを食べて、そのままセックスをしているのかもしれない。別れてから、さくらは家具を買い替えたりしていない。つまり、僕と寝たベッドで、あの男とやっている。僕より前には、他の男とも同じベッドで寝ていた。しばらく彼氏がいなかったと言っていたけれど、それも嘘に思える。セックスの時、さくらは自分からはあまり動かない。慣れていない感じに見せるのも、男を喜ばせるための演技なのだろう。乱暴にしようとした時も「やめて」と言うだけだった。あの日はシャワーを浴びた後にも、やった。嫌がったり、恥ずかしがったりするくせに、本気で拒否することはない。本当は、ただの男好きなんだ。マッサージ師の池田とだってやっていて、その上で同僚とか兄と妹みたいとか言っている。僕以外の客にも、手を出していそうだ。今日一緒にいた男も、もとは福々堂の客なのかもしれない。

考えたくないのに、さくらの部屋で二人がやっているところを想像してしまう。さくらはどんな顔であの男を見て、どんな声を上げるのだろう。身長は僕と同じくらいでも、僕よりも体格のいい男だった。仕事だけじゃなくて、身体で男を選んでいるのかもしれない。マッサージをしながら、どんな身体をしているのか、確かめているのだろう。

スマホには、さくらの部屋で撮った写真が残っている。

あんな女が男を探すために勤めている福々堂は、潰《つぶ》れるべきだ。

カバンから、スマホを出す。マッサージ屋の口コミサイトを開き、福々堂を検索する。

福々堂の口コミは、院長や池田を褒めているものが多い。さくらのことを褒めているのは、男ばかりだ。口コミに書いてもらえるように、何かしているのかもしれない。僕もさくらのマッサージを受けていたが、わざわざ口コミサイトで絶賛するほどにうまいわけではなかった。

書き込み用のフォームを開く。

〈河口先生を指名して、何度かマッサージを受けました。僕は客として通っていたのでそんなつもりはなかったのに、ある日急にメールが送られてきたのです。しつこくメールが送られてくるので、食事に行きました。かわいらしい人だと感じて、付き合うようになったのですが、すぐに別れたいと言われました。どうも、客の経歴や体格を見て、男を誘いまくっているようです。マッサージはまあまあ良かったけれど、二度と行きません〉

評価の星がゼロでは投稿できないので、一つだけつける。

さくらが裸でベッドに横たわっている画像を二枚添付して、送信する。

これは、さくらに対する罰だ。

5

短大に通っていた頃、友達の彼氏が自主製作映画の監督をやっていて、撮影の見学に行った。休憩中もカメラをまわし、出演者やスタッフを撮っていた。その映像はできあがった映画のエンドロールに使われ、わたしと友達も少しだけ映っていた。撮られているという意識があまりなかったからか、鏡や写真で見る自分の姿とは違うように見えた。録音した声を聞いた時の感覚に近い。自分が思っていた自分ではなかった。

目の前にあるのは、写真なのだけれど、その時と同じ感じがする。

わたしが寝ているうちに撮られたからだろう。

自分の裸の写真を見るのは、子供の時以来だ。幼稚園にも入っていない頃に、お風呂場で撮った。その頃とは、手足の長さも、胸やお尻の形も、何もかもが違う。細くて子供みたいな身体だと思っていたが、ちゃんと大人になっている。

最初にこの写真を見せられた時には、血の気が引く感じがして、眩暈《めまい》を覚えた。二度、三度と見るうちに、何も感じなくなった。

「削除依頼はしたんだけどね。投稿した本人の許可がないと、消せないって言われたの」副院長は、ノートパソコンを見ながら言う。

「ああ、そうなんですか」わたしもノートパソコンを見ながら話す。

向かい合って座り、お互いにとって見やすいように置かれたノートパソコンをのぞきこんでいると、ファミレスや居酒屋でメニューを見ているような気分になってくる。

「これ以上、私たちには、どうしようもできなくて」

「そうですよね」

「やれることは、やったのよ」

「あっ、はい、ありがとうございます」

副院長を見ると、困った顔をしていた。

その隣に座る院長は、頬に手を当てて、何か考えているような顔をしている。この写真を女の人に見られるのも嫌だが、男の人に見られるのは耐えられない。恥ずかしさで死んでしまいたいくらいだったのに、そうも思えなくなってきている。

院長と副院長の控え室に入るのは、面接の時以来で、五年半ぶりだ。陽当たりが良くて明るい部屋だった気がしていたのだけれど、妙に暗い。窓の外には、正面のビルのベランダが見える。あのビルは五階建てで、陽を遮る。わたしが働きはじめるよりも前から建っていた。面接の時の記憶が間違っているのかもしれない。

「河口先生から削除依頼するんじゃ、駄目なのかな？」院長が言う。

「どうなんでしょうねえ」わたしが言う。

マッサージ屋の口コミサイトに、わたしの裸の写真を載せられた。

写真ではなくて、画像と言うのが正しいのだろうか。

匿名の記事だが、こんな写真を載せられるのは、松原さんしかいない。前に付き合っていた彼氏という可能性も考えてみたけれど、わたしの髪型やベッドのシーツは、どう見ても松原さんと付き合っていた頃のものだ。

これを最初に見つけたのは、木崎さんだ。

受付のパソコンで、口コミサイトを見ている時に見つけた。木崎さんはすぐに、院長と副院長の控え室に行き、報告した。控え室でお弁当を食べていたわたしも呼ばれ、受付のパソコンで確認した。院長がわたしの後ろに立って「書き込まれたのは昨日で、たくさんの人が見ているわけではないだろうし、すぐに削除依頼するから」と言っているのが、眩暈を起こして失われそうになっている意識の彼方《かなた》で聞こえた。

電話でお願いしてすぐに消してもらえるわけではないだろうと予想はしていたけれど、削除依頼には思った以上に時間がかかった。まずはサイトの運営会社にメールを送り、それに返信が届いてから詳細を書いたメールをまた送り、返信を待つ。なかなか返信が送られてこなくて、一週間待たされた。その間、わたしの裸の写真は、世界中で閲覧されつづける。待った結果として、削除は無理ということだった。

「お客さんの間でも、広まっているみたいで」院長は言いにくそうにする。

「そうですよね」

「うちの経営状態も、もともと良くなかったし、これだけが原因じゃないとは思うんだけど、この一週間くらい、お客さんが減ってきている。新規のお客さんは全く来ないし、常連さんも来ていない」

口コミサイトに裸の写真を載せられるようなマッサージ師がいる店には、わたしだって行かない。他にどんなにいいことが書かれても、それだけで信じられなくなる。しかも、松原さんはわたしと付き合っていたことも書いている。

「お客さんと付き合うというのも、ちょっとね」副院長は、パソコンを閉じる。

「そうですよね」

「河口先生はよく働いてくれたし、お客さんからの評判も良くなってきたところだし、受付にも率先して入ってくれて助かっていたし、でも、こういうことがあると……」

一週間、わたしは休みをもらい、アパートから一歩も出ないようにした。和樹や木崎さんや池田先生が何度か来てくれた。他人と接するのが怖くて、和樹以外とは会わなかった。院長から電話があり、「福々堂に来るように」と言われた時点で、なんの話かはだいたい分かった。

久しぶりに外へ出ると、冷たい風が吹いていた。

「辞めてもらえるかな？」院長が言う。

「はい、ご迷惑をおかけして、すみませんでした」わたしは、膝《ひざ》に手をついて頭を下げる。

不当な解雇だと文句を言う権利は、わたしにはない。

寝ている時でも、裸を撮られるなんて、迂闊《うかつ》だった。

これ以上、福々堂に迷惑をかけられない。東京に出てきてから五年半、院長と副院長にはお世話になった。松原さんからしつこく電話がかかってきた時も、二人はわたしを守ってくれた。

どうしようもないところまで、来てしまったんだ。

福々堂を辞めて一週間が経った。

貯金はほとんどないから、このままでは生活できなくなる。そう思っても、新しい仕事を探す気になれなかった。マッサージに関する仕事をするのは、しばらく無理だ。

退職のための手続きやロッカーの片づけをしている間に、院長が福々堂からのお願いとして松原さんにメールを送り、削除依頼をするように頼んでくれた。しかし、そのメールに返信はなかったのだろう。写真は、まだ削除されていない。

わたしから松原さんに連絡して「削除してください」と頼むべきなのだけれど、LINEもメールも送りたくないし、電話もかけたくない。松原さんからは、口コミサイトに写真が載った日以降、LINEもメールも送られてきていなくて、電話もかかってこない。

見なければいいと思いながら、一日に何度も確認してしまう。

口コミには、裸の写真に便乗するように、嫌がらせみたいな書き込みが並んでいる。内容の品のなさから考えて、それを書いているのは松原さんではないだろう。

インターフォンが鳴る。

すぐに出ず、物音を立てないようにして、玄関まで行く。

のぞき穴から外を確かめる。

木崎さんだった。

ドアを開ける。

「どうしたの？」わたしから聞く。

外は、まだ明るい。

どうやら昼間のようだ。

カーテンを閉め切り、部屋から出ないようにしているため、時間の感覚がずれてきている。辞めてから一週間というのも、だいたいそれくらいと感じているだけだ。本当は、三日しか経っていないかもしれないし、一ヵ月以上経っているのかもしれない。

「大丈夫？」木崎さんは、わたしの顔を見て言う。

笑顔で「大丈夫！」と返したかったけれど、できなかった。

何も言わず、わたしは首を横に振る。

「そりゃ、そうだよね。ちゃんと食べてる？」

「できるだけ食べるようにしてる」

「そう。上がっていい？」

「どうぞ」

院長に呼ばれた日は、木崎さんも池田先生も休みだった。

他の先生たちとアルバイトの男の子たちに、迷惑をかけたことを謝り、二人にも謝っておいてくださいと伝えて、わたしは福々堂を出た。先生たちは誰も怒らないで、「これからも、がんばってね」と、声をかけてくれた。アルバイトの男の子たちは「河口先生には、色々と教えてもらい、感謝しています」と、言ってくれた。優しくしてもらっても、誰も信じられないと感じた。松原さんだって、最初は優しかった。それなのに、こういうことをする。

人間の本性なんて、わたしには見えない。

池田先生からは、何度かＬＩＮＥやメールが送られてきて、電話もかかってきた。アパートにも、来てくれた。

松原さんにやられたら「怖い」と感じることを、池田先生がやると「嬉しい」と感じた。そんな風に感じてはいけない。ＬＩＮＥもメールも返さず、電話にも出ないで、居留守を使った。帰っていく足音を確かめてドアを開けると、コンビニの袋がドアノブにかかっていて、中には果物やヨーグルトが入っていた。

「換気した方がいいよ」木崎さんは、ベランダ側のカーテンと窓を開ける。

外で遊んでいる子供たちの声が聞こえてくる。

世田谷区は巨大迷路のように、道が入り組んでいる。

曲がり角の先に誰がいるのか分からなくて、明るい時間だからって安心はできない。

しかし、子供たちは正面のマンションの周りを小回りを利かせて駆け回っている。母親たちは立ち話をしながらそれを見ている。そんな中で、男の人がアパートを見ていたら、不審者として通報される。松原さんが来ることはないだろう。

「和樹君は？」話しながら木崎さんは、部屋の掃除をする。

ずっと部屋にいても、じっと座っているだけで何もしていなかったのに、汚れている。洗面所や台所のタオルは交換したけれど、洗濯カゴに入れたままだ。読もうと思って手を伸ばしても読めなかった本や雑誌は、棚に戻さず、テーブルの上や床に散らばっている。流しには、洗っていないグラスやマグカップが溜まっている。

「スーパーで買ったものを持って、たまに来る」

「そうなんだ」木崎さんは、床に散らばった本を拾い集めて本棚に戻す。

文庫本を適当に並べているのが気になったけれど、どうでもいいことだ。

「いつまでも和樹の部屋にいるのも、悪いし」

夜中に松原さんが正面のマンションにいたのを見て以来、しばらくは和樹の部屋にいた。荷物を取ったり置いたりする時だけ、アパートに帰ってきた。

和樹の部屋も、ワンルームアパートだ。

姉と弟の二人で暮らすには、息苦しい。

わたしがいたため、和樹は彼女に「しばらく来ないで」と、電話していた。それが原因で、けんかもしたようだ。和樹は「いつまででも、いていい」と言ってくれた。けれど、ストレスを感じているのが、わたしには分かった。見た目がすごく似ているわけじゃなくても、姉と弟で性格や仕草は似ている。和樹の話し方は、疲れている時のわたしとそっくりだった。世話になっている身で、怒ってはいけないと思っても、わたしもストレスを感じた。写真を見つけた日の夜に電話して、何かあった時に来てくれればいいと頼み、自分のアパートに戻ってきた。

　ここにいつまでもいないで引っ越そうと思っても、その気力もお金もない。何があったのか両親に話せないから、実家には帰れないし、お金を借りることもできなかった。

「これ、洗っちゃうよ」本や雑誌をしまい終えて、木崎さんは流しに立つ。

「いいよ。置いておいて」

「いいから、いいから」

　木崎さんは、溜まっていたグラスとマグカップを洗い、洗濯もしてくれて、部屋に掃除機までかけてくれた。

　部屋が片づくと、少し気が楽になった。

「どう？」木崎さんが言う。

　手には、温かいコーヒーの入ったマグカップを二つ持っている。

「ありがとう」

「どういたしまして」マグカップをテーブルに置き、わたしの正面に座る。

　暗くなるのが早くなった。

　もうすぐ陽は沈み、子供たちはそれぞれの家に帰る。

「来てくれて助かった」わたしは話しながら立ち上がり、窓とカーテンを閉める。「でも、わたしのことは、もういいから。木崎さんだって、忙しいでしょ。福々堂も、大変だろうし」

「福々堂、辞めると思う」

「どうして？」座り直す。

「院長も副院長も冷たすぎるでしょ」

「なんで？」

「河口先生、がんばってたのに、クビにするなんて」

「わたしが問題起こしたんだから、しょうがないよ」

「だって、松原さんから電話がかかってきてた時には、理解あるようなこと言ってたじゃん。それなのに、店の経営が危ういってなったら、あっさり手の平返して」

「そういうことではないんじゃないかな？」

「どっちにしても、福々堂の経営状態的に、受付専任のアルバイトを雇う余裕もなくなるだろうし。受付なんて、先生たちで回してどうにかなるからね」

「そんなことないよ、木崎さんがいないと困るよ」

ただ受付に入るだけならば、先生たちとアルバイトの男の子たちで回せる。でも、受付はそこにいればいいだけではない。専任のスタッフである木崎さんたちがお客さんのリストを管理してくれている。リストには施術に関する希望だけではなくて、予約の傾向や家族関係、施術中に話したことのメモまで、細かいことが書かれている。掃除だって、男の人はどうしても大雑把だ。専任のスタッフがいるから、福々堂は清潔感が保たれている。

「誰も困らないって」笑いながら、木崎さんは言う。

「だって、先生たちだけじゃ、細かいことに気がつけないし。木崎さんがいてくれて助かるって、みんな思ってるよ」

「わたし、先生たちのために働いてるわけじゃないから」

「えっ？」

「仕事だからやるべきことはやるけど、それだけ。先生たちが困るなんていうのは、どうでもいい。なんかさ、受付を召し使いか何かと勘違いしてんじゃないのって、感じる時もある。みんな、偉そうだよね」

「そんな風に思ってたの？」

「河口先生だって、わたしのことを下に見てるでしょ？」

「見てないよ」

「もう、先生じゃないか。クビになったんだもんね」

「うん、そうだね」

「河口さんっていうのも、変な感じ。まあ、どうでもいいかな」

「うん」

「上から目線で話すじゃん」

「わたしが？」

「教えてあげられるとか、そういう言い方するでしょ。あげられるって、何？　教えてくださいって、わたしが下から頼まないといけないの？」

「そんな言い方した？」

「したよ。アロマの話をした時に」

「それは……」

会話の中で無意識に言ったことで、上からなんていう気持ちはなかった。でも、木崎さんにはそう思えたのだろう。

「わたしから見たら、先生たちって世界が狭いっていうか、常識知らないって感じなんだよね」

「そうなんだ」

「マッサージ師って、脱サラしてなった人が多くて、社会ではうまくやっていけない人ばっかりだから、そんなもんだよね。河口さんだって、信用金庫で人間関係の問題を起こして、マッサージ師になったんだもんね？」

「うん」

「コンビニ行くみたいな格好で仕事来ちゃうし、世間のこと知らなすぎ」

「わたしはそうだけど、他の先生たちはそんなことないよ」

松原さんが福々堂にしつこく電話をかけてきた夏頃から、木崎さんとうまく話せなくなった。前みたいに気軽に話せばいいと思っても、嚙み合わない。木崎さんはもともと言いたいことをはっきり言うタイプで、先生たちの悪口もたまに言っていた。

笑いながら聞けたようなことを受け入れられなくなっている。

さっきからずっと、木崎さんは笑顔で話している。いつも通りに話しているだけだ。わたしが上からなんていう気持ちはなかったように、木崎さんだって嫌味を言っているつもりなんてないのだろう。

「そんなことあるって」木崎さんが言う。「池田先生だって、サラリーマンとしてはやっていけないでしょ」

「それは、分からないけど、マッサージ師として優秀だし、お客さんの評判もいいし、優しい人だよ」

「ふうん。まあ、池田先生のことはいいや。わたし、あの人の優しさとか親切とかって、わざとらしくて、好きじゃないんだよね。河口さんに下心あるの、見え見えって感じ」

「だから、そういう関係じゃないって、何度も言ってるじゃん」

「分かった、分かった。それは、もういいから」

「うん」

コーヒーを一口飲み、気持ちを落ち着ける。

「とにかくさ、河口さんは、もっと世間のことを知った方がいいよ」

「そうだね」

「そうしないと、また変な男にだまされちゃうよ」

「だまされる？」

思っていた人と違ったというのとだまされるというのとは、少し違う気がする。わたしが世間知らずだと分かった上で、何か目的があって、松原さんは優しい人を装ったわけではない。

「だまされてたじゃん」

「お金を取られたりしたわけじゃないし、そういうことではなくない？」

「えっ？」木崎さんは、驚いた顔になる。「もしかして、まだ知らないの？」

「何を？」

「松原さん、大手出版社に勤めてるとか、嘘だったんだよ」

「えっ？」今度は、わたしが驚いて声を上げる。

「実際にどこに勤めてるかまでは知らないけど、ここで働いてますって言ってた会社は、嘘。だから、それに関して言ってたベストセラー作家の担当をしてるとか、芸能人と仕事することもあるとかいうのも、全部が嘘。モデルの仕事してた頃の友達がそこの出版社に勤めてて、聞いたんだよね。松原なんていう社員はいないって」

「どうして、教えてくれなかったの？」

「知ってると思ってた」コーヒーを飲み、木崎さんはわたしから目を逸らす。

「知らなかった」

「でも、大手出版社だからって、付き合ってたわけじゃないでしょ？」視線を戻し、わたしの目を見て言う。

「……そうだけど」

付き合っていた頃に、松原さんが話したことのどこからどこまでが嘘だったのだろう。

「松原さんからまだ連絡あるの？」

「ううん」

「じゃあ、あれで気が済んだんだね。もう解決したって感じじゃん。部屋にこもってないで、外に出なきゃ」

「そうだね」

「そろそろ行くね」木崎さんは、立ち上がる。

「仕事？」受付は、夕方から入ることもある。

「ううん、今日は休み。彼氏が来るから」

「そう」玄関まで見送りに出る。

木崎さんは、ブランドものの高そうなワンピースを着ている。彼氏が部屋に来るとしても、休みの日に着る服ではないんじゃないかと思う。靴もヒールの高いパンプスだ。

そんな服装で近所に住む友達の部屋に来る方がおかしいと思うのは、わたしが世間知らずだからなのだろう。

「じゃあね。また来るから」

「ありがとう。またね」

ヒールの足音を響かせて帰っていく後ろ姿に、手を振る。

木崎さんが帰った後は前以上に気分が落ちこみ、何もできなくなった。

でも、しばらく経つと、木崎さんの言っていた通りに「もう解決したって感じ」なんじゃないのかと思えるようになった。松原さんは何もしてこないし、インターネットは見なければいい。すぐに引っ越そう、再就職しようとは考えず、できることからやっていく。

まずは、本棚の整理をした。木崎さんが適当に並べた文庫本以外にも本を全部出して、ジャンル分けして作者名順に並べ直した。着なくなった洋服や使えなくなった調理器具をリサイクルショップに売ったり捨てたりして、大掃除をした。順番に掃除するうちに、気持ちも整理されていくような気がした。

一人で出歩くのはまだ怖いから和樹が休みの日に付き合ってもらい、冬の服を買いにいくことにした。

松原さんに会うかもしれないと思うことと同じくらい、口コミサイトであの写真を見た人に気がつかれるかもしれないと思うことが怖かった。

誰もわたしを見ていなくても、見られている気がする。

背中に張りついた視線がはがれなくて、どこまでもついてくる感じがした。

「オレも金に余裕があるわけじゃないけど、少しは援助できるからなんでも言ってよ」

コーヒーを飲みながら、和樹が言う。

コートを買い、帰る前にカフェでお茶を飲むことになった。

「いいよ、援助なんて」

「そのコート買って、もう金ないんだろ？」

「うーん、年内は大丈夫だと思う」

信用金庫に勤めていた頃からの貯金と福々堂を辞めた日までの給料を計算した。年末までに仕事を見つければ、どうにか生活していける。

「大丈夫って言っても、余裕はないだろ？」

「そうだねえ」

外に出ようと思っても、出ればお金がかかる。

仕事が決まるまでは、最低限の生活しかできなくて、結局は部屋にこもることになる。

「コート一枚と紅茶一杯でそれだけ顔色が良くなるんだから、ちょっとでも贅沢《ぜいたく》してほしいわけだよ」

「このコートは、いいよね。諦めずに探し歩いて良かったよ」

こういうのが欲しいと考えていたコートに、五軒目で巡り合えた。色も形も値段も、全てが理想通りだった。キャメルのフード付きの膝下まで丈のあるコートで、カジュアルな服にも合わせられて、ちょっといいお店に行くような時にも着られそうだ。シンプルなデザインだから、何年も着つづけられるだろう。

「せっかくのコートなのに、出歩けないんじゃ意味ないからな」

「そうだよね」

「金銭的なことは頼みにくいとか思わなくてもいいから」

「……でも」

「お父さんが死んだ後の遺産相続で、オレに多めにくれれば済む話だし」

「やめてよ、縁起でもない」

「返してくれるのは、ずっと先でいいってことだよ」

「本当に辛くなったらお願いする」

「分かった」

「最近は気分もいいし、仕事もすぐに見つかると思う。マッサージにこだわらなくてもいいんだよね。本屋さんやパン屋さんでアルバイトするとか、仕事はたくさんあるよ」

「それでいいの？」わたしを見て、和樹は残念そうな顔をする。

「うん」

「本屋やパン屋のアルバイトが悪いとは思わないよ。姉ちゃんには、向いてそうだとも思う。でも、なりたい！　って決めて、東京に出てきて専門学校に通って資格取って、マッサージ師になったんじゃん。それを変な男のせいで駄目にされるっていうのは、違うんじゃないかっていう気がする」

「そうなんだけど、わたしも悪いし」

ああいうことをする人だって見抜けず、嘘を信じて付き合ったわたしにも責任のあることだ。

「松本に帰れば？」

「無理だよ」

「なんで？」

「お父さんとお母さんには、言えないもん」

「諏訪のおじいちゃんのところは？」

「おじいちゃんには、もっと言えないよ」

「そうだな……」

「東京でがんばるよ。今まで、甘かったって気がついた。短大は推薦だったし、信用金庫もお父さんの紹介だったし、福々堂ではアルバイトからそのまま働かせてもらった。苦労した方がいいんだよ。マッサージ以外の仕事もして、世間のことをもっと知らないと」

「まあ、姉ちゃんは箱入りみたいなところもあるしな。おじいちゃんとお父さんとオレが箱を作ってたんだけど」

「そうだね」

甘やかされて育ったわけではないけれど、長野にいた頃は、おじいちゃんと父と和樹に守られていたという気がする。柔道一家として、近所で有名だった。父は休みの日に、和樹も通っていた道場で、柔道を教えていた。同級生の中にも、その道場に通っている男子がいて、河口のお父さんは厳しいと言われた。家では母の方が厳しくて、父が怒ることはあまりなかった。道場での父も滅多に怒らないが、稽古《けいこ》中にふざけたりするのは絶対に許さなかったらしい。

「年末年始は、オレも実家に帰るし、のんびりしようよ」

「まだまだ先じゃん」

「そう思っていても、すぐだよ。年末なんて」

「そうだね」

あと二ヵ月と少しあると思っても、月日はすぐに過ぎていく。年末までに仕事を探して、春までには引っ越して、生活を立て直そう。

アパートの前の並木道の桜が咲くのをもう一度見たいけれど、それより前にこの町を離れる。

「そろそろ帰ろうか？」

「うん」

「ここは、奢《おご》るよ」

「いいよ」

「いいって」伝票を持って、和樹はレジへ行く。

「ありがとう」

和樹がお会計を済ませるのを待つ。

子供の頃の和樹は、身体が小さくて泣き虫だった。柔道の稽古に行っても、いつも泣きながら帰ってきた。諏訪のおじいちゃんの家の近くにある道場では、おじいちゃんと父にいつもより厳しく稽古されるから、行きたくないと言って泣いたこともあった。小学校三年生になった頃には泣かなくなり、身体も大きくなっていった。中学校に上がるとすぐに成長期が来て、母の身長を抜き、わたしの身長も抜いた。けれど、十五センチくらい上にある顔を見上げても、まだ子供で、泣き虫の弟という気がした。

大学を卒業して社会人になり、いつの間にか、立派な大人になった。

「帰ろう」和樹は財布をカバンにしまいながら、わたしの方に来る。

「ありがとう」もう一度、お礼を言う。

駅でいいと言ったが、和樹はアパートまで送ってくれた。

アパートに着く頃には、空が暗くなっていた。

「夕ごはん食べてくでしょ?」部屋の鍵《かぎ》を開けながら、和樹に聞く。

「いや、いい」

「なんで?」

「彼女が来るから」

「そうなの?　昼間も約束してたんじゃないの?」

「昼間は、向こうは仕事。休日出勤だって。終わったら来るって言ってたから、まだ大丈夫」

ドアを開けて、部屋に上がり、電気をつけ、コートの入った紙袋をテーブルの横に置く。

自分の部屋なのに、何か違うという感じがした。

出かける前、仕事に行っていた時と同じように、軽く掃除して、窓の鍵を閉め、カーテンも閉めてから部屋を出た。

パッと見は、何も変わっていない。

でも、何かが違う。

本棚に並ぶ本の順番が違った。

青い背表紙が並ぶ中に、一冊だけ黄色い背表紙の文庫本が紛れこんでいる。

並べ直したばかりで、それからわたしはその本に触っていない。

わたし以外の誰かがこの部屋に入ったということだ。


ストーカー。

その言葉を松原さんに対して使うことに、ずっと躊躇《ためら》いがあった。信用金庫で高齢者ストーカーに遭った時とは、全然違う。あの時は、それほど深刻にならなくてもいいことだった。家族に連絡したら、おじいちゃんは来なくなったし、寂しかっただけだろうと考えられた。つきまとわれたことよりも、周りの人の反応にわたしは追いこまれた。深刻にならないようにしても、松原さんを「ストーカー」と呼んだら、事件になるという気がしていた。

留守中に部屋に誰かが入った。

これは、どう考えても、事件だ。

部屋を荒らされた形跡はない。何も盗まれていないから、空き巣が入ったとは思えない。松原さんをストーカーと考えて、真剣に対処していく必要がある。

和樹と話し合い、そう結論を出した。

しかし、二人で警察署の前まで行き、そのまま帰ってきてしまった。

警察署なんて免許の更新でしか行ったことがなくて、どんな場所なのか分からない。これまでのことをうまく説明できるとも思えなかった。事件として調べることになれば、家族や福々堂の先生たちにも迷惑がかかる。それ以外に、警察に行ったところで軽くあしらわれるだけ、話したくないことも話さなくてはいけない、殺されなきゃ何もしてもらえない、というインターネットに書かれている噂が頭の中を巡り、足が竦《すく》んだ。

もう一度考えてみることにして、その日はアパートに帰ってきた。そこで和樹から「姉ちゃんに内緒で、池田先生と連絡を取っていた。池田先生の学生時代の友達でストーカー問題に詳しい人がいるっていうから、会ってみない？」と、提案された。池田先生とは、会いたくない。会えば、頼って甘えてしまう。けれど、わたしと和樹だけで対処できる問題ではなくなっている。このままでは何が起こるか分からないと和樹に説得されて、池田先生に友達を紹介してもらうことになった。

池田先生の友達が勤めている会社の近くにあるカフェで、待ち合わせの約束をした。

高層ビルの二階にあるカフェだ。この辺りには、同じようなオフィスビルが並んでいる。仕事中に抜けてきてもらったから和樹もスーツだし、カフェにいる他のお客さんも男の人はほとんどがスーツを着ている。女の人も、仕事ができそうな服装の人ばかりだ。何も考えずに、わたしはカジュアルな格好で来てしまったので、浮いている。

同じように浮いている人が向こうから来たと思ったら、池田先生だった。

隣には、グレーのパンツスーツを着た女の人がいる。

学生時代の友達と聞いて、男の人だと思いこんでいた。

「すいません、遅くなってしまって」わたしと和樹の前に立ち、女の人が言う。

色白で小柄なかわいらしい雰囲気の人だ。でも、立ち方や顔つきに芯《しん》の強さが表れている。背筋を真っすぐに伸ばしていて、姿勢がいい。

「いえ、大丈夫です」和樹が言う。

「志鷹《しだか》と申します」出された名刺を和樹が受け取り、わたしももらう。

「河口です」和樹が志鷹さんに名刺を渡す。「今日は姉のことでお時間をとっていただき、ありがとうございます」

「大丈夫ですよ。池田君の頼みですから」志鷹さんは、池田先生を見る。

女友達の話なんて、池田先生から聞いたことがない。彼女がいる時には「いる」という話は聞いても、どんな人か詳しく聞いたことはなかった。話している中で、彼女や女友達の話が出てくることがないから、仕事が忙しくて女っ気のない生活をしているのだと勝手に思っていた。わたしが知らなかっただけで、女友達はたくさんいるのだろう。自分が一番親しいような気がしていたが、そんなことはないんだ。

仕事の先輩と後輩だから、辞めたことを気にかけて連絡をくれたのに、恋愛感情を意識して無視したことが恥ずかしい。

「河口先生、久しぶりだね」池田先生は、わたしの前に座る。

志鷹さんは和樹の前に座り、店員さんに池田先生の分のコーヒーも注文する。

「お久しぶりです」向かい合っているのに、池田先生の顔を見られなくて、下を向く。

「あの、わたしはもう、先生じゃないんで」

「ああ、そっか、でも」

「木崎さんにも、そう言われましたし」

「木崎さんとは、会ったんだ？」

「はい、うちに来て、掃除や洗濯をしてくれました」

「彼女も、河口先生が辞めてすぐに辞めちゃったからね」

「そうなんですか？」

うちに来てから連絡がなくて、木崎さんがその後どうしたのか聞いていなかった。

「仲の良かった河口先生が辞めてしまって、つまらなくなっちゃったんじゃないかな」

「そうですか」

あの時に木崎さんの話をもっとちゃんと聞けばよかった。仕事をどうするのか悩んでいて、そういうことを話したかったのかもしれない。

店員さんがコーヒーを持ってきたので、話すのをやめる。

「私もストーカー問題に詳しいというほどではないんです」店員さんが席を離れてから、志鷹さんは手帳を開いて話し出す。「会社では人事総務部に所属していて、社内のセクハラやパワハラやモラハラといったハラスメントの対応も担当しています。その一環として、ストーカーについても何件か対応したことがあります」

名刺には、誰もが知っているような大企業の名前が書いてある。そんな会社でもハラスメントが問題になるなんてことに驚いてしまうが、大きな会社だからこそ問題も多いのだろう。

「池田君からだいたいの経緯は聞いていますが、河口さんからもご説明いただいていいですか？」

「……はい、あの、えっと」

どこからどのように説明すればいいのだろう。

「最初はオレのお客さんだったんだよ」池田先生が言う。「それで、二回目に来た時に河口先生が担当して、それ以降ずっと河口先生を指名していた」

「そうです」わたしが話さないといけないことだ。「半年くらいは普通にマッサージ師とお客さんという関係でした。誕生日にプレゼントをもらい、それがきっかけで食事に行きました」

　池田先生と和樹に補足してもらいながら、何があったのか細かく話す。二人がいると話しにくいと思ったけれど、第三者として補足してくれたおかげで、自分の感情を抜きにして最後まで話すことができた。

「なるほど。そうですか」

　話し終えたところで、志鷹さんは手帳を見ながら、情報を整理していく。

「どうでしょうか？」わたしから聞く。

「警察に行きましょう」

「それは、事件にするということですか？」

「いえ、今のところ、事件というほどではありません。部屋に入ったというのも、絶対的な証拠がなければ、法律で裁くのは難しいでしょう。しかし、事件に発展する可能性はあります。その予防のための対処方法を警察にお願いするんです。警察署に行くのは不安だと思いますので、私も一緒に行きます」

「はい、お願いします」

「それとですね」

「なんですか？」

「木崎さんとは、会わないようにしてください」

「友達で大切な相手というのは分かります。しかし、そのために、河口さんの心は彼女にコントロールされてしまいます」

「えっと、どうして?」

「……コントロール?」

「松原さんと付き合うように河口さんの背中を押したのは、彼女ですよね?」

「はい」

「松原さんと別れた後で、警察に行った方がいいのかなあと話した時に、大袈裟だと言ったのも彼女ですよね?」

「はい」

「もう解決したって感じじゃんと言ったのも、彼女ですよね?」

「はい」

「女友達の言葉というのは、意識しなくても影響されてしまうものです。彼女に河口さんをコントロールしようという気持ちがあったのかどうか、私は木崎さんを知らないので、なんとも言えません。けれど、これから問題を解決していく上で、彼女の言葉が邪魔になるのは確かです」

「そんな……」

木崎さんはいつもわたしの心配をして、相談に乗ってくれた。今日初めて会った人に、どうしてこんなことを言われないといけないのだろう。

「木崎さんは心配してくれているのにって、思ってますね？」

「……はい」

「それがいけないんです」

「でも……」

「これからも木崎さんと友達でいるのかどうかという判断は、河口さんに任せます。ただ、彼女と友達でいる限り、河口さんは何度も同じような問題に巻きこまれます。その場合、私にはどうすることもできません。絶縁しろということではなくて、しばらく距離を置いてください」

「そっか、でも、えっとですね」

「志鷹、河口先生にはもう少し優しくして」池田先生が言う。

「ああ、ごめん」

「お前、会社でもそうなの？」

「うーん、会社では社員同士の問題だから、もっと厳しいかも。加害者の対応もしなきゃいけないし」

「それで、よくやっていけてるな？」

「そうだよね。ごめんなさい」志鷹さんは、恥ずかしそうな顔をして、わたしに向かって頭を下げる。

「いえ、わたしの方こそ、自分が悪いのに、はっきりしなくてごめんなさい」わたしも頭を下げる。

「自分が悪いとは、絶対に思わないでください」優しい声になって、志鷹さんは言う。

「これは河口さんにとって解決するべき問題です。でも、河口さんが起こした問題ではありません。好きになって舞い上がり、相手がちゃんと見えなくなるなんて、誰にでもあることです。池田君に好きな女の子ができた時の舞い上がり方なんて、見ていられないほどです」

「オレの話はしなくていいから」池田先生は、志鷹さんの肩を軽く叩く。

「悪いのは、相手の男です」志鷹さんは、周りに迷惑をかけない程度に声を大きくする。

「相手の男に原因があって、起こったことです」

「はい」その声に合わせて、わたしの声も大きくなる。

「こういうことをする奴が悪いんです」

「はい」

「河口さんは、何も悪くありません」

「はい」

志鷹さんはとても厳しい人だ。

そして、わたしの味方になってくれる人だ。

わたしは悪くないなんて思えないけれど、気持ちが晴れ渡っていくのを感じた。

戦おうと思えた。

警察には、志鷹さんと二人で行くことになった。

早い方がいいということで、昨日カフェで会ったばかりなのに、志鷹さんはお昼過ぎに会社を抜け出してアパートまで来てくれた。

近くにある警察署へ行き、受付で用件を伝えると、二階の生活安全課へ行くように言われた。

手続きとしては役所や病院と変わらない感じなのに、警察署という場所は独特の雰囲気があって、緊張する。入口からすぐのところにある受付にいた男性は、警察のOBの人らしくて、目つきが鋭かった。志鷹さんは会社の近くや相談に乗った社員の家の近くにある警察署に何度か行ったことがあるみたいだが、いつまでも慣れないと話していた。

二階の廊下の先へ進み、生活安全課と書いてある部屋の前まで行くと、奥から父と同年代くらいの男性警察官が出てきた。

「どうしました？」男性警察官が言う。

「下の受付で、こちらに来るように案内されました」志鷹さんが言う。

「ああ、ストーカーでしょ？　下から連絡がありました」

「はい」

「こちらで話を聞きますから、どうぞ」

「失礼します」

案内されるまま、わたしと志鷹さんは部屋に入る。

テレビドラマの世界を想像していたが、普通の会社みたいだ。スーツの人もいれば、私服の人もいる。学生アルバイトのように見える男の子がいるけれど、彼も警察官なのだろう。

入ってすぐ右手にある相談室という部屋に通される。

二畳くらいの狭い部屋で、真ん中にテーブルがあり、椅子が並んでいる。

わたしと志鷹さんは、奥の椅子に並んで座る。男性警察官は、ドアを十センチくらい開いたままの状態にして、わたしの正面に座る。

「山中《やまなか》といいます」男性警察官は、名刺を出す。

「志鷹です」

「河口です」

「それで、どちらがストーカーに遭ってるの？」

「わたしです」小さく手を挙げる。

「そうだろうね、そういう感じだ」

「あの、女性の方っていないんですか？」志鷹さんが聞く。

「今、出ていて誰もいないんですよ。大丈夫ですよ、私、ストーカーの相談に慣れてますから。最近、多いんですよ」

「そうですか」迷っている顔で、志鷹さんはわたしを見る。

この山中さんという男性警察官は、悪い人ではないのだろう。熱心に話を聞いてくれそうな感じはする。でも、信用できない感じもする。話し方が軽くて、苦手だ。

「じゃあ、まずどういう状況なのか、教えてもらえますか？」山中さんが言う。

「女性の方って、いつ戻られますか？」志鷹さんがもう一度聞く。

「どうかな？　ちょっと分かりませんね。ストーカーっていうのは一瞬の隙をついてやって来ます。戻ってくるのを待っている時間なんてないですよ」

「そうなんですけど……」

「男女平等って言うけど、あれは嘘だ」

「……はい？」

「女性は女性を贔屓《ひいき》して、男を見下している」

「そういうことじゃなくてですね」

「じゃあ、どういうことですか？」

志鷹さんは、何も言えなくなってしまう。

内容が内容だから男性には話しにくいというのは、感情の問題であって理屈ではないので、どれだけ話してもその気持ちが伝わらない人がいる。

「志鷹さん、大丈夫ですよ。早い方がいいですし」わたしが言う。

「そうですよね。手続きのために、まずは話しましょう」

「はい」

山中さんに、松原さんとのことを説明する。志鷹さんに一度話しているので、スムーズに話せた。相手が男性だから話しにくいとか、そういうことを考えている場合ではないので、写真のことも全て話す。

「これは、警察としては、対処できないな」山中さんが言う。

「えっ？　どういうことですか？」わたしから聞く。

「ストーカーって考えて対処できそうなのは、仕事先にしつこく電話がかかってきたっていうくらいかな。あとは、写真による名誉棄損だけど、これはやめといた方がいいだろうな」

「どうしてですか？」

「名誉棄損は親告罪だから、あなたが訴えれば、逮捕できます。でも、逮捕したところで、大した罪にならない。罰金を払わせて終わるか、執行猶予か。面倒くさいだけで、意味ないって感じでしょ？」

警察官がそんな風に言ってはいけないのではないかと思う。だが、確かに、それで問題が解決するとは考えられない。

「他は、どうして対処できないんですか？」

「まず、このLINEっていうやつで、脅迫されているわけではないんですよね？　殺すとか死ねとか」

「そうですね。でも、一日に百件から二百件くらい送られてくることもあったんですよ」

「それくらい、普通なんじゃないの？　うちの娘なんか、テレビ見ながらずっと友達になんか送ってるよ。一日に二百件以上、やり取りするって言ってたな」

「お嬢さん、おいくつなんですか？」

「高二」

十代と二十代では、LINEに対する普通も違うし、わたしは松原さんとやり取りしていたわけではなくて、一方的に送られてきた。しかし、どう説明すれば、その異常さを理解してもらえるのだろう。

「ストーカーで事件になったようなものだと、何千件っていう単位なんですよ。内容も、こういう他愛もない話とか、恋人同士のけんかの延長線上みたいなこととかではなくて、はっきりと脅迫している。一日に百件や二百件だけだとしても、そのうちの何件かに殺すって書かれていたら、分かりやすいんだけど。あなたの場合は、基準を満たさないって感じだね。これくらいで、ストーカーにするのは、無理なんじゃないかなあ」

「無理なんじゃないかなあじゃなくて、もっとちゃんと考えてください」

志鷹さんが言うと、山中さんは睨むようにして、わたしたちを見る。ぼんやりした顔の人だけれど、受付にいた人たちと同様に、目つきは鋭い。

「でも、どっちにしても、もう送られてきてないんだよね？」

「はい」わたしはうなずく。

「じゃあ、これは、大丈夫ですよ。電話も、辞めた仕事先なら心配ないでしょう」

「家の前にいたとか、家に入ったとかも、証拠はないんでしょ？」

「はあ」わたしも志鷹さんも、溜息のような返事をする。

「勘違いじゃないの？」

「はい」

「いや、勘違いかもしれないんですけど、勘違いじゃないかもしれないので」わたしが言う。

「証拠がないと警察としては何もできないから、次までに証拠を用意してください」

「過去の証拠は、もう用意できません」

「まあ、そうなんですけど。その本から指紋を取るっていうほどのことでもないし」ひとりごとのように、山中さんは言う。

「指紋、取ってください」志鷹さんが言い、わたしも同意を示すためにうなずく。

「住居侵入っていうことになれば、家中を調べることになりますよ」

「……それは、ちょっと」

家中を調べてでも松原さんが部屋に入った証拠を見つけ出したいが、そんな大袈裟なことをして勘違いだと分かったら、警察は何もしてくれなくなるのかもしれない。

「警告するっていうほどでもなさそうだし」

「どうしたら、警告してもらえるんですか？」わたしから聞く。

「状況次第で、警告した方がいいとこちらから提案する場合もありますし、警告してくださいという希望を受ける場合もあります。緊急を要する場合は、警告せずに、つきまといに対する禁止命令を出せます。ただね、河口さんの場合は、どれもこれも、過去のことでしかないという感じがするんですよ。ホームページに写真を載せられてから、一ヵ月近く経っていて、その間は何もないんですよね？　家に入られたかもしれないというだけで」

「そうです」

「彼は、もう気が済んだんじゃないかな」

「そんなことないと思ったから、ここに来たんです」

「警告してもいいんですよ。申出書を書いてもらって、電話するだけですから。でもね、それがきっかけで相手がまた動き出す可能性もあります」

「そうですよね」

「このままにしておくのがいいんじゃないかな。何かあった時のために一一〇番の登録だけはしておきましょう。登録してもらえれば、一一〇番に河口さんがかけると、どういう状況なのかすぐに分かって警察官が駆けつけられるようになりますから」

「じゃあ、それでお願いします」

これ以上話しても、無駄だ。

山中さんの経験で、こうした方がいいという考えがあり、彼はそれが正しいと信じている。

一一〇番緊急通報登録システムの登録を済ませて、相談室を出る。

「何かあったら、また来てください」山中さんは、満足そうな笑顔で言う。

「はい、ありがとうございました」わたしが言う。

「ありがとうございました」志鷹さんも言う。

生活安全課を出て、階段で一階に下りて、外へ出る。

「ごめんなさい」

わたしの方を向いて、志鷹さんは頭を下げる。

「謝らないでください。一一〇番の登録はできたし、一歩前に進んだっていう感じはします」

「ああいう人ばっかりじゃないんですよ。私が前に他の警察署へ行った時には女性の方がいて、親身になって話を聞いてくれました。警告のこととかも細かく教えてもらいました。でも、それは、女性だからっていうわけじゃなくて、個人の裁量というか」

「志鷹さんに責任があることじゃないですから」

「でも、警察に行きましょうって言ったのは私で、河口さんに嫌な思いをさせてしまって」

「わたしと弟だけじゃ、ここまで来られなかったし、志鷹さんのおかげで動きだせました」

「本当にごめんなさい」泣きそうな顔をして、志鷹さんはわたしを見る。

強そうに見えても、弱い部分がある人なのだろう。だから、色々な人の問題に向き合えるんだ。

「大丈夫です」

「河口さん、その性格だと、またストーカーに遭いますよ」

「ええっ！　どうしてですか？」

「嫌なことは嫌って、言わないと」

「そっか」

「そうです」

「うーん、山中さんは苦手なんですけど、一歩進んだのは事実だし、警察に行くハードルが少し下がった気もしたので、プラスマイナスゼロという感じです」

「そうですか。嫌なことは、はっきり言ってくれていいですからね」

「はい、ありがとうございます」

アパートへ帰ろうとしていたら、正面から和樹と池田先生が歩いてきた。

「どうだった？」和樹がわたしに聞く。

「とりあえず、前進した」

「そっか、良かった」

「私、仕事に戻らないといけないので、池田君と和樹君で河口さんをアパートまで送ってもらえますか？」志鷹さんが言う。

「池田先生と和樹も仕事でしょ？　わたし、一人で帰れるから」

「駄目です」志鷹さんの口調が厳しくなる。「今後、しばらくは一人で出歩かないようにしてください。一一〇番の登録をしても、数秒で警察官が駆けつけてくれるわけではないです。山中さんが言っていたように、ストーカーは一瞬の隙をついてやって来ます。大袈裟とは考えず、気を引き締めて行動してください。常に誰かと一緒というのは無理でも、夕方以降、人通りの少ない時間に出歩く場合は一人にならないでください」

「分かりました」

わたしだけではなくて、和樹と池田先生もうなずく。

「これからの対処方法とかを聞きたいんですけど、会社に戻りつつ、話せますか？」和樹が志鷹さんに聞く。

「いいですよ」

「姉ちゃんも来る？」

「ちょっと疲れちゃった」

体力的にはそんなに疲れていないけれど、精神的に疲れた。無理しない方がいい。

「じゃあ、池田先生、姉ちゃんを送ってもらっていいですか？」

「いいですよ」

池田先生は返事をして、わたしを見る。

警察署でのことを池田先生に話しながら、アパートまで帰る。

遠くの空が夕陽で赤く染まっている。

反対側を見ると、夜がそこまで迫ってきていた。

夕方と夜の間に、赤く染まった半分の月が浮かんでいる。

満ちていくのか、欠けていくのか、どちらなのだろう。

「大変だったな」池田先生が言う。

「志鷹さんが来てくれて、心強かったです。紹介してもらって、助かりました。ありがとうございます」

「志鷹は、本当にいい奴だから」

「学生の頃からずっと仲いいんですか？」

「向こうが社会人になって、オレが専門に通いはじめてからは会わない時期もあったけど、友達の結婚式や飲み会で再会して、なんとなくつづいてるんだよな」

「そうですか」

好きだったんですか？　とか、付き合ってたんですか？　とか聞いてみたかったけれど、聞かない方がいいだろう。池田先生は正直に言わなそうだ。それに、付き合ってたと言われたら、わたしにそんな資格はないのに、ショックを受ける。

「大学生の頃、志鷹もさ、男関係で痛い目に遭ってるから。女の子たちが被害に遭うの、耐えられないんだろうな。もともと真面目な性格で、正義感が強いし」

「痛い目？」

「詳しくはオレも知らないけど、大変そうだった。彼氏の部屋から裸足《はだし》で逃げたりしてたし。男友達は多いから男を見る目を養えそうなのに、変なのと付き合ってたんだよ」

「裸足？」

「今はもう笑い話だろうから、そのうち本人に聞いてみなよ」

池田先生の周りには、わたしや志鷹さん以外にも、問題を抱えた女の子が集まってくるのだろう。たとえ彼女たちを知らない人が相手でも、その問題を話してはいけないと思っているから、女友達のことをあまり話さないのかもしれない。

「好きな女の子ができると、どうなるんですか？」わたしから聞く。

「何？　いきなり」

「昨日会った時に、志鷹さんが言ってたから」

「学生の時の話だよ、学生の時の」池田先生は照れているような顔で、笑う。

「どうなってたんですか？」

「パーって浮かれて、舞い上がってた」

「池田先生でも、そうなるんですね」

「志鷹のせいで、オレのイメージが崩れていく」

「はい、五年半一緒に働いていたのに、そんな姿を想像したこともありませんでした」

「今だって、そんなに変わらないけどな。好きな女の子の前では、冷静でいられなくなる」

これ以上は、聞かない方がよさそうだ。

一緒に働いていた頃と同じように、池田先生とは適度に距離を開けて、付き合った方がいい。友達としてそばにいるだけならば、これ以上迷惑をかけないで済む。

アパートの前で、池田先生は立ち止まる。

「和樹君が忙しい時は、オレに連絡して」

「はい」

「必ずだよ。気を遣わなくていいから」

「分かってます」

「部屋の前まで送った方がいい？」

「ここでいいです。ありがとうございます」

「じゃあ、オレからも連絡するから、ちゃんと返事してね」

「すいませんでした」頭を下げて、謝る。

「謝らなくていいって」

「はい」

「じゃあ」

「ありがとうございました」

池田先生が帰ろうとしたところで、アパートの階段を誰かが駆け下りてきた。

わたしも池田先生も、足音がする方を見上げる。

下りてきたのは、松原さんだった。

6

さくらが男と歩いているのを見て、カッとなり、マッサージ屋の口コミサイトに裸の画像を投稿してしまった。

しばらく経って冷静になると、誤解だったのかもしれないという気がしてきた。そのこと真面目で純粋で優しくて、さくらは男をコロコロ替えるような女ではない。は、僕が一番分かっている。あの日、駅で待ち合わせていたのは、弟か男友達だったのだろう
福々堂の院長から、裸の写真を削除してほしいというメールが送られてきた。もう一度さくらと会って話し合い、その後でどうするべきなのか考えることにした。

メールやLINEでは、返信が送られてこないかもしれない。電話も、出てくれないかもしれない。会いにいった方がいい。そう思い、福々堂の前まで行ったが、受付にはいつもアルバイトの男の子がいる。向かいのイタリアンレストランで見ていても、さくらが出勤してくることはなかった。僕の書き込みが原因で、しばらく休んでいるか辞めたのだろうか。直接、さくらのアパートへ行くことにした。

しかし、いつ行っても、さくらはいなかった。

日曜日の昼間に行っても、平日の夕方に行ってもいない。インターフォンを押して待っ

たところで返事はなかったので、合鍵を使って部屋に入ると、生活している形跡はあった。一時期はたまにしか帰ってこなくなっていたが、最近はちゃんと帰ってきているようだ。新しい仕事を探しにいっているか、買い物にでも出ているだけで、それほど時間はかからないだろうと考えて、本を読んだりしながら待っていたけれど、帰ってこなかった。

今日もまた、仕事の合間にさくらの部屋に来たのに、いない。

いつ来ても、ちゃんと掃除されている。

ワンルームアパートなんて、女の子一人で住む部屋ではないと思っていたが、何度か来るうちに落ち着くようになってきた。無駄な物を置くスペースがなくて、生活が簡略化できる。この部屋でコーヒーを飲みながら、さくらの好きな小説の話を聞いたり、将来のことを相談したり、そうしていくうちに二人の仲は深まっていくはずだった。どうしてさくらは、〈別れたい〉なんていうLINEを送ってきたのだろう。考えれば考えるほど、分からなくなってくる。

インターフォンが鳴る。

宅配便だろうか。

それとも、男が来たのだろうか。

玄関まで行き、のぞき穴から外を見る。

木崎さんというさくらの友達だ。

福々堂で何度か会ったことがある。だが、彼女も、福々堂で見かけることはなくなった。

「いないの？」木崎さんは、ドアをノックする。

彼女に聞けば、さくらに何があったのか、分かるかもしれない。さくらはよく、木崎さんのことを話していた。なんでも話せる友達という感じだった。

ドアを開ける。

「えっ？」木崎さんは声を上げて、一歩下がる。

「こんにちは」

「何してるんですか？」

「さくらと話したくて、待っているんです」

「えっと、それは、河口さんも知ってることなんですか？」

「知りません」

「不法侵入っていうことですか？」

「合鍵をもらっているので、違います」

どうして僕が犯罪者みたいに言われなくてはいけないのだろう。

「まあ、いいや」

「さくらは、福々堂を辞めたんですか？」

「辞めましたよ」

「どうしてですか？」

「どうしてって、ねえ」何を言いたいのか、木崎さんは笑いを堪《こら》えているような顔をして、首を傾げる。

「前にさくらが男と歩いているのを見たんですが、誰か分かりますか？」

「男？　池田先生じゃなくて？」

「違います。背の高い体格のいい男です」

「ああ、和樹君だ。弟ですよ、弟」

「……やっぱり」

「河口さんの周りの男なんて、池田先生と和樹君ぐらいしかいませんから」

僕の誤解だったんだ。

あんなことをする前に、さくらと話せばよかった。

「河口さんいないなら、帰りますね。ここであなたと会ったことは河口さんに言いませんし、わたしが来たことも言わないでください」

「はい」

「わたしには、関係ないから」

ヒールの音を響かせて、木崎さんは帰っていく。

何について関係ないと言っているのかよく分からないが、冷たい人だという気がした。

空が暗くなってきている。

夜までには、会社に戻らなくてはいけない。大した仕事なんてないのに、戻ってくるように蕪木さんから言われた。

そろそろ出た方がいい。

読みかけの本を本棚に戻し、使ったマグカップを洗って、水切りかごに置く。この部屋に来るのも慣れてきて、前ほど気を遣わないで良くなった。何がどこにあるのか、だいたいの場所は憶えた。

片づけを済ませ、ジャケットを着て、外へ出る。

廊下を進み、階段のところまで行くと、下から声が聞こえた。

さくらの声だ。

誰かと話している。

手すりから身を乗り出してのぞきこんだら、さくらがいた。

隣にいたのは、池田だった。

階段を駆け下りると、その足音が聞こえたみたいで、さくらと池田も僕に気がつく。

「どういうことだ？」僕がさくらに聞く。

「えっ？　なんで？　どうして？」さくらは困っている顔で僕を見る。

「どういうことなのか聞きたいのは、こちらです」池田がさくらを隠すようにして、一歩前に出てくる。「ここで何をしてるんですか？　河口先生の部屋に入ったんですか？」

「お前には、関係ないっ！」

さっき、木崎さんを冷たいと感じたけれど、彼女が正しい。僕とさくらのことに、木崎さんや池田みたいな第三者が口を出す権利はない。

川文庫

「関係あります！」

「なぜ？」

「僕は、河口先生を大切に思っています。彼女が怯えているならば、守らなくてはいけない」

「ああ、そうか、そういうことか」

池田と何かあるというのは、誤解ではなかったんだ。

二人は今、付き合っているのだろう。

僕が部屋で待っていた間、さくらは池田と会っていた。

「河口先生の部屋の鍵を返してください」

「僕とさくらには、話し合わないといけないことがあります。鍵についても、その時に伝えます」

それだけ言い、僕は駅に向かって歩く。

二人が僕を見ていると感じた。

さくらが追いかけてきて「誤解だ」と言ってくれれば、許す。

しかし、誰も追いかけてきてくれなかった。

会社には戻らず、マンションに帰ってきた。

取材に時間がかかって直帰したことにすればいいし、蕪木さんの言うことなんて無視しても問題にならない。

さくらと池田のことで頭がいっぱいになり、駅まで歩く気力もなかった。途中の公園で休みながら、マンションに帰ってくるだけで、精一杯だった。

玄関で靴を脱ぎ、そのまま座りこむ。

池田との関係を「兄と妹みたいな感じ」と、さくらは言っていた。

男女の意識をしないでいいということではなくて、家族と思えるくらい特別な存在なんだ。二人の関係は、僕とさくらが付き合うよりも前からできあがっていた。もしも僕が池田よりも先にさくらと出会っていれば、さくらは僕だけを見てくれたはずだ。そういう運命なのだから。出会う順番を間違えてしまったため、おかしくなった。

だが、これは、間違いで済む問題ではない。

僕と付き合いはじめた時、さくらの気持ちは既に池田に向いていたのだろう。彼氏がいるのだから他の男とは会わないし連絡も取らないというのが当然なのに、さくらは池田との関係をそのままにしたがった。仕事の帰りが一緒になった時には、池田先生とごはんに行きたいと言い張っていた。

他の男に気持ちが向きながら、僕と付き合った。

つまり、さくらは僕を騙《だま》していたんだ。

婚約もしていたのであり、僕は結婚詐欺に遭ったということになる。

最初に食事に行った時から、いつも僕が支払いをした。二人でいる時は、さくらに一円だって出させなかった。デート中の食事代と交通費を騙しとられた。それだけではない。コーヒーショップで今後のことを話し合う時にも、僕が払った。指輪もあげた。付き合う前には、誕生日にプリザーブドフラワーをプレゼントしている。福々堂に二週間に一回は行き、さくらを指名した。さくらには、指名料が入ったはずだ。

去年の今頃、福々堂で初めてさくらと会った。

一年間、彼女のために使ったのは、金だけじゃない。

時間も気持ちも、僕の全てをさくらのためだけに使った。でも、それらはどうしたって、返してもらえない。

せめて、金は返してもらおう。

別に、金が惜しいわけではない。けれど、そうしないと、この一年間が無駄になる。返してもらうべきものを返してもらい、何もなかったことにすればいい。

部屋に上がり、窓の外を見ると、夜空で半分の月が白く輝いていた。

暗闇の中で、そこにだけ光がある。

マッサージの一時間コースが六千円と消費税で、月に二回、多い時には三回行った。付き合うまでの半年間で、十五回とする。プレゼントのプリザーブドフラワー、指輪、デートの時の食事代と交通費、さくらのために合鍵も作った。一年間のことを思い出して、計算していく。食事をしながら笑い合ったことや、手を繋いで歩いたことや、初めてさくらを抱きしめた時のことを思い出すと、辛くなってくるが、深呼吸して堪える。

昨日は夕ごはんを食べる気になれず、着替えだけして、ベッドに入った。なかなか眠れなくて、外が明るくなった頃に、やっと眠れた。出勤できる気分ではなかったが、弱気になっている場合ではないと思い直して、朝ごはんを食べてマンションを出てきた。

騙した方が悪いのであり、僕は戦わなくてはいけない。

子供の頃、母から「自分にも責任があるなんて、思ってはいけない」と、言われたことがあった。僕がまだ小学校三年生くらいで、一緒にテレビを見ていた時だ。日曜日か祝日だったのか、祖父母は出かけて、父は仕事に行き、母と僕の二人きりだった。意味がよく分からなかったので、おばあちゃんとまた何かあったのかなと考えていた。あれは、法律事務所での仕事のことだったのだろう。事件や事故に遭った時、そう思っていたら、裁判で戦いつづけられなくなる。

非情に感じても、相手を倒すまで徹底的にやるという覚悟が必要だ。

「おはようございます」田沢さんが出勤してくる。

「おはよう」

「早いですね」

このフロアで出勤してきているのは、僕と田沢さんだけだ。奥の方で、紺野が椅子を並べて寝ているが、まだ昨日の延長線上にいるのだろう。

「片づいてない仕事でもあるんですか?」田沢さんは、僕の正面の席にカバンを置いて座る。

「ないよ」

「そうですよね」

校了したばかりだからとか、ホームページの確認もないはずだからとかではなくて、僕が全然仕事していないことを田沢さんももう一人の契約社員も分かっているのだろう。正社員である僕の方が彼女たちよりも給料をもらっていることを割に合わないと感じているのかもしれないけれど、社会とはそういうところだ。

それなり以上の中学校と高校と大学を出るという手続きを踏んだ者に、高い報酬は支払われる。田沢さんは女である上に人間性に問題が多いため、国立大学卒業という学歴を無駄にしている。

「何してるんですか？」立ち上がって身を乗り出し、田沢さんは僕の手元をのぞきこんでくる。

「金の計算」

「なんの？」

「ちょっとね」

「教えてくれないんですね」

「興味ないだろ？」

「ありますよ」

「嘘つかなくていいんだぞ」

「ありますって」

「どっちにしても、教えないから」

「そうですか」座り直し、カバンからペットボトルを出す。

田沢さんはいつも、ミネラルウォーターを飲んでいる。取材に行った先で、お茶やコーヒーを出されても、口をつけない。

「水以外、飲まないの？」僕から聞く。

「前は飲んでましたよ」

「前って？」

「興味ないですよね？」

「ないよ」

話しながら、計算を進める。

マッサージ代だけで十万円近くになり、全部を合わせると三十万円を超える。こんな額、さくらには払えないだろう。もともと給料は少なかったし、福々堂を辞めたと木崎さんが言っていた。しかし、同情は禁物だ。池田は指名が多くて、結構な額を稼いでいるはずだ。さくらに払えなかった場合は、池田に払わせればいい。あんな男の金なんて受け取りたくないが、払ってもらわなければ、終わらせられない。

そもそも、さくらはウーパールーパーみたいな顔をした池田のどこがいいのだろう。

趣味は人それぞれだけれど、いいところがあると思えなかった。背も高くないし、運動神経も悪そうだ。あん摩マッサージ指圧師の資格を持っていても、毎月安定した給料が得られるわけではない。歩合制だから働けば働いただけ金が入ってくるけれど、時間には限りがあり、もらえる額にも上限がある。どうせ三流大学しか出ていないのだから、マッサージ以外の仕事をしようとしたところで、稼げるようにはならない。

池田のことも僕のことも好きになるなんていうのは、どう考えてもおかしい。付き合っていても、婚約しても、セックスをしても、さくらは僕のことなんて好きじゃなかったんだ。

カバンからスマホを出し、マッサージ屋の口コミサイトを開く。

裸の画像はまだ削除されていない。

投稿者である僕が削除依頼をしないと、どうすることもできないらしい。金を返してもらうまでは、このままにしておく。

イタリアンレストランから見たところ、福々堂の客は減っているようだった。でも、まだ潰れるほどではないのだろう。潰れれば、池田も職を失う。

前の口コミに補足を入れる。

〈福々堂では、マッサージ師同士が付き合っています。僕と別れた後で、河口先生が池田先生と付き合いはじめました。もともと二人は付き合っていて、僕は河口先生にふたまたをかけられていたようです。院長と副院長は夫婦なので、社内恋愛みたいなことは多い業界なのでしょう。恋人同士がいるというのは、マッサージを受ける環境として、いいとは思えません。河口先生は辞めたようです。しかし、他の先生たちも同じようなことをしていると思います。また、受付に入っている男の子たちがマッサージをすることもありますが、彼らはアルバイトであって資格を持っていないと河口先生が話していました。コースによっては、資格がなくてもいいそうです。それは、客には伝えられていないことです。院長と施術料は同じでも、技術は全く違うということになります。ただ、院長の技術も大したことはなさそうです。指名をしない新規のお客さんには、アルバイトがつく場合が多いみたいなので、気をつけてください〉

これだけ書けば、福々堂に新規の客は行かなくなる。常連客は口コミサイトなんて見ないだろうけれど、新規の客が減っているという空気は伝わっていき、何かあったのだとそのうちに気がつくだろう。こういう時のために、ツイッターやフェイスブックをやっておくべきだった。アカウントは一応持っているが、閲覧用で、何も書き込んでいない。でも、SNSで店の名前まで書き込んだら、中傷と捉《とら》えられて、炎上に巻きこまれる。口コミサイトだけにしておいた方がいい。

今年の終わりまで、あと二ヵ月の間に、福々堂を潰す。

「松原、お前、昨日は何してた？」

出勤してきた蕪木さんが僕の横に立つ。

家に帰ったはずなのに、昨日と同じ服を着ている。女の家に泊まったのではなくて、いつも同じ服を着ているというだけだ。夏でも冬でも、黒いシャツに黒いパンツだ。太っているから、着られる服も少ないのだろう。

「取材に行って、直帰しました」

「取材って、どこだ？」

「世田谷にある博物館です」

昨日は、博物館に来月開催予定の特別展の取材に行った後で、さくらのアパートに寄った。嘘はついていない。

「それが終わったら、戻ってこいって言ったよな」

「遅くなったので、直帰したんです。蕪木さんだって、取材先から直帰することはありますよね？」

「オレがどうという問題ではない。お前の話をしてるんだ。戻ってこいって言ったのに、どうして直帰の連絡もしなかった？」

「今までだって、連絡しないで直帰したことはあります。連絡しても、全員が出ていたこともありました。戻ってきたら、何かあったんですか？　何もないですよね？　なんのために戻ってこないといけないんですか？　戻ってきましたって、蕪木さんに伝えて、それだけで帰るのは時間の無駄にしかなりません」

「そういう問題じゃねえんだよっ！」蕪木さんは、僕の机に拳《こぶし》を叩《たた》きつける。揺れが起こり、隣の机に積まれていた封筒が一気に崩れ落ちる。

床に落ちた封筒を僕も蕪木さんも、黙って見つめる。

紺野が起きたみたいで、奥から椅子のきしむ音が聞こえた。

「これ、蕪木さんが片づけてください」僕が言う。

「田沢、片づけておけ」蕪木さんが言う。「必要ないものばかりだから、捨てていい。欲しいものがあれば、持っていけ。博物館や講演会の招待状も入ってる」

「……はい」不満そうにしながらも、田沢さんはうなずく。

「田沢さんの仕事じゃないですよね？」僕が蕪木さんに言う。

「悪いとは思うけど、オレは忙しいんだよ。仕事のできない部下のせいで」

「それ、僕のことですか？」

「そうだよ」

「仕事を振らない蕪木さんが悪いんじゃないですか？　自分の苦手な相手の取材だけ僕に押しつけて、それ以外は全部を自分一人でやろうとする」

「安心して仕事を任せられる部下じゃないんだから、しょうがないだろ」

蕪木さんは、ホワイトボードに外出と書き、エレベーターホールの方へ行く。

言い返したくても、言葉が出てこなかった。

しゃがみこんで、田沢さんは封筒を拾っている。

「痛い！」田沢さんが言う。

「えっ、何？」

「紙で指切りました。総務で、バンドエイドもらってきます」

田沢さんはエレベーターホールの奥にある階段を下りて、一つ下のフロアにある総務部へ行く。

眠そうな顔をした紺野が僕のところへ来る。

「田沢さんって、出身はどこなんだろう？　バンドエイドって言ってたな」

「それが、どうした？」

「絆創膏《ばんそうこう》、カットバン、リバテープ、出身地によって言い方が違うんだよ」

さっき蕪木さんに僕が怒られたのを聞いていたくせに、聞いていなかったフリをするために、関係ない話をしているのだろう。

そういう態度を親切と思っているところが紺野にはあり、とても鬱陶《うっとう》しい。

「言いたいことがあるなら、言えよ」

「何が？」紺野は、僕を見る。

僕は座ったままで、紺野は立っているから、見下ろされる格好になる。

「聞こえてたんだろ？」

「聞こえてたけど、言いたいことなんて別にないよ」

「バカにしてんだろ？」

「なんで？」驚いたような顔をする。

「あんな奴に怒られて」

「バカになんてしてねえよ。ただ、心配はしてる。お前さ、夏頃から取材って言って、どこか行ってんだろ？」

「誰に聞いた？」

「誰っていうわけじゃないけど、同じフロアにいれば、おかしいなって感じはするよ。前は取材なんて全然行ってなかったから、仕事を任されるようになったのかって思ったけど、そういうわけじゃないみたいだし」

「ああ、そう」

「パチンコ雑誌でうまくやれなくて、異動になって、蕪木さんが拾ってくれたんだから、もっとがんばれよ。蕪木さんも、人間関係得意な方じゃないし、松原をどう指導したらいいか迷ってんだよ。でも、人事部に松原のことを問われても、かばってた」

「ちょっと待て」話が長くなりそうだったので、止める。

「何？」

「うまくやれなくて、異動って、なんのことだ？」

パチンコ雑誌にいた時は指示された通りに取材へ行っていたし、記事も書いていた。嫌がらせかと思えるほど仕事の量が多くなっても、文句も言わなかった。興味がなくても、やるべきことはやっていた。

「あれ？　気づいてなかったのか？」

「何を？」

「知らないままでいた方がいいよ。オレ、コンビニ行ってくる」

紺野は、階段を下りていく。

このフロアにいるのは、僕だけになった。


請求書を郵便受けに入れておいたのに、さくらからの連絡はない。

さくらの部屋へ行って、インターフォンを鳴らしつづけても、返事はなかった。合鍵で入ろうかと思ったが、コートのポケットから鍵を出したところで、さくらと池田が二人でいたことを思い出してしまった。並んで立つ二人の姿は、鮮明な写真や映像のように頭の中に残っている。あの日、さくらの部屋を出て、鍵をかけるまでは平和だった。二人の関係を知らなかった頃に戻りたいという気持ちがあって、ドアと合鍵という組み合わせが記憶と繋がったのだろう。騙されていたと分かった今でも、僕はさくらを愛している。他の男といたことは、できるだけ早く忘れたい。

部屋には入らずにアパートの近くで、さくらが部屋から出てくるのを待つことにした。しかし、昼間は子供たちが正面にあるマンションの周りを駆け回っている。長い時間は待っていられない。些細《ささい》なことで騒ぐバカな親がいるので、不審者とか言われそうだ。

立ち止まらずに、駅の近くのスーパーや本屋、公園の中の緑道、さくらが行きそうなところと通りそうなところを歩きつづけた。

この辺りは、道が入り組んでいる。

駅からさくらのアパートまで行く道は、何パターンもある。同じ時間帯に近くにいたとしても、曲がり角を一つ間違えただけで、会えなくなる。

僕とさくらが別れることになった原因も、それだけのことなのかもしれない。同じ道を歩んでいく約束をしたのに、それぞれが違うところで曲がってしまったため、離ればなれになった。どの角を曲がるかは僕が決めることで、さくらはそれについてくればいいだけだ。勝手に、角を曲がっていったのが悪い。

緑道を歩き、途中にあるベンチに座る。

赤く染まった葉が落ちてくる。

今日は日曜日なので、さくらを探して、朝から歩き回っている。アパートを見にいったら、昨日の夜にはなかった洗濯物がベランダに干してあった。部屋に帰ってきているということだ。一日中外に出ないなんてことはないだろう。歩きつづけていれば、きっとどこかで会える。

先週の日曜日も、一日歩き回っていた。けれど、会えなかった。

無理なのかもしれないと思っても、諦めてはいけない。

そう考えて、さくらを諦められない自分に気がついた。

どうにかして、もう一度さくらと恋人になりたい。婚約者という関係に戻りたい。彼女の細い身体を抱きしめたい。僕を選んでくれれば、池田といたのは見なかったことにする。

コートのポケットからスマホを出す。

実家に帰れていないので、母にメールを送ろうと思ったが、なんて送ればいいのか分からなかった。さくらと池田のことを話したら、母に心配かける。もう少し状況が落ち着いた後で、話した方がいい。母から電話がかかってきたり、メールが送られてきたりすることはない。僕の仕事や友達との付き合いを邪魔したらいけないと遠慮しているのだろう。元気にしているのか心配になるが、何かあれば連絡があるはずだ。

スマホをポケットに戻す。

十一月半ばになり、急に寒くなった。

身体が冷えてきたし、一度駅の方に戻り、ランチを食べてこよう。

しかし、ベンチから立ち上がると、さくらが一人で緑道を歩いてくるのが見えた。

まるで待ち合わせていたみたいだ。

やっぱり、僕とさくらは、運命で結ばれている。

「さくら」手を振る。

さくらは僕を見て、立ち止まる。

「さくら」もう一度呼んで、大きく手を振る。

戸惑っている顔で、さくらは右や左を見ている。

「どうしたの？」さくらの前まで行く。

「何してるんですか？」

「さくらを待ってたんだよ。手紙、読んでくれた？」

請求書には、僕の気持ちを書いた手紙を同封した。どう書けばいいのか、三日かけて考えた。今もさくらを愛していると正直に伝えて、それでも終わらせなければいけないならば、関係を清算するために金を返してほしいと書いた。

「読みました」

「そっか、良かった」

「あの、お金のことなんですけど」

「何？」

「払えません」

「ここは寒いから、どこか入ろうか？　それとも、さくらの部屋に行く？」

「どこにも行きません」

「寒くない？　大丈夫？　さくらとなかなか会えないし、ランチでも行こうと思っていたところなんだ」

「お金は払えません。払う必要もないと思っています。鍵と指輪とプリザーブドフラワーはお返しするので、わたしの部屋の鍵を返してください。それで、もう終わりにさせてください」

「あのね、さくら、指輪やプリザーブドフラワーっていうのは、誰かのものになった時点で、価値が下がっていくものなんだよ。ダイヤモンドや金やアンティークは、話が別だよ。でも、僕があげた指輪は安物っていうわけじゃなくても、宝石はついてないし、新しいものだ。さくらだって、誰かのものだった指輪や花は欲しくないだろ？」

「電話させてもらってもいいですか？」

「誰に？」

「弟と友人に」

「友人って、池田？」

「違います」

「なんのために電話するの？」

「わたしたちだけでは話にならないので、間に入ってもらうんです。ランチに行くために駅で待ち合わせているから、十分くらいで来られます」

「僕とさくらの話に、弟や友人は関係ないよね？」

「……そうですけど」

「さくらは、そういう子供っぽいところがある。純粋さはかわいいと思えるけれど、幼さは直さなくてはいけない。話し合いを避けてきたから、こうして僕が会いにきたのに、そこに第三者を呼ぶのはおかしいと思わない？」

「でも、松原さんは、わたしの話を聞いてくれないじゃないですか？」

「聞いてはいるよ。さくらが僕に反することを言うから、意見を返しているだけだ。そこでさくらが黙ったり逃げたりするから悪いんだろ？　前にコーヒーショップで会った時も、同じような話をしたよね？」

下を向き、さくらはまた黙ってしまう。

こういうところが幼くて駄目なのだと、いつになったら分かってくれるのだろう。僕は真剣に向き合いたいと思っているのに、これでは話が進まない。

自転車が通るので、さくらの手を引き、端によける。

「触らないでっ！」大きな声で言い、さくらは僕の手を振りほどく。

「ああ、ごめん。痛かった？」

軽く引っ張っただけのつもりだったが、男と女では力に差があるし、さくらの腕は細い。

「……ごめんなさい」また下を向いてしまう。

「別に、金が欲しいわけじゃないんだ」僕は、話を戻す。

「はい」

「でも、僕たちは婚約していたのであり、簡単に別れられるわけではない。さくらと池田のことを考えると僕は騙されていたのであって、弁護士さんに頼めば、慰謝料が発生する」

「婚約なんてしていません」さくらは、下を向いたまま言う。

「付き合う時に、結婚を考えてって言ったよな？」

「そうですけど、本気だとは思っていませんでした」

「本気じゃなかった？」

今までで一番ショックだった。

僕は本気で考えて、さくらと結婚する将来を思い描いていた。池田と浮気していたとしても、あの瞬間の気持ちは本物だと信じていた。

「付き合う時の高揚感というか、そういうものだと考えていました」

「付き合っている時だって、結婚のことを何度も話しただろ？」

「そうなんですけど、それも、付き合いたての高揚感のせいだとしか考えていませんでした。真剣に考えていなかったわたしが悪いんです。それは、分かっています。でも、仕事も辞めて、お金なくて払えません。お金を払ったら、鍵を返してもらえて、写真も削除してもらえると思っても、払うお金がないんです」

話しながら、さくらは泣き出してしまう。

緑道を通る人たちは、見てはいけなそうだけれど気になるという顔をして、僕たちを見ながら通りすぎていく。

「ここだと話しにくいから、他に行こう」

「行きません！」

「金がないっていうのは、分かるけど、気持ちや時間はそれ以上にどうしようもない。返してって言っても、無理だろ？　親や他の誰かに借りてでもいいから、金を払ってほしいんだよ」

「借りられません。それに、悪いのはわたしだけじゃないです」

「僕が悪いって、言いたいのか？」

「はい」

「何が？」

「仕事、嘘なんですよね？」さくらは顔を上げ、涙が流れつづけている目で僕を見る。

「どうして知ってる？」

「木崎さんに聞きました。木崎さんの友達が、松原さんが勤めているって話した出版社にいるそうです」

「ああ、そう」

「嘘だったんですよね？」

「そうだよ。でも、だから、どうだって言うんだよ？　夏の旅行で話そうって決めていた。それなのに、その前にさくらが別れたいと言い出して、話せなかった。それを騙したとでも言いたいのか？」

「そうです。騙していたのは、松原さんも同じです。だから、お互いに返すべきものだけ返して、終わりにさせてください」

「それで、騙されたって感じるのは、さくらがそういうことを目当てに僕と付き合っていたっていう証拠だよな？　本当は池田が好きだったのに、条件のいい僕と適当な気持ちで付き合ってみた。お前は、そういう女なんだよっ！」

「池田先生とは、何もありません！」

「そうやって、平気で嘘をつく」

「嘘じゃないです！」

「僕が嘘をついていたように、さくらだって嘘をついていた。精神的なことな分、さくらの方がずっと質《たち》が悪いっ！」

「大きな声、出さないでよ！」叫ぶような声で、さくらは言う。

話し合いの途中なのに、こうして遮ってしまう。これも、さくらの悪いところだ。

こんな幼い女のどこが良かったのだろうという気がしてくるが、欠点があるから好きになった。僕といることで、成長してもらいたかった。

「姉ちゃん！」僕の後ろから声が聞こえて振り返ると、前に駅で見た男がいた。

木崎さんの言うように、さくらの弟だったんだ。

弟の後ろには、僕やさくらと同世代くらいの女の人がいる。友人が池田じゃないというのも、本当だった。

「和樹、志鷹さん」さくらは弟と友人に駆け寄っていく。

「待てって。まだ話し合いは、終わってないだろ？　そうやって、ごまかすなっ！」

「話し合うことがあるならば、私か和樹君を通してください」志鷹さんと呼ばれた女が言う。

「お前らには、関係がない」

「そうですね。私たちには、関係がないことです。しかし、河口さんが松原さんと話したくないと言っています。どうしても話し合いたいならば、第三者として私か和樹君が立ち会います」

「あなたは、弁護士ですか？」

「いいえ」

「弁護士以外が示談に入る権利はない」

「これは、恋人同士の別れ話であり、そこまでのことではありません。婚約していたという主張のようですが、河口さんにその意識はなかったのですから」

「分かりました。連絡させていただきますので、名刺をください」

「いいですよ」

カバンを開けて、カードケースを出し、志鷹は名刺を一枚出す。

どうせ無名の三流以下の会社に勤めているのだろうと思ったが、大手だった。この会社は入社試験が早いので、練習のつもりで僕も受けた。二次まで進んだのに、集団面接で落とされた。

「僕は今、名刺を持っていないので、こちらから連絡いたします」

「お待ちしています」

「失礼します」

軽く頭を下げ、僕は緑道を歩いていく。

泣いているさくらが気になるけれど、これ以上ここにいない方がいい。

弟は運動ばかりやっていた感じで頭が悪そうだからどうでもいいが、志鷹には気をつけた方がよさそうだ。

連絡する気はない。

みんなでお喋りしながら働くなんていう習慣はもともとなくて、黙々とそれぞれの仕事を進めるという今の状況が普通なのに、気まずい。

契約社員のうちの一人が取材で出ていて、僕と蕪木さんと田沢さんは黙ってパソコンに向かっている。隣の机に積まれていた封筒が僕と蕪木さんの壁になっていたんだ。田沢さんともう一人の契約社員で片づけてくれたため、見晴らしが良くなった。奥の、お誕生日席みたいな状態で置かれた机が蕪木さんの席だ。仕事中ずっと、蕪木さんに監視されているような気がする。顔の右側に視線を感じる。正面からは、田沢さんにも見られている。

戻ってこいと言われていたのに直帰したことを蕪木さんに怒られてから、二週間以上経った。

取材に出たついでにどこかへ寄っても、ランチに行ったまましばらく戻ってこなくても、直帰しても、何も言われなくなった。紺野が言っていたパチンコ雑誌がどうとか、人事部がどうとかいう話についても、確認していない。

あの数分間の出来事はなかったことのようになっている。

気にしなくていい程度のことだったんだと思っても、気になる。

封筒のなくなった机や蕪木さんと田沢さんの視線が、あれは実際の出来事で大したことだったのだと語っている。

同じフロアにある競艇雑誌や他の雑誌の編集部は、喋ったりしながら仕事をしていて緩い雰囲気なのに、僕たちの周りだけ空気が張りつめている。

「科学博物館に行ってくる」蕪木さんは立ち上がり、ホワイトボードに外出と書く。

「取材の後で、館長と昼メシを食ってから戻る」

前はこんな風に細かく言わず、外出とだけ書いて出ていった。僕へのあてつけのつもりだろう。

「了解しました」田沢さんが言う。

「いってきます」

蕪木さんは黒いカバンを持って、エレベーターホールへ行く。いなくなってもまだ見られているような気がする。

席を立ち、トイレへ行く。

用を足して手を洗っていたら、紺野が入ってきた。

「その後、どう？」紺野は、僕の横に立つ。

「何が？」

「蕪木さんとうまくやってんの？」

「その言い方、付き合ってるみたいだな」ポケットからハンカチを出して、手を拭《ふ》く。

「蕪木さんと松原っていうのは、仕事の相性はいいと思うんだけどな」

「なんで？」

「蕪木さんが苦手なところは松原が得意だし、松原が苦手なところは蕪木さんが得意で、契約社員の二人がサポートするっていういいチームだったじゃん」

「チームって、なんだ？　気持ち悪い」

「まあ、うまくやれよ。これ以上、問題を起こすと、クビになるぞ」

「それさ、この前も言ってた人事部がどうこうっていう話だよな？」

「そうだよ」

「どういうことなんだよ？」

「パチンコ雑誌で、松原はうまくやれてなかったじゃん。取材先のパチンコ屋や台のメーカーからクレームがあって、異動になったんだろ？」

「その話、知らないんだけど」

「気づいてなかったのか？」紺野は、驚いたような顔をする。

「気づくも何も……」

取材先で、問題を起こしたことなんてない。いったい、どんなクレームがあったのだろう。異動の時だって、編集長から何も言われなかった。辞令に従っただけだ。

「お前、ちょっと冷たいところあるじゃん。飲み会や麻雀にも参加しないし」

「飲み会や麻雀と仕事は、関係ないだろ？」

「そういうところでの付き合いを大切にする人もいるんだよ。取材の時だって、仕事のことだけじゃなくてプライベートの話もして、お互いの関係を深めて、記事も深くなるんだから」

「仕事の話とプライベートの話は、関係ないよな？」

パチンコ屋やメーカーの担当者の中には、飲み会や麻雀での付き合いを重視する人が何人かいた。僕はそれを全て断った。彼らがパチンコ雑誌の編集長にクレームを言い、僕の異動が決まったのだろう。そんなことを問題視しているから、この会社は駄目なんだ。

「関係ないけど、機械じゃないんだから、人間同士として付き合えなきゃいけないと思うよ」

「そうか」

「態度が横柄で、とにかく感じ悪い。って、言ってた人もいるらしいし」

「ああ、そう」

この会社が好きではないし、パチンコ雑誌も好きではない。取材相手も好きではない上に、顔も思い出せない。そんな相手に何を言われても、気にならない。ただ、心配しているフリをして、僕の悪口を言いつづける紺野には、腹が立つ。

「最近、田沢さんとは、どうなってんだよ？」僕から聞き、話題を変える。

「ああ、もういいよ。ランチも行ってくれねえんだもん。男知らなそうだから、ちょっと口説けば簡単に落とせるって思ったんだけどな。二十三歳にもなって処女っていうのは、あの性格の固さが原因だろ」

「男知らないかどうかなんて、分からないだろ？」

「絶対、知らないって」口を大きく開けて、紺野はバカにしているように笑う。

「まあ、そうだけど」

「久しぶりに処女とやれるの、楽しみにしてたんだけどな」

「そのために、声かけてたのか？」

「そうだよ。あんなんに本気になる男いないだろ。でも、ああいう女は、一度やれば止まらなくなって、こっちのものになるはずだったのにな。オレの手で、処女のかたい身体を柔らかくするっていうの、好きなんだよ。酒飲ませて、無理矢理にでも、やるつもりだったのに」

紺野は田沢さんを好きで追いかけていたわけじゃなくて、退屈しのぎくらいの気持ちだったのだろう。

田沢さんになんて興味もないし、どうでもいい。それでも、九月に二人で取材に行って以来、仕事に関係ないことも少し話すようになった。紺野なんかにバカにされていることが、かわいそうだという気がしてくる。競艇雑誌の編集部の飲み会で、彼女を笑い者にしたりもしたのかもしれない。僕のことも、ネタにしているのだと思う。噂話のネタ探しのために、親切面して話しかけてくるのだろう。

「戻るな」紺野に言い、トイレを出る。

席に戻ると、田沢さんは仕事をつづけていた。

上司が見ていないからって、サボったりしない子だ。

僕は、田沢さんの横に立つ。

「なんですか？」田沢さんは、パソコンに向かったまま言う。

「紺野がさ、田沢さんにはもう手を出さないって」

「そうですか」

「良かったな」

「わたしの中で、紺野さんは死んでるんで、どうでもいいです」

「どういうこと？」

「紺野さんとか蕪木さんとか、邪魔だなって感じた人は、殺すことにしてるんです」

「殺す？」

「本当に殺しはしませんよ。精神的に殺すんです」

「……そう」

とても優秀なのに、田沢さんが企業の研究室にも大学院にも入れなかった理由が分かる気がする。彼女は、僕なんか比較にならないくらい、冷たい。誰かを好きになることもなければ、嫌いになることもない。

「紺野さんなんて、名前に紺という色が入ってる時点で気持ち悪いですよね」

「蕪木さんは、色にしたら白じゃない？」

「どうしてですか？」

「蕪だから」

「あっ、そうですね。赤カブとかもありますけど」

「そうだね」

「白だって気持ち悪いです。透明なものしか、信じられません」

だから、いつもミネラルウォーターを飲んでいるのだろう。

脳と犯罪の関係を研究している教授のところへ取材に行った時、簡単な心理テストをやった。犯罪者の中には、サイコパスと呼ばれる人がいる。彼らや彼女たちは、共感性が低くて、他人の痛みや辛さを理解できず、平然と犯罪を繰り返す。教授は、サイコパスと脳の関係も研究していた。「自動販売機に名前が書いていない飲みものが一つある。そこには何色の液体が入っている？」という質問に対し、サイコパスは「透明」と答えるらしい。理由は、田沢さんが今言ったのと同じことだ。色がついているものには、何かが混ざっている可能性があり、信用できない。

その話を教授に聞くよりも前から、田沢さんは知っていたのだろう。サイコパスを気取りたくて、ミネラルウォーターしか飲まないなんて、中学生みたいだ。かわいいところもある。

「松原さんは、色にしたら緑ですね」

「そうだね」

「でも、透明って感じがします」

「えっ？」

「嫌なら、殺せばいいんですよ」田沢さんは顔を上げて、僕の目を見る。

何がおかしいのか、微笑んでいるように見えた。

金をもらって終わりにする、諦めるべきだと分かっていても、さくらに会いたいという気持ちは消えない。

どうにかして外へ出て、さくらの部屋へ行きたい。

しかし、取材から戻ってきた蕪木さんに監視されている気がするし、取材の予定もない。

辞めよう。

こんな会社に縛られて生きる必要はない。辞めて、大手の出版社や新聞社に再就職すれば、話したことが嘘ではなくなり、さくらはまた僕を見てくれる。再就職して、結婚して、母と僕とさくらで実家に住む。それが僕の人生のはずだ。

すぐにでも辞めたいが、稼ぎがなくなったからと言って、実家に帰ることはできない。母に心配かけてしまう。来年の春までに再就職先を決めて、その後で辞める。同時に、さくらとの結婚の話を進め、できるだけ早く同居する。夏には、母も誘って、今年行けなかった海へ三人で行く。

そう考えたら、人生が輝いていくのを感じられた。

興味も持てない科学雑誌を作っているのが、僕の人生がうまくいかない原因だ。悪循環を起こしている。再就職先を決めて、ここを辞めれば、全てがうまくいくようになる。

机の上に置いたスマホが鳴る。

知らない番号だ。

03から始まっているので、携帯ではない。

取材に行った博物館か大学だろう。

「はい」電話に出る。

「もしもし、松原さんですか？」男の声だ。

「そうです」

「あのね、こちら」

その後にも何か言うが、はっきり聞きとれなかった。大学でも博物館でもないようだ。

「あの、どちら様ですか？　もう一度、お願いします」

「警察ですよ、警察」

「警察？　母に何かあったんですか？」

会えていない間に、母が事故に遭ったり、事件に巻きこまれたりしたのだろうか。

周りに聞かれない方がよさそうなので、席を立ち、エレベーターホールの隅に行く。

「違います。ご家族のことではないです」

「そうですか、良かった」

「河口さくらさん、知ってますよね？」

「はい、恋人です」

「元恋人ですよね？」

「正式には、別れていません」

「河口さんは、別れたと言っています」

「そうだとしても、警察がどうしてさくらのことで、僕に電話をかけてくるんですか？」

婚約者でも、まだ家族ではないから、さくらが事故や事件に遭っても、僕に電話はかかってこないはずだ。

「あなた、河口さんのアパートの近くで待ち伏せしたりしていますよね？」

「恋人ですから」

「LINEでしつこく連絡したり、勤務先に何度も電話をかけたり、口コミサイトに写真を載せたりもしましたよね？」

「恋人にLINEを送ったり、恋人の勤務先に電話をするのは、普通のことですよね？僕たちは今後どうするのか話し合う必要があるんです」

「分かりました。松原さんはそう思っているんですね。でも、河口さんは困っていて、警察に相談に来ました」

「はい」

「つまり、あなたはストーカーなんですよ」

「はあっ？」

「今後、今言ったような行為はしないでください」

「ちょっと待ってください。僕がストーカーって、どういうことですか？」

「ご自分の行動を思い返しなさい」

「いや、意味が分かりません」

「あのね、河口さんは困っているんだから、身を引きなさいよ。男だろ」

「だから、そういうことじゃなくてですね」

「何？」

「いや、その」

ここは、分かったフリをした方がよさそうだ。さくらが警察に行ったのは、きっとあの志鷹という女の入れ知恵だ。あの女の言うことに影響されて、気持ちをコントロールされている。

さくらに会いにいき、確かめた方がいい。

「どうしました？」

「分かりました。今後、河口さんとは会いませんし、連絡も取りません」

「はい。そうしてください」

「失礼します」電話を切る。

ポケットにスマホを突っこみ、エレベーターのボタンを押す。

エレベーターに乗って一階まで下りて、外へ出る。

駅まで走る。

スマホを使って、電車に乗る。

僕のマンションとさくらのアパートがある駅で降りる。

さくらのアパートへ行き、階段を駆け上がる。

廊下の奥へ走り、インターフォンを鳴らし、ドアを叩いても、なんの反応もない。

「さくら！　いるんだろ？　出てこいよ！」

合鍵を使おうと思っても、会社に置いてきてしまった。慌てずに、カバンを取ってくればよかった。

「さくら！　さくら！」

ドアを叩きつづける。

鍵が開いたままなんてことはないだろうと思いながら、ドアノブを回したら、開いた。

映画や小説でたまに、訪ねていった部屋が一夜にしてからっぽになっていることがある。一部屋分の荷物を整理して運び出すというのは、そんな簡単なことではないし、手続きだってたくさんある。フィクションの出来事だと思っていた。

しかし、さくらの部屋はからっぽになっていた。

カーテンも外されていて、夕陽が差しこむ。

どこへ行ってしまったのだろう。

7

雪が降っている。

カーテンを開けて確かめなくても、分かる。町中の音が雪に吸いこまれていく。部屋の中の空気もいつもと違い、冷たく水気を帯びているように感じた。強い風が窓を微かに揺らす。

ここは松本の実家で、二階のわたしの部屋にベランダはない。

窓の向こうに誰かいるはずがないのに、松原さんがいるんじゃないかという気がする。風ではなくて、松原さんが窓を揺らしていたらどうしようと考えてしまう。そんなことはありえないと何度も自分に言い聞かせても、想像は止まらなくなる。

ベッドから起きて、カーテンを開ける。

そこには、誰もいない。

住宅街を雪が覆い、町は白く染まっていた。

家の前の通りを小学生や中学生が歩いていく。

軽くベッドを整えてから部屋を出て、一階に下りる。

「おはよう」台所にいる母に声をかける。

母は魚を焼き、味噌汁《みそしる》を作っていた。

「おはよう。朝ごはん食べる？」

台所の隣の居間へ行くと、父がこたつに入って新聞を読んでいる。

「まだいい」

「おはよう」父の斜め前に座る。

「おはよう」新聞から顔を上げて、父はわたしを見る。

猫のウメも居間に入ってきて、わたしの隣に来た。布団を少し上げてあげると、頭だけ出してこたつに入る。ウメは近所の家で産まれたのをもらい、今年の夏にうちへ来たらしい。雑種なのだけれど、グレイと黒のキレイな縞《しま》模様をしている。子供の頃にわたしと和樹が「ペットを飼いたい」と何度お願いしても、父からは「お母さんがいいって言ったら」と言われ、母からは「お父さんがいいって言ったら」と言われ、はぐらかされつづけた。両親ともに、猫を飼うことになったとは子供たちに言いにくいと考えたようだ。

一ヵ月前、帰ってきたわたしを玄関で迎えてくれたのは、ウメだった。「ただいま」とドアを開けたら、母よりも父よりも先にウメが居間から走ってきた。「隠していて、ごめん」と、気まずそうにする両親を見て、わたしも和樹も呆《あき》れて笑うしかなかった。

「今日、寒いね」ウメの頭を撫《な》でる。

「記録的な寒波みたいだぞ」父はテレビをつけ、天気予報にチャンネルを合わせる。

長野県全域に大雪が降っているらしい。

吹雪の中で、駅前に立つリポーターが「通勤や通学には、お気をつけください」と、叫んでいる。松本市内は北東部まで行くと雪が多くなるが、うちの辺りでこんなに降るのは珍しい。大雪の中の松本城を見にいきたいけれど、無駄な外出はしない方がよさそうだ。

「大変だね。出勤するの」

「まあ、どうにかなるよ」

「わたしも、そろそろ働くから」

「無理はしなくていい」

　住んでいたアパートの近くの公園で松原さんと会った。松原さんはベンチに座っていた。偶然だと思いたかったが、わたしを待ち伏せしていたようだ。昼間だったし、日曜日で緑道の辺りには家族連れがたくさんいたし、駅まで行けば志鷹さんと和樹が待っているから大丈夫と思い、一人で歩いていた時だった。その十日くらい前に、付き合っていた時に払ったお金を返すようにと書いた手紙が届いていた。お金のことを責められ、腕を強く摑まれた。待ち合わせの時間を過ぎたのにおかしいと考えた志鷹さんと和樹が公園まで来て、助けてくれた。

　世田谷にいるのは危ない、と志鷹さんと和樹だけではなくて池田先生からも言われ、松本に帰ってくることを決めた。引っ越しのための手続きは志鷹さんが手伝ってくれて、荷物を運び出すのは池田先生と和樹が手伝ってくれた。１Ｋの小さなアパートでも、東京にいた五年半くらいの間に自分で稼いだお金で、家具や雑貨を揃えて作り上げた部屋だ。からっぽになったのを見たら、安心感以上に虚《むな》しさに襲われた。

付き合っていた人からストーカーされたとは両親に言えず、福々堂の経営が厳しくてクビになって貯金もないからしばらく実家に住まわせてほしいと話した。父も母も何も聞いてこないけれど、東京で何かあったということは分かっているだろう。レンタルしたトラックに荷物を積みこみ、わたしと和樹が松本へ向かった後で、池田先生と志鷹さんが軽く食事をしてから忘れ物がないか確認するためにアパートへ戻ると、部屋の前に松原さんがいたらしい。開いたドアの前に立ち、呆然《ぼうぜん》としていた。池田先生が声をかけようとしたが、志鷹さんが止めた。池田先生と志鷹さんは、正面に立つマンションの前で立ち話をしているフリをしながら、松原さんがいなくなるのを待った。十分ぐらいして、松原さんは帰っていった。

その前日に警察に行って山中さんと会い、松原さんへの警告をお願いした。引っ越して、警告もしてもらい、終わりにする。もしも報復があったとしても、その時にわたしはいないという状況にするために、部屋を出た後で警告してほしいと頼んだ。引っ越すならば警告も必要ないんじゃないかと山中さんには言われたが、やるべきことをやって、大丈夫と思える要素を一つでも増やしたかった。

松原さんは、わたしと池田先生の仲を疑っている。報復の対象であるわたしがいない場合、その怒りは池田先生に向く可能性がある。松原さんが報復のために池田先生に会いに福々堂へ行ったらどうしようと思ったが、今のところそういうことはないようだ。ストーカー被害に遭った場合、スマホの番号やメールアドレス、LINEのIDはすぐに変更しない方がいいらしい。連絡が取れなくなることによって、相手をエスカレートさせる。志鷹さんが教えてくれた。河口さんの今までの対応は間違っていませんと言われ、学校や習い事の先生に褒められたような気分になった。年内は変更しないでおいて様子を見ましょうと言われたので、そのままにしている。松原さんからは何も連絡がない。終わったんだと思いたいけれど、そんな簡単なことではない気がする。

マッサージ屋の口コミサイトに載せられた裸の写真は、まだ削除されないままだ。ネットで改めて調べてみたところ、リベンジポルノと思われる画像は、投稿者の許可がなくてもサイトの運営会社の判断で削除できるらしい。福々堂の院長や副院長には頼めないから、運営会社に自分でメールを送った。こういう法律になっていますということも書いたのに、〈担当者がいないため、分かりません〉という返信だった。メールでは話が進まないと思い、番号を調べて電話をかけたら、「そのサイト、担当者がもういないんです」と、言われた。古いサイトで、放置されていて、書き込まれた内容を誰も確認していない。いたずらみたいな書き込みも、そのまま載ってしまう。それでも、マッサージ屋の口コミサイトは少ないので、見る人はいる。どうにかしてほしいとお願いすると、折り返しますと電話を切られた。折り返しはかかってこなかったし、こちらからかけても「担当者がいません」としか言われない。

松原さんも同じように削除依頼をしているのに、無視されつづけているんだと思いたいが、違うだろう。

「週末には和樹も来るから、おじいちゃんの家に行ってくれば」母が父の朝ごはんを持って、居間に入ってくる。

「今日辺り、諏訪湖も凍ってるかもな」父が言う。

「御神渡《おみわた》り、見られるかな」わたしが言う。

諏訪湖は冬場に、全面凍結することがある。氷が膨張や収縮を繰り返して隆起すると、蛇行した一本の筋ができあがる。この現象を御神渡りと言う。馬の背に置く鞍《くら》のようにも見えるため、鞍状《あんじょう》隆起とも呼ばれる。子供の頃はおじいちゃんの家へ遊びにいった時に何度か見た。温暖化のため、この何年かは見られない年の方が多くなっている。

「この寒さがつづけば見られそうだけど、どうかなあ」新聞を閉じ、父は朝ごはんを食べはじめる。

鯵《あじ》の開きのにおいに反応したのか、ウメがこたつから出てくる。こたつの天板に乗ろうとしたのを抱き上げ、わたしの膝に乗せる。しばらくは動き回っていたが、背中を撫でたらおとなしくなった。

「行ってくる。おじいちゃんに仕事の相談もしたいし」

「急がなくていいんだからな」父はウメに鯵を一口分だけあげる。

「無理はしないようにする」

いつまでもこうしているわけにはいかない。

毎日毎日家にいて、母の手伝いを少しして、ウメと遊び、近くに住む友達とたまに会うだけだ。生活費も入れていない。ニートや引きこもりと言われる状態に近くなってきている。
おじいちゃんに頼めば、県内のマッサージ屋を紹介してもらえる。アパートを借りる
ようなお金はないし、一人で暮らすのはまだ怖い。実家から通える松本市内か、おじい
ちゃんの家から通える諏訪市内のどちらかで紹介してもらう。自分で探すべきだと思っ
ても、人を見る目に自信が持てなくなっていて、判断を誤りそうだ。間におじいちゃん
が入ってくれれば、トラブルが起きた時に相談できる。
東京に強い憧れがあったわけではない。長野県内でも、欲しいものはだいたい揃う。
自分は都会に向いていないという気持ちの方が強かった。ファンタジー小説に出てくる
夢の国みたいに、東京を映画やドラマの中だけに出てくる架空の町のように感じていた。
中学や高校や短大の友達も、松本に残った子が多い。信用金庫に何年か勤めて、結婚し
て、専業主婦になって、お母さんになる。それ以上のことは、人生に望んでいなかった。
それでも、二十三歳になる春に東京へ向かう時には、胸の中に夢や希望が溢れるのを感
じた。専門学校に通い、マッサージ師になり、自立していけるという実感があった。想
像もしていなかった人生で、アパートのベランダから見えた満開の桜に祝福されている
ような気がした。
どうしてこんなことになってしまったのだろう。
松本に帰ってきてから、ずっとそう考えている。久しぶりに会った友達のほとんどが

結婚していて、子供もいる。家事や子育てで疲れているという友達にマッサージをしながら、彼女たちとわたしの人生がどこで違ってしまったのか考える。

松原さんが大手出版社に勤めているから付き合ったわけではないけれど、東京でそういう人と付き合う自分って、ちょっとかっこいいと思ったことが全くなかったわけではない。

何も望んでいないような顔をしながら、夢を見ていた。

信用金庫に勤めていた頃にわたしが思い描いたような人生を歩んだ友達は、幸せそうだ。旦那《だんな》の給料がまた下がったとか、姑に会うたびに二人目はまだ？って聞かれるとか、同居の話が出ていて面倒くさいとか、愚痴を言いながらも、彼女たちは楽しそうにしている。東京に出なければ、わたしも彼女たちのようになれたはずだ。でも、松原さんと出会わなかったら、東京にいつづけて、いつか開業のために松本に戻ってきて、両親に胸を張って報告できた。どうしてわたしばかり、こんな目に遭うのだろう。

鰺を食べ終えたウメがわたしを見ている。

卑屈になった心を見透かされた気がした。

まずはおじいちゃんに相談して、仕事を決めよう。

働いて、生活を立て直せば、こんなことを考えなくなる。

御神渡りは、見られなかった。

それどころか、諏訪湖は凍ってもいない。

記録的な寒波は一日で過ぎ去り、今日は晴れている。

積もった雪がまだ残っているが、陽の当たるところへ行くと、暖かく感じるくらいだ。

「温暖化だねえ」隣に座る和樹が言う。

「そうだねえ」

「この冬は凍りそうにないな」

「うん」

「来年か再来年、いつかまた見られるよ」

「見られるのかなあ」

上諏訪の駅で和樹と待ち合わせて、おじいちゃんの家に行った。おじいちゃんは今も柔道整復師として働いていて、父の妹である叔母《おば》さんが受付をやっている。土曜日は忙しい。手伝おうかと聞いたが、二人で散歩でもしてきなさいと言われたので、出てきた。お蕎麦《そば》を食べにいこうと思ったが、お昼の時間帯は混むので、少しずらすことにした。

待つ間、ベンチに並んで座って諏訪湖を眺めている。

子供の頃から何度も見ているのに、今日は今までと違って見える。

新しくお土産屋さんやレストランができたりしているが、諏訪湖自体は何も変わっていない。遊覧船乗り場も間欠泉センターも、前と同じままだ。大きな白鳥の遊覧船が湖を渡っていく。

わたしの気持ちの問題なのだろう。

諏訪湖は、周囲を高い山に囲まれている。

子供の頃は、山の向こうに行かなければ怖いことは何も起こらないと感じ、守られていると考えていた。今は、監視されているように感じる。どこかから松原さんがわたしを見ている。

松本も諏訪も、世田谷に比べると、道が広い。高い建物も少なくて、見通しがいい。それなのに、どこから見られているか分からないという感覚は、変わらないままだ。見通しがいい分、遠くからの視線を感じる。口コミサイトでわたしの写真を見た人に気づかれるかもしれないという感覚もまだ抜けない。この辺りに住む人が世田谷のマッサージ屋を調べることなんてないと思っても、絶対ではない。見られてばれる可能性は、何パーセントかはある。両親や友達やおじいちゃんやその知り合いにばれたら、松本にも諏訪にもいられなくなる。知らない場所へ行き、一人で暮らさなくてはいけない。そこでもまた、同じ思いを繰り返すのだろう。

「ずっといると、やっぱり寒いな。コーヒーでも買ってくる？」和樹は、売店の方を見る。

「ううん。いい」

「そろそろ、蕎麦屋に行こうか」

「そうだね」

ベンチから立ち上がり、駅の方へ歩く。

すれ違う車や観光客の中に、松原さんと似た雰囲気の人がいるのを見るたびに、身体がビクッと反応する。ここは諏訪だから松原さんがいるはずない。もしいたとしても和樹の方が松原さんよりも強いから大丈夫だ。でも、大丈夫と言い聞かせる分だけ、不安が増す。公園で松原さんと会った時だって大丈夫と思って、一人で出かけた。わたしの判断力は、甘い。警戒して警戒して、安全策をとことん考えても、足りないのだろう。世田谷の警察署で一一〇番緊急通報登録システムに登録しても、それが松本や諏訪でも使えるわけではない。それぞれの警察署に行き、事情を話し、改めて登録する必要がある。行っておいた方がいいと思っても、行けないままだ。警察署までうちから遠くないけれど、入っていくところを近所の人に見られたくない。何をしていたのか聞かれたら、両親とウメとの穏やかな生活を壊される。噂の回るスピードは、東京よりも速い。免許の更新と嘘をついても、詮索《せんさく》される。そのことを和樹も分かっているから、もう少し様子を見てからにしようと言ってくれた。

「年末に、志鷹さんと池田先生が松本に遊びにきたいって言ってるんだけど、来てもらっていい？」歩きながら、和樹は話す。

「いいよ。でも、池田先生は、仕事でしょ。休みとれるのかな？」

福々堂は、年末年始も一月一日以外は営業する。

「一日ぐらいは大丈夫だから、日帰りするって」

「そう」

「二人とも、おいしいものが食べたいって言ってた。あと、温泉入りたいって」

「おいしいものかあ。何がいいんだろう。お蕎麦？　野沢菜？」

「うーん、あと、なんだろう？」

「うーん」

二人で悩んでしまう。

和樹は高校を卒業してすぐに東京へ行き、わたしも二十三歳になる年に東京へ行った。おいしいものと考えて店を選ぶようになるよりも前だ。信用金庫に勤めていた頃は友達とちょっといいお店に行ったし、家族のお祝いでホテルのレストランにも行ったことがあるが、松本らしいお店というわけではない。県内の観光地みたいなところには子供の頃に一通り行ったけれど、両親に連れていってもらっただけだ。生まれ育った町でも、知らないことの方が多い。

「松本城に行って、近くでランチに蕎麦食べて、日帰り温泉に行くとか、そういう感じかな。電車で来るだろうから、夕ごはんは駅の近くの居酒屋で軽く飲んで」

「志鷹さんも日帰りなの？」

「ああ、そっか。でも、泊まるならば、うちでもいいんじゃん」

「ホテルとか旅館とかの方がいいよ」

「どうするか志鷹さんに確認してから考えよう」

「そうだね」

どこに行くのがいいか考えるうちに、松原さんのことで悩む気持ちが薄れていく。やっぱり、できるだけ早く仕事を決めよう。身体を動かし、他のことを考えるようにすれば、東京でのことを忘れられる。過去のことを切り捨てるようで良くないとも感じるけれど、このままでは前に進めなくなる。マッサージのことも、もっと勉強したい。わたしの人生は終わったわけではなくて、これから先の方が長いんだ。

「和樹も、帰ってくるの？」

「うん。そのまま、年末年始は実家にいる」

「彼女は？　一緒にいなくていいの？」

「……いや、それがさ」気まずそうにして、和樹は目を逸らす。

「何？」

「別れたんだよ」

「いつ？」

「姉ちゃんの引っ越しを終えたすぐ後に」

「なんで？　わたしのせい？」

「そういうことではない。もともとうまくいってなくて、すれ違いみたいになって、別れたいって言われた」

「だって、わたしが和樹の部屋にいたのがすれ違いの原因でしょ？」

わたしのせいで、周りの人の生活まで壊してしまう。

「いや、それは違う。なんていうか、別れたいって言われて、追えなかったオレが悪いんだと思う。好きで付き合って、結婚も考えてたのに、彼女を中心にものごとを考えられなかった。姉ちゃんのことだけじゃなくて、仕事で遅くなることとかも、理解してくれてるって自分にいいように考えて、相手を見てなかった。付き合いつづけても、駄目になってたと思う」

「……そう」

「あと、姉ちゃんのせいってことではないけど、姉ちゃんと松原さんの話を聞いて、色々と考えるようになったっていうのもある」

「何を？」

「人を好きになるっていうのは、どういうことなんだろう」

「ん？」

「松原さんみたいに一人の女を愛し抜くなんて、オレにはできない。しつこくＬＩＮＥを送ったり、待ち伏せしたり、そういうことをしてしまう気持ちが全く分からないわけじゃない。でも、そういうことをする自分の惨めさの方が勝つ。話し合えばやり直せたかもしれないけど、そこで傷つくのも嫌だった。彼女を想う気持ちよりも、自分を守りたいという気持ちの方が強かった」

「情けないな」

「分かってるよ」

「でも、誰だってそうなんだろうね。弱い自分を強くできるのが本当の愛なんだと思う」

わたしと和樹は、もともとこんな風に話す仲ではなかった。子供の頃は柔道の試合の応援に行ったし、たまにけんかもした。けれど、特別に仲がいいわけでも、悪いわけでもなかった。家族でも、女と男なので、姉妹や兄弟みたいになんでも話したりはできない。和樹が反抗期で全く喋らない時期もあった。それでも、姉と弟の愛情は、確かに存在している。和樹に何かあれば、わたしが助ける。わたしに何かあれば、和樹が助けてくれる。二人でいると、一人の時よりも強い気持ちでいられる。両親やおじいちゃんの愛情がわたしを強くしてくれるとも感じる。

「だから、松原さんのは愛じゃないよ」

「愛じゃなかったら、何？」和樹は、わたしを見る。

「怒り」

あの人は、弱いんだ。

弱いから怒り、子供みたいに駄々をこねつづける。

松本城は、日本に十二城しか残っていない現存天守閣のうちの一つだ。最上階の六階まで階段でのぼれる。建てられた当時のままなので、その階段がとても急だ。はしごに近い感じがする。子供の頃、わたしは平然とのぼっていたが、和樹は怖いと言って泣いていた。

それが今は、和樹は嬉しそうにのぼっている。

それぞれの階に展示があるのだけれど全く見ないで、和樹と志鷹さんは駆け上がるように、先へ行ってしまった。冬休みで子供も多い。二人は、子供以上にはしゃいでいる。怖いとは思わなくても、運動不足の身体にはなかなかきつい階段なので、わたしと池田先生は展示を見ながらゆっくりのぼる。前はマッサージの勉強の一環で、ヨガやピラティスの教室に行っていたのに、松原さんと付き合ってから行かなくなった。

「先に行ってもいいですよ」わたしは、池田先生に言う。

「いや、展示見たいから、大丈夫。結構、好きなんだよね。こういうの」池田先生は、ガラスケースの中を見ながら話す。

天井が低く薄暗い中に、甲冑《かっちゅう》や火縄銃を展示したガラスケースが並んでいる。池田先生は城の造りにも興味があるみたいで、天井の梁《はり》や足元の小さな窓も見ている。その窓から攻撃するらしい。急な階段は敵の侵入を防ぐためでもある。城のあちらこちらに戦いのための仕掛けが施されている。

「控え室でもよく時代小説読んでましたよね？」

「うん」

「大学では、そういう勉強してたんですか？」

「ううん。法学部だから」

「へえ、そうなんですね」

「これでも、弁護士を目指してたんだよ」展示から顔を上げ、池田先生はわたしを見る。

「えっ！　そうなんですか？」

「挫折《ざせつ》したんだけどね」視線を展示に戻し、苦笑いする。

「それで、マッサージ師になったんですか？」

「それでっていうと、ちょっと違うかな。弁護士事務所でバイトしたりもしてたんだけど、なんか違うって感じた。正義のためにっていう感じではないんだよ。オレがバイトしてたところは民事が主だったからっていうのもあるだろうし、正義のためにやってる人もたくさんいると思う。司法試験を受けて、弁護士じゃなくて裁判官になれば、正しさと向き合っていくこともできる。でも、そこまでの正義感があるわけじゃないし、なんか違うという感じが抜けなかった。バイトでこき使われて精神的にも参っていて、ちゃんと考えられなくなってたのかもしれない。頭痛が酷くなって、病院に行って薬飲んでも良くならなかったんだけど、マッサージを受けたらすぐに治った。その時に、マッサージ師の先生が話を聞いてくれたのも、楽になった理由だと思う。事件よりも、日常の悩みとかの相談に乗りながら、近所の人を楽にする。それがオレの正義かもしれないって、その時に感じた」

「そうだったんですね」

池田先生のことをよく知っているつもりだったが、知らないことばかりだ。知り合ってから六年近く経つのに、マッサージ師になる前のことを初めて聞いた。

福々堂の控え室では、見たい映画とか食べたいものとかについて話していた。一緒にテレビを見ながら、クイズ番組に参加したりもした。仕事の後でごはんを食べた時も、同じような感じだった。真面目に話したのは、マッサージに関することぐらいだ。

「弁護士目指すのやめるって言ったら、親にはすごい怒られた。もともと親の希望だったから。けど、怒られながら、親の希望でしかなかったことに気がついた。両親に、将来は医者か弁護士って、ずっと言われてた。ドラマや漫画みたいに、正義のために働こうっていう希望を無理に作り上げただけで、本当になりたいものではなかった。って、興味ないよな？　オレの話なんて」

「そんなことないです」わたしは、首を横に振る。

話してくれて嬉しいとは、思っても言わないでおいた。それは、恋人に言うことだ。

「志鷹じゃなくて、弁護士になった同期とか紹介すればよかったのかなって思ったんだけど、オレの友達だと男しかいないんだよ。河口先生が話しやすい相手がいいかなって思って」

「志鷹さんで、良かったです」

池田先生の知り合いでも、男性の弁護士が来たら、かまえてしまって話せなかっただろう。

「弁護士に頼まないで済めばいいんだけど、必要になったら、いつでも紹介するから」

「ありがとうございます」

「上、行こうか？」

「はい」

先に池田先生が階段をのぼっていく。のぼりにくい階段なのに、後ろにいるわたしを気遣ってくれる。

どうしてわたしは、池田先生をちゃんと好きにならなかったのだろう。

兄と妹みたいなんて言葉でごまかさず、彼のことを見てもっと話を聞けばよかった。

でも、今のような状況になっていなかったら、こんな風に考えることもなかった。誰かに甘えたい気持ちがあって、池田先生に頼ろうとしているだけだ。そんなことに、付き合わせてはいけない。

「まだ先があるのか」階段をのぼったところで、池田先生が言う。

「一番上までのぼっちゃいます？」上を指さす。

「ゆっくり行こう。せっかくだから楽しみたい」

展示や仕掛けを隅々まで見て回る。

「木崎さんから連絡あった？」

「ないです」

松本に引っ越してくる前に、〈松本へ帰ることになった〉とだけ、ＬＩＮＥを送った。既読になったけれど、返信はなかった。その後はわたしから連絡することもなければ、木崎さんからも連絡はない。

「志鷹がさ、会わないようにしてくださいって言った時は、そんなことする必要ないんじゃないかって思ったんだけど、その判断は正しかったのかもしれないって気がしてきた」

「なんでですか？」

「木崎さんも、河口先生に嘘をついていた」

「えっ？」

「モデルみたいな仕事をしてたとか、マンションの家賃を彼氏が払ってくれるとか、全部嘘だったんだと思う」

「そうなんですか？」

「木崎さんのマンション、行ったことある？」

「ないです」

一緒に帰った時は、わたしが住んでいたアパートの近くで別れた。木崎さんがわたしの部屋に来ることはあっても、わたしが木崎さんの部屋に行ったことはない。

「キレイとは言えないようなアパートから木崎さんが出てくるのを見たことがある。駅から遠いし、家賃もかなり安そうだった。友達の家かと思ったけど、他の先生も見たって言ってた。その先まで行くと、近所に行くのでも車でしか移動しないような人たちの住む高級住宅街があるから、福々堂の出張の行き帰りに通るんだよ。モデルみたいな仕事っていうのは嘘じゃないんだけど、ヌードモデルだよ」

「アート的なことですか？」

「エロ本的なこと。そこら辺は、まあ、男には分かることだから」

「木崎さんの載ってるエロ本を見たんですか？」

「本じゃなくて、ネットの画像。本名でやってたわけじゃないし過去のことだけど、男の先生の間では、どこかで見たことがあるって話は出てた。木崎さん、福々堂のホームページにも写真が載ってるじゃん」

マッサージを受けるお客さんの役を木崎さんがやっている写真がホームページのトップに載っている。その撮影の時も、モデルの仕事の話をしていた。早朝から夜中まで撮影があり、きつくなって辞めたと言っていた。お金がないわけじゃないのにバカバカしくなった、とも話していた。

「福々堂を検索した時に、関連して彼女の過去の画像も出てきた。それが院長にばれて、木崎さんもクビになったんだと思う。河口先生が辞めた後で、何も言わず急に辞めたから」

「そうだったんですね」

木崎さんの話を、もっとちゃんと聞けばよかった。けれど、聞いたところで正直に話してくれなかっただろう。わたしはずっと、彼女に潜む毒のようなものが怖かった。「教えてあげられる」と言ったのは無意識だったが、言い負かされないようにしたいという気持ちがあって、そういう言い方になったのだと思う。彼女の話し方や態度のきつさも、苦手に感じていた。

あの赤いバラのブラジャーも、ブランドもののワンピースも、高いヒールも全てが彼ないフリをした。

女の嘘だった。女同士で、なんとなく分かっていた。分かっていながら、気がついてい

「誰に対してもなんでも正直には話せないし、見栄を張ってしまうことはある。嘘をつくつもりではなくて、過去を隠そうとするうちに行き過ぎてしまったのかもしれない」

「はい」

これから先もしも、誰かと付き合うことになるとしたら、東京でのことをわたしはどう話すのだろう。家族だけではなくて、地元の友達にも、正直に話せずにいる。隠したいことは誰にでもあり、そのために嘘を重ねていく。

「それに、木崎さんは、河口先生が羨ましかったんだと思うよ」

「わたしの何が？」

「ちょっと抜けてるところとか、田舎者っぽいところとか、何も考えてなさそうなところとか」池田先生は、指折り挙げていく。

「からかってます？」

「誰からもかわいいって思われる素直さの溢れる笑顔とか」

「ああ、はい、いや、その」

褒められたで、すごく恥ずかしくなってしまった。

「ほら、褒められたら褒めたらこういう感じになるだろ」

「はい、なんか、すいません」

「福々堂を辞めた後で、木崎さんがどうしてるか知らないけど、新しいところでもきっとうまくやってるよ」

「そうですね」

強そうに見えても、弱いところがあることも知っている。弱いから強そうに見せて、自分を守っていたんだ。

どうしているか気になるけれど、今は木崎さんと会って話す余裕はない。また何か言われたら、わたしは影響されてしまうだろう。松本に帰ってきて、少しずつ、ものごとを冷静に考えられるようになってきたところだ。それを邪魔されたくない。会いたくないという気持ちが強かった。そして、池田先生に「木崎さんに連絡をとってみてください」とお願いするのも、嫌だ。そんなことをしたら、池田先生の心配は木崎さんに向いてしまう。そうなるように、彼女は池田先生の気持ちをコントロールするかもしれない。

どうしても、池田先生を手放したくない。

好きになってはいけない、迷惑をかけてはいけないと思いながら、そう考える自分はずるい。

「次は、ついに最上階！」嬉しそうに言い、池田先生は階段をのぼっていく。

わたしも、後ろについていく。

最上階には窓があり、外を見られるようになっていて、松本駅の周辺が一望できる。

先にのぼった和樹は、志鷹さんにどれが何か説明していた。建物よりも、周囲の山の説明をしているのだろう。志鷹さんは興味なさそうな顔で聞いている。

「おおっ！　気持ちいいな」池田先生は外を見て、声を上げる。

「寒くないですか？」わたしも外を見る。

晴れてはいるけれど、風が冷たい。

建てられた当時のままなので、窓にガラスは入っていない。

全開になっている窓には転落防止の網が張ってあるだけなので、風が通る。

町中に積もった雪はほとんどとけたが、山は白く染まっている。

「寒いけど、大丈夫。やっぱり、東京よりも空気が澄んでるな」

「そうですか？」

「深呼吸するだけで肺がキレイになる気がする」

「それは、良かったです」

「うん、いいよ。松本」

「いつでも遊びにきてください。山登りしたかったら、和樹に案内させます。あと、諏訪もいいですよ。祖父の家から諏訪湖の花火大会が見えるんです。東京の花火大会とは、規模が違います。庭でバーベキューもできますし、次は夏に来てください」

「その前にも来るよ」

「……でも」

「あっ、迷惑とか怖いとかあれば、言って。なんか、オレがストーカーみたいになったら、本末転倒ってやつだから」わたしの方を見て、池田先生は慌てた顔をする。

「大丈夫です。そんな風に思いません」

松原さんと初めて食事に行って告白された時も、同じようなやりとりをした。信用金庫に勤めていた時に高齢者ストーカーに遭った話をしたら、「僕もストーカーみたいになってません？」と、聞かれた。予言みたいになった。同じようでも、松原さんと池田先生では、全然違う。池田先生のことを全て知っているわけではなくても、信じていいと思える。

「じゃあ、また来よう」

「来てくれるのは嬉しいんですけど、東京から近いわけではないし、ご迷惑じゃないかと思って」

「オレも、春には東京を離れるから」

「えっ？」

「三月で福々堂を辞めることになった」

「どうして？」

「経営状態も悪いし、河口先生と木崎さんをクビにしたことで、雰囲気も悪くなってる」

「ごめんなさい」

わたしが松原さんと付き合う前は、福々堂でそんな問題は起こらなかった。

松原さんは、口コミサイトにわたしとのことだけではなくて、福々堂ではアルバイトの男の子たちがマッサージをすることもあると書き込んだ。マッサージではなくてリラクゼーションであり、許可された範囲でやっているのだが、お客さんはいい印象を持たないだろう。二人で会った時に、仕事について話したことがあった。業務に関することを外部に漏らしてはいけない。好きな人が相手でも、話すべきではなかった。

「河口先生のせいじゃなくて、院長と副院長の化けの皮がはがれたって感じ。今までの余裕は、ある程度以上の儲けがあったからでしかなかった。売り上げが落ちて、副院長は常にイライラしてる。ネットの書き込みなんて、お客さん全員が見ているわけじゃない。木崎さんが辞めたことでお客さんのデータ管理が不十分になったとか、理由は他にもある。自分たちの判断ミスで、売り上げが落ちたとは認められないんだよ」

「けど……」

「どっちにしても、そろそろ辞めるつもりだったんだ」

「東京を離れて、どこへ行くんですか？」

「静岡。海の方だから長野に近いってほどじゃないし、東京から来るより時間かかるって感じもするんだけど、車も買う予定だから、ドライブしながら来るよ」

「何をしに静岡へ行くんですか？」

「知り合いが海の近くで、マッサージ屋をやってて、そこで働かないか？　って、前から誘われてた。さっき話した、大学生の時にオレの人生を変えたマッサージ師」

「はい」

「二年くらい前に東京から静岡に移って開業して、その頃からそういう話が出てた。マッサージ師になったばかりだしとか、福々堂で常連客もいるしとか悩んでたけど、足枷《あしかせ》がこれ以上重くなる前に、新しい土地へ行ってみようって決めた。オレは出身も東京で、東京以外に住んだことがないから、知らない場所にも行ってみたかった。あれこれ悩むと、また大学生の時と同じように、自分以外の誰かの意思で生きることになる。行こうって気持ちが動いた今が行くべき時なんだ」

一人で、決めたことなんだ。

池田先生の表情は、輝いていた。

かっこいいというタイプの顔ではないはずなのに、かっこ良く見える。

「いいですね。海の近く」

「遊びにきて」

「はい」

志鷹さんには、うちに泊まってもらうことになった。

年末なので、ホテルも旅館も予約がいっぱいだったし、あいているところがあっても、繁忙期価格でとっても高い。和樹が「志鷹さんの会社の給料なら泊まれるんじゃん」と言うので、一応確認してみたら「泊まれません。そんな高い部屋」という返事だった。

「寒くないですか?」布団を敷きながら、志鷹さんに聞く。

一階の和室に布団を並べて敷き、わたしも一緒に寝ることにした。

「大丈夫。湯たんぽみたいな子もいるし」志鷹さんは、膝に乗るウメをなでる。

温泉に入り夕ごはんを食べて、松本駅で池田先生を見送り、帰ってきた。ウメは居間から走ってきて、わたしと和樹なんて見えないかのように、志鷹さんの足元にピッタリとくっついた。それからずっとくっついたままだ。

「嫌だったら、言ってくださいね。居間にでも、連れていきますから。せっかく温泉入ったのに、毛がついちゃいますし」

「平気、平気。動物に好かれることなんてないから、嬉しい」

「何か飼ったことないんですか？」

「実家では、柴犬《しばけん》を飼ってた。でも、私には懐いてくれなかった」

「ご実家、どちらなんですか？」

「高知。行ったことある？」

「ないです」

四国には、一度も行ったことがない。東北や九州も行ったことがないし、海外にも行ったことがない。長野と東京とその周辺だけしか知らずに生きてきた。

「暖かくて、いいところだよ。高校生の頃は、何もないって感じで、東京に出たいって思ってたけど」

「大学から東京ですよね？」

「ウメ、もう寝るから、自分の寝床に行きなさい」志鷹さんの膝からウメを抱き上げて、廊下に出す。

何か言いたいことがあるのか、ウメは居間の方へ歩きながら、何度も振り返る。ウメには、寂しいとか辛いとか感じている人を見つける能力があるんじゃないかという気がする。わたしが東京から帰ってきてしばらくは、ずっとわたしにくっついていた。

「大学って、どこなんですか？」和室に戻り、わたしは布団の上に座る。

長野の冬は東京よりもずっと寒い。冷えた足をストーブに近づけて、温める。

「池田君から聞いてない？」志鷹さんも布団の上に座り、ストーブの方に足を伸ばす。

「はい」

「都内の国立大学」恥ずかしそうに言う。

「へえ……」

都内にある国立大学なんて、一つしか思い浮かばない。他にあるのだろうか。あるとしても、きっとその大学なのだろう。そこに通う女の子はあまりもてないと聞くし、志鷹さんとしては堂々と言いにくいことなのだろう。

学歴で人を判断したりなんてしないが、池田先生のことが分からなくなってきた。年齢的に、大学には現役で入っているはずだ。国立大学に現役で入り、弁護士を目指していたなんて、すごく頭がいいのではないだろうか。マッサージ師になりたいと言ったら、それは親も怒る。息子に大きすぎるほどの期待をかけていたのだと思う。けれど、そこで悩んだり苦しんだりしたから、今の池田先生がいる。過去のことを誇らしげに語ったりしないのは、彼の今が充実している証拠だ。経歴だけで見られたくなくて、池田先生は自分のことをあまり話さないようにしているのかもしれない。

「学生生活は、本当に普通なのよ」

「志鷹さん、裸足で逃げたりしてたんですよね？」

「池田君に聞いたの？」

「はい、聞いちゃいました」

「変な男が好きだったのよ。その頃は」

「どんな男ですか？」

「売れないバンドマンとか、何年も司法浪人してるとか、自称アーティストとか」

「ああ、駄目そうですね」

「夢を追ってる人が好きだったの」

「夢を追ってる人なら、周りにたくさんいたんじゃないですか？　弁護士とか官僚とか」

「現実的に弁護士や官僚になれる人にとって、それは夢じゃないもの。叶わない夢を追ってる姿にロマンを感じたの」

「なるほど」

「バイト代貢いで、殴られたり蹴られたり、監禁されたりして、大変な毎日だった」

「……監禁ですか？」

「それで、裸足で逃げたんだもん」

「池田君たちが童貞丸出しって感じで、女子見てはしゃいでるのとか、下らないって思いながら見てた」

「そうですよね」

「池田先生のその姿は、ちょっと想像できません」

はしゃいでいるところすら、見たことがない。アルバイトの男の子たちと漫画やゲームの話をして騒いでいることがたまにあったけれど、池田先生が彼らに合わせている感じだった。

「話したこともない女の子のことで盛り上がってたんだよ。気持ち悪いでしょ？」

「まあ、気持ち悪いですね」

「でも、そういう純粋な恋みたいなことは私にはできないって感じて、彼らをバカにすることで自分を守っていたのかもしれない」

「どうして、純粋な恋はできないって感じたんですか？」

「何が恋なのか、よく分からなかったから」

「ん？」

「高知にいた頃は、東京に出るために勉強ばっかりしてた。大学に受かったら恋愛するって決めてたのに、大学の名前言うだけで男の子は逃げていく。普通に恋愛してる友達もいたから、大学名だけが原因じゃないんだけどね。私に寄ってくるのは駄目な感じの人ばかり。そういう人が好きなんだって思いこんで、付き合った。本当は全然好きじゃなかったのに、彼らに振り回されるうちに、まともに考えられなくなった」

「恋が何か、分かるようになりました?」

「大学四年生になった頃に分かるようになった。バカだと思っていた友達が弁護士目指すのをやめて、マッサージ師になるって言いだして、その横顔見たら、それまで知らなかった感情が湧いてきた。本気で夢を見るって、こういうことなんだって思った。子供だと思っていた友達が、大人の男になってた。そしたら、それまで付き合った彼氏のこととか、冷静に考えられるようになって、自分のバカさに気がついた」

「その人と付き合っていたんですか?」

誰のことを言っているのか分かっても、名前は出さない方がいいだろう。

「好きとも言えなくて、卒業したら、会えなくなっちゃった。しばらく経って再会したけど、今はただの友達」

「そうですか」

「ずっと気になってたんでしょ?」志鷹さんは、わたしを見る。

「いや、別に、気にしてなんてないですよ」

「過去のことだし、手を繋いだこともないから、気にしないで。今は、彼氏いるし」

「売れないバンドマンとかですか?」

「そういう男とは、もう付き合わないよ」笑いながら言う。「会社の人」

幸せそうに見えるが、何か事情があるのかもしれない。ウメは何を嗅ぎとったのだろう。詮索しないでおこう。志鷹さんとは、本当の友達になれる気がする。話していると、気持ちが穏やかになっていく。時間をかけて、お互いのことを話していけばいい。

「布団並べて、恋バナなんて、修学旅行みたいですね」

「そうだね」

二人で笑い合う。

「河口さん、東京にいた頃より、顔色が良くなったね」

「そうですか？」頬に触る。

東京にいた時よりも、肌は滑らかになった。水が変わったからかと思っていたが、それだけではないだろう。精神的な調子が良くなって、血行も良くなってきている。

「元気そうで、安心した」

「まだ元気ってほどではないんですよ」正直に話す。「松本の松という字を見ただけで、息苦しく感じることもあります。眠れない日もあります」

松原さんの松だからと言おうとしたら、その名前を口に出すことを全身が拒否した。言葉にすれば、呼び寄せてしまう気がした。

「でも、冷静に考えられるようになりました。東京にいたら、自分が悪いという感情に縛られたままだったと思います。年が明けたら、仕事を探して、生活を少しずつでも立て直していこうって考えています。過去のことは変えられないから、いつまでも引きずっていないで、前へ進みたいんです」

「無理はしないでね。私は、いつでも相談に乗るから」

「ありがとうございます」

「本当はちょっとね、不安だったの」

「何がですか？」

「私と和樹君と池田君が強く言ったから、河口さんは松本に帰ったけど、それは河口さんの意思じゃないから。なんか、精神的にコントロールしたみたいなことになっちゃってるんじゃないかって思って。会社でセクハラとかの対応をしていても、私は専門家ではない。もっと時間をかけて話し合うべきだったのかもしれない」

「コントロールなんてされてないですよ。三人が言うから帰ろうとは考えましたけど、親切心で言ってくれたことで、意地悪で言ったわけじゃないから」

木崎さんは意地悪でわたしをコントロールしようとして、松原さんはわがままでわたしをコントロールしようとしていた。真実は分からないけれど、松本に帰ってきてから、そうだったんじゃないかと考えられるようになった。わたしに対して、優しさで接してくれる人は誰なのか、今ならば判断できる。

「そろそろ寝ようか」志鷹さんは、布団に入る。

「消しますね」ストーブと電気を消して、わたしも布団に入る。

「おやすみなさい」

「おやすみなさい」

　なかなか眠れないかと思ったが、隣に信頼できる人がいるという安心感に包まれたような気分になり、すぐに眠りに落ちた。

　二階には和樹もいるし、父も母もウメもいる。この家に、わたしは守られている。怖いことは、何も起こらない。


　和樹と一緒に松本駅まで志鷹さんを見送りにいった。

　志鷹さんは、「さくらちゃん、また会いにくるね」と何度も言ってくれた。

　家へ帰ると、門の前に男の人が立っていた。

　先に気づいた和樹がわたしの手を引き、逃げようとしたが、ほんの数秒だけ遅かった。近所の人の目を気にせず警察へ行けばよかった。松本に帰ってきた安心感で気を緩めるべきじゃなかった。実家の住所は木崎さんも知らないはずだし、院長や副院長が言うとは思えない。どうしてばれたのだろう。

　そんなことを後悔したり、考えたりしている場合ではない。

　松原さんがわたしと和樹に向かって、歩いてくる。

「良かった。やっと会えた」松原さんが言う。

「どうして、ここにいるんですか？」和樹が言う。

「急にいなくなるから、心配した」わたしだけを見て、松原さんは話しつづける。「もっと早くに来たかったんだけど、いきなり来たらご家族にご迷惑がかかると思って、悩んだんだ。会社が休みに入って、思い切って来てみて良かった。LINEを送ったり、勤務先に電話したりするのはいけないって、警察の人に言われたから、それはやめたんだよ」

「実家にも来たらいけないって、分かりますよね？」大きな声で和樹が言っても、松原さんはなんの反応もしない。

彼の視界には、わたししか入っていないようだ。

「元気そうだね？」

「こういうストーカーみたいな行為をするなっていう警告だったはずです」和樹は、更に声を大きくする。

話し声が家の中にも聞こえたのか、ウメを抱いた母が出てきて、父も出てくる。近所の人は窓を開け、わたしたちを見ていた。

「やめて」わたしは、和樹のコートの袖《そで》を引っ張る。

これ以上の騒ぎになったら、両親を巻きこむことになり、近所中の人に何があったかばれてしまう。裸の写真を見られたら、二度と帰ってこられなくなる。

「なんで？」

「見られてるから」

「……でも」

「あの、違う場所で話させてください」わたしから松原さんに言う。

「いいよ。どこへ行く？」

「えっと……」

松本駅の方へ行けば、コーヒーショップやファストフード店もあるが、どこにいても誰かに見られる可能性がある。友達やその家族には、絶対に見られたくない。

「僕が泊まるホテルのロビーにラウンジがあるから、そこでいい？」

「はい、そこにしましょう」

ホテルのラウンジならば、知り合いは来ないだろうし、周りに人がたくさんいる。何かあったら、ホテルの人に頼んで、警察に連絡してもらうことだってできる。

「オレも行く」和樹が言う。

「来ないでいい」一緒に来たら、松原さんを怒らせることになる。「すぐに帰ってくるから、心配しないで。話し合いが終わったら、電話する。車で迎えにきて。池田先生と志鷹さんに、このことは言わないで」

連絡した方がいいかと思ったが、松原さんと会うことを池田先生には知られたくなかった。昨日、松本城で池田先生と話して楽になった心が、松原さんに汚されていく。

「警察には？」

「その必要があったら、自分で連絡する。大ごとにしないでほしいの」

「わかった」

「じゃあ、後でね。お母さんとお父さんにも、すぐに帰るって言っておいて」

和樹のコートの袖から手をはなし、松原さんの方へ行く。

「行こう」松原さんは、嬉しそうに言う。

「はい」

歩いてきた道を戻り、広い通りに出て、タクシーに乗る。

初めて松本に来た感想を松原さんは喋りつづけているが、耳に入ってこなかった。警察に連絡するように和樹に頼んだ方がよかったのかもしれない。志鷹さんにメールを送って判断してもらえばよかったのかもしれない。両親に事情を話しておけばよかったのかもしれない。後悔ばかりが頭の中で渦巻く。

ホテルの前に着き、タクシーを降りる。

志鷹さんに泊まってもらおうと思って調べた観光客向けのホテルだ。広い露天風呂がある。年末年始の休みで県外から来たお客さんたちで、ロビーは混み合っている。

タクシー代を払い、松原さんは先に歩いていき、ロビーのラウンジに入る。歩きながら、松原さんは何度も振り返って、わたしを見た。逃げないか監視されているように感じた。

奥の席に通され、向かい合って座り、コーヒーを頼む。

もうすぐ夕ごはんの時間だからか、ラウンジはすいている。

窓の外は暗くなっていた。

「急に来て驚いた？」松原さんが言う。

「はい」

「ちゃんと話したかったんだ」

「話しましたよね」

「さくらは、すぐに黙ったり、誰かを頼ったりしようとするから、話し合いにならないじゃないか？　警察に行ったのだって、誰かに頼ったからで、さくら自身がそうしたいって決めたわけじゃないんだろ？」

「警察に行くって決めたのはわたしです。警告してほしいとお願いしたのもわたしです。こうやって会いにこられるのも、迷惑です」

強くならなくてはいけないと思っても、下を向いたままそう言うのが精一杯だった。

「警察に行くことを提案したのは、この前の志鷹っていう女だろ？」

「そうですけど……」

「彼女の言う通りに動いてるだけじゃないの？」

「そうではないです」

「さくらは、人に言われたことによく考えもせずうなずいたりするから、僕は心配してるんだ」

「心配してくれなくていいです」

どれだけ話しても、松原さんにわたしの気持ちは伝わらない。

もう一度やり直すとわたしが言うまで、松原さんはわたしを追いかけてくる。警察に行ったところで、無駄だろう。警告してもらっても、こうして来たんだ。誰かが常に見張ってくれるわけではないし、攻撃に備えたお城みたいな家にも住めない。もしも逮捕されて刑務所に入れられるようなことを松原さんがしたところで、何年かすれば出てくる。わたしか松原さん、どちらかが死ぬまで、この生活はつづく。たとえ松原さんが来なくなったとしても、怯える気持ちはわたしから消えない。

このままでは、池田先生や志鷹さんや和樹だけではなくて、両親にも迷惑をかけることになる。おじいちゃんにも迷惑をかけてしまうかもしれない。両親やおじいちゃん、池田先生や志鷹さんや和樹に何かあったら、どうしたらいいのだろう。父とおじいちゃんと和樹は、松原さんより強いから大丈夫と思っても、そういう問題ではない。おじいちゃんの柔道整復院や父や和樹の会社のホームページに、福々堂にしたのと同じようなことを書き込まれたら、力の問題ではなくなる。おじいちゃんや父が関わっている柔道場には、近所に住む子供たちが通ってきている。柔道場に何かされれば、子供たちも被害に遭う。名刺を渡しているから、志鷹さんの会社は松原さんにばれている。公園で会った時のことで、松原さんは志鷹さんに怒りを感じている。報復の矛先が彼女に向かってしまうかもしれない。

家族や友達を守る手段は、一つだけだ。

被害に遭うのがわたしだけならば、耐えられる。

わたしが我慢すればいい。

松原さんは、殴ったり蹴ったりするわけじゃない。わたしが彼の思い通りにならなかった時に、怒るだけだ。普段は優しいし、背だって高いし、顔はかっこいいし、奢ってくれるし、いい家のお坊ちゃまみたいだし、いいところだってたくさんある。我慢して、付き合っていける。他の男の人とは会わず、彼の思い通りのわたしでいればいい。

プリザーブドフラワーも指輪も鍵も、捨てにくくて、松本に持ってきた。茶色く枯れてしまえば捨てられるのに、プリザーブドフラワーはいつまで経っても、色褪《いろあ》せない。押し入れの奥にしまってある。それを出して部屋に飾り、松原さんとやり直すんだ。そうすれば、誰にも迷惑をかけないで済む。

「もう一度、やり直しましょう。わたしが悪かった。これからは、あなたのことだけを考える」

わたしが言うと、松原さんは嬉しそうに笑った。

ラウンジを出て、松原さんが泊まる部屋に行った。

急だったからここしかあいていなかったという部屋は、映画やドラマでしか見たことがないスイートルームだ。

大きなベッドで彼に抱かれながら、わたしの中からわたしがいなくなるのを感じた。目を逸らして、カーテンの隙間から外を見ると、夜空に浮かぶ白く細い月が見えた。

終わった後、松原さんはスマホでわたしの写真を撮った。

寂しそうな目をして、さくらは僕を見る。

「やっぱり、一緒に東京へ帰ろう」僕が言う。

「帰りたいけど、実家の部屋を片づけないといけないから。ごめんなさい」さくらは、下を向いてしまう。

「それは、後でもいいじゃん」

「できるだけ早く一緒に暮らせるようにしたいし」

8

年末に松本へ来て、さくらと話し合い、また付き合うことになった。今日まで一週間、僕が泊まるホテルの部屋で毎日会った。二人きりで、これまでのことやこれからのことをたくさん話した。僕が仕事に関して嘘をついていたことを謝ると、笑顔で許してくれた。さくらも「今までごめんなさい」と、何度も謝ってくれた。改めて婚約した。さくらが東京へ帰ってきたら、二人で暮らす。母にも会わせて、松原家のルールを憶えさせる。松本にいる間に、両親に紹介してほしいと頼んだが、さくらが「松原さんのお母さまに先に会わないと失礼になる」と言うので、また今度にすることにした。確かに、嫁でしかないさくらの実家を優先させるのはおかしい。

明日から仕事が始まるので、僕は東京へ帰らなくてはいけない。仕事なんてどうでもいいからこのまま松本にいようかと思ったけれど、引っ越しのための資金も必要だ。急だったためホテルはスイートルームの中でも、一番高い部屋しかあいていなくて、予定外の出費もしてしまった。でも、広い部屋や大きなベッドで、新婚生活のシミュレーションができたし、さくらは嬉しそうにしていた。

春までに、二人で暮らす部屋を決めて、転職もする。あの会社で働くのも、あと三ヵ月だ。その間だけ、我慢すればいい。

「週末にはまた来るから」

僕が言うと、さくらは顔を上げて嬉しそうに笑う。

けれど、どこか寂しそうにも見えた。

「やっぱり、夜までいようかな」

ホテルをチェックアウトして、そのまま松本駅に来た。Uターンラッシュで混んでいたため、慌てて昼すぎの電車の切符を買ってしまったが、寂しそうにするさくらを置いていくのは心配だ。

「早く帰って、ゆっくり休んだ方がいいんじゃない？　慣れない場所で疲れたでしょ」

「温泉にも入ったし、疲れてはないんだけど」

「ごめんなさい。あの、松原さんがいいようにして。わたしは、それに合わせるから。特に予定もないし」

「さくらが一緒にいたいって言うなら、もう少しいる」

「えっと、あの、どうしようかな」困っている顔で、また下を向く。

いつまでも僕と一緒にいたいと思っているけれど、困らせる気がして言えないのだろう。それとも、夜には別れなきゃいけないと思いながら一緒にいるのも、悲しくなるから嫌なのだろうか。

「ホテルでも行こうか？」顔を寄せて、さくらの耳元で言う。

「えっ？」

「泊まっていたようなホテルじゃなくて、ご休憩みたいなところ」顔をはなし、向かい合う。

駅から少し離れたところへ行けば、ラブホテルぐらいあるだろう。

「ああ」さくらは、恥ずかしそうに笑う。

「冗談」

「そっか、松原さんらしくないから、ビックリした」

「僕らしくない？」

「そういうところって、品がない感じがするし、好きじゃないんだと思ってた」

「好きじゃないけど、たまにはいいかな」

「そっか、でも、ごめんね。松本で行くのは、ちょっと。知り合いに見られると困っちゃうから。ごめんね」

「いいよ。東京で行こうね」

松本駅の周辺は栄えているし、人も多い。でも、田舎の閉塞感《へいそくかん》はあるのだろう。さくらは、知り合いに見られたら恥ずかしいと言い、二人で外を歩くのを嫌がった。東京とは違い、男と二人で歩いているのを見られただけで、噂になるらしい。結婚するのだから騒がれてもいいと思ったが、その噂は必ずさくらの両親の耳にも届く。会わせろという話になったら、うちの母とさくらが会うよりも前に、僕がさくらの両親と会うことになる。せっかくさくらが母に気を遣ってくれたのが無駄になってしまう。松本城や他の観光地にも行きたかったけれど、できるだけホテルから出ないようにした。

さくらの言うことを僕が聞く形になり、不満は感じた。しかし、ホテルの部屋で二人きりでいる方が外に出るよりゆっくり過ごせたので、文句は言わないことにした。見送りにだけは来てほしいとお願いした。

「で、どうするの？」さくらが僕に聞く。

「帰る。実家に少し寄りたいし」

本当は、大晦日《おおみそか》から実家で過ごす予定だった。母には、「さくらと過ごすことになった」と電話で連絡して、改めて婚約したことも報告した。喜んでくれたけれど、寂しいと感じているのが伝わってきた。お節やお雑煮を用意してくれていたはずだ。今日の夜だけは、母と過ごそう。親子二人で過ごすお正月は、今年が最後だ。

「お母さまに、よろしくお伝えして」

「うん」

「気を付けて帰ってね」

「週末にまた来るけど、今日までみたいなホテルには泊まれなくてもいい？」

「大丈夫。無駄遣いしないようにしましょ。これからの二人の生活のために」

「さくらはお金のことなんて、心配しなくていいんだよ」

「ごめんなさい」

「お金のことはどうにかなるんだけど、あの部屋はいつでも泊まれるわけじゃないんだ。年末年始も、毎年予約している人が体調を崩してキャンセルしたから泊まれたっていうだけなんだよ」

県内の有力者みたいな人が、年間通しておさえている部屋だったらしい。年末で他の部屋はあいていなくて、ホテルの従業員は、こんな額出せないだろうと考えてバカにしている態度で、どうなさいますか？　と、僕に聞いてきた。金額的に厳しいと思ったけれど、さくらと話し合うためには、松本に泊まる必要があった。会えたとしても、話し合いは簡単に進まないだろう。二日か三日かけて話し合いをして、一度東京に帰り、また来るつもりだった。それがほんの一時間もかからずに終わった。東京を離れたことで冷静に考えられるようになり、さくらは僕への気持ちを取り戻したところだった。泊まらなくても良かったと思ったが、おかげで正月休みをゆっくり過ごせた。

「ごめんなさい。あの、お金のことじゃなくてね、えっと」

「そろそろ行かないと」もうすぐ電車が来る。

「ああ、うん」

「じゃあね」さくらの細い身体を抱きしめる。

食欲がないと言い、一緒にいる間も、さくらはあまり食べなかった。東京の生活に慣れて、長野のごはんが身体に合わなくなっているのかもしれない。ホテルのレストランの食事もまずくはなかったが、東京のレストランに比べると劣る。できるだけ早く一緒に暮らす準備を進めて、さくらが東京に帰ってこられるようにした方がいい。

僕の腕の中で、さくらは小さく震える。

別れが辛くて、泣きそうなのを堪えているのだろう。

身体をはなしてキスしようとしたら、拒まれた。

改札に向かう家族連れが僕たちの横を通り過ぎる。

ここでキスするのは困るというだけで、僕自身が拒まれたわけではない。

「じゃあね」さくらは、無理している笑顔で僕を見る。

「じゃあ、また週末に」

手を振り、改札の中に入る。

少し歩いてから振り返ると、そこにさくらはいなかった。

連絡せずに実家へ帰ったら、母は出かけていた。

なぜか、祖父母が帰ってきていた。

「あの、母は？」正面に座る祖母に聞く。

玄関を開けたら祖母が出てきたので、回れ右して駅へ戻ろうとしたが、引き留められた。上がるように言われ、リビングで僕と祖父母の三人でお茶を飲むことになった。祖父は、ついていないテレビをぼうっと眺めている。

「母は？　とは、どういうことですか？」祖母が言う。

「母は、どこへ行ったのですか？」

祖母は、言葉を省略することを許さない。言葉遣いが乱れるのは、心が乱れている証拠だと子供の頃に何度も言われた。

「知りません」

「誰がですか？」

「そうですか。いつ帰ってきたんですか？」

「おじいさまとおばあさまは、いつお帰りになられたのですか？」

「昨日の夜です」

「その時、すでに母はいなかったんですか？」

「いませんでした」

「おじいさまとおばあさまが帰ってこられることを母は知っていたのですか？」

こうして祖母と話すのは、何年ぶりだろう。隠居生活を送っている温泉地のマンションからたまに帰ってくることはあっても、顔を合わさないようにしていた。久しぶりに会ったところで、まだ生きていたのかとがっかりするだけだ。

「知りませんよ。家に帰ってくるのに、連絡する必要がありますか？」

「ないです」

現在、ここはまだ祖父の家だ。祖父が亡くなったら、僕が相続する。父が亡くなった時、弁護士さんに間に入ってもらい話し合いをして、そう決まった。どうせ祖父は何も言わないので、祖母さえ死んでくれれば、この家を母の好きなように改築できる。祖母が死んだらすぐに、僕とさくらと子供たちと母で暮らせるように、建て直す予定だ。しかし、まだまだ死にそうにない。祖父も祖母も隠居なんかしなくてもいいんじゃないかと思えるくらい、元気だ。正月だからか、祖母は高そうな着物を着ている。まっすぐに伸びた背筋が家中の空気を張り詰めさせる。

「昨日の夜から母は帰ってきていないということですね？」

「そうです」

「失礼します」

リビングを出て、台所へ行く。

冷蔵庫を開けても、何も入っていなかった。ゴミ箱にも、何も入っていない。今年最初のゴミの収集日は、明日だ。家の前のゴミ捨て場に出せるのは、早くても前日の夜だ。昨日の夕方にゴミを出して、どこかへ出かけたとは考えられない。年末に電話した時、母は何も言っていなかった。学生の時の友人や近所の人と年末から旅行に行ったということでもないだろう。去年の後半は全然帰ってこられなくて、電話やメールもしていなかった。でも、母が僕に何も言わず、どこか遠くへ行くとは考えられない。

　警察に行った方がいいのかもしれない。

　事件や事故に巻きこまれた可能性がある。家が荒らされた形跡はないから、年末に買い物へでも行った時に事件か事故に遭ったのだろう。それから帰っていないとしたら、一週間近く経っているということだ。年始に「あけましておめでとう」とメールをして返信があったけれど、あれを書いたのは母ではなかったんだ。

「何をしているんですか？」祖母が台所に入ってくる。

「えっと、母がどこに行ったのか、分かるものが何かないかと思って」

「何もありませんよ」

「事件や事故に巻きこまれたんじゃないでしょうか？　母が外泊するとは思えません」

「義文さん、あなたは本当に、あの女を信じているんですか？」祖母は、まっすぐに僕を見る。

「どういうことですか？」

「……かわいそうに」わざとらしいくらいに大きな溜息をつく。

「警察に連絡した方がいいんじゃないですか？」

「そんな必要ありません。どうせ、あの男のところですよ」

「あの男？」

「お腹すいていませんか？　何か作りましょう。大したものはありませんけど」

祖母は床下の収納を開ける。

危ないから開けてはいけない、と子供の頃に母に言われた。開けたところを初めて見た。そこには、市販のハヤシライスのルーやレトルトのカレーが入っていた。僕は、母が料理を作っているところを何度も見ている。そんなものは、使っていなかったはずだ。母がこの家に一人になってから、使うようになったのだろう。しかし、祖母の態度は、そういうことではないと言っている。高校を卒業するまで、僕を教育したのは祖母だ。どうしたって好きになれないこの人の言いたいことは、とてもよく分かる。

完璧にやっているように見せかけるため、母は嘘をついていた。

僕が父にやったのと同じことだ。

嘘をつき、取り繕い、どうにかして褒めてもらうことを願った。いや、母は褒めてもらいたかったわけではないだろう。母は僕以上に祖父母を嫌っていたし、父のことも愛していなかった。僕が相続する予定のこの家や財産が欲しかった。そのための嘘だ。

あの男が誰なのか、僕は知っている。

幼稚園の頃に一度だけ、その人と母が駅前で抱き合っているところを見た。

僕は、ピアノ教室の帰りで祖母と歩いていた。子供でも、二人がどういう関係なのか分かった。いつもの母とは雰囲気が違い、声をかけられなかった。気がつかれてはいけないと思って、祖母の手を強く引いた。家に帰って少し経つと、母も帰ってきた。駅前にいた母と目の前にいる母が別人にしか思えなくて、見間違いだったんだと考えることにした。そして、忘れようと決めた。

相手の男は、母が定年まで勤めていた法律事務所の弁護士だ。母よりも五歳上で、奥さんと子供どころか、孫もいる。

あの日から二十年以上経つのに、まだ関係がつづいていたんだ。

母が祖母や父とけんかする声を何度も聞いた。

祖母と父がどれだけ問い詰めても、母からは証拠が出てこなかった。僕は、祖父と共に耳を塞《ふさ》ぎ、けんかの内容を聞かないようにした。それでも、断片的に聞こえてきて、何を話しているのか、だいたい分かった。

駅で母と彼の間に、何があったのだろう。

あの一瞬を祖母に見られたら、母はこの家を追い出されていた。

完璧で、証拠を残さないようにしていた関係があの一瞬だけ崩れた。僕から母に聞いたところで、笑顔でかわされるだけだ。「自分にも責任があるなんて、思ってはいけない」と言ったのは、彼とのことだったのかもしれない。不倫している自分をどうにか正当化しようとしていた。

「どうしますか？　何か食べますか？」祖母が言う。

「食べません」

厳しくて、気まずく感じるばかりでも、祖母が僕を愛してくれているというのは、分かる。何も言わないことで祖父が僕を守ってくれていたのも、分かる。何がどうしてというわけではなくて、年月の積み重ねがその証拠だ。僕が高校を卒業するまで、祖母は何よりも僕を優先して、母に母であることを強制した。

母は僕を愛してなんかいない。

僕の向こうにある利益を愛している。

祖父母が出ていき、父が亡くなり、僕も出ていき、この家には母だけが残った。父が亡くなった時には、母に多額の保険金が入った。くも膜下出血になったのも、病院へ行くのが遅れたのも、母が望んだことに思えてくる。僕が死んだ場合も、母に保険金が入るようになっている。

愛を求める僕は、母の言う通りに動き、都合のいい息子でいつづける。

朝になっても、母は帰ってこなかった。

メールを送ろうと思ったが、なんて書けばいいのか分からなかった。何も知らないフリをするのも、責めるのも、違うという気がした。僕と祖父母の帰ってきた痕跡《こんせき》をできるだけ消し、何もなかったことにした。

祖父母を駅まで見送り、マンションに一度帰って着替えてから、会社に来た。

仕事始めという身が引き締まるような空気ではない。

ほとんどの編集部が年末進行で前倒しで進めたため、急ぎの仕事はなくなっている状態だ。正月気分が抜けないだらけた態度で出勤してきて、ぼんやりした顔で年賀状をチェックしたり、新年のあいさつメールを書いたりしている。

母に〈年末年始に帰れなくて、ごめん。近いうちにさくらを紹介する〉と、メールを送る。すぐに〈さくらさんと会うの楽しみ〉と、返信があった。

さくらを紹介して、今まで通りに母と話す。僕とさくらと子供たちと母で暮らす将来についても相談する。母は嬉しそうな笑顔で聞いてくれるだろう。しかし、そんな将来、望んでもいない。同居なんて迷惑だと考えている。僕が帰らないのをいいことに、母が弁護士と旅行に行ったという証拠はどこにもない。祖母が妄想して勝手に言っているだけだ。けれど、一度そう考えてしまったら、その妄想は消えなくなる。忘れればいい。幼稚園の時に決めたように、忘れるんだ。忘れてしまえば、僕は母に世界で一番愛されているよっ君のままでいられる。母が祖母にいびられても家を出なかったのは、僕のためだ。

「これ、お土産です」田沢さんが僕の机に、透明のビニールに包まれた饅頭《まんじゅう》を一つ置く。

「どこか行ってたの？」

「実家に帰ってました」

「京都？」

「兵庫です」

「友達と会ったりしたの？」

「しません」

「だろうね」

そもそも、友達がいないのだろう。

お土産に饅頭を買ってくるようになっただけ、人としてまともになってきているのかもしれない。田沢さんは、蕪木さんにも饅頭を渡し、他の編集部の契約社員にも配りにいく。契約社員の女の子同士で、お土産を交換していた。

饅頭を食べてから、電話をするためにエレベーターホールに出る。

さくらに電話をかける。

しかし、出なかった。

何をしているのか、昨日の夜から何度もかけているのに、出ない。LINEを送っても、既読にならなかった。

僕と一緒にいた一週間、あまり眠っていなかったから、実家に帰ってすぐに寝てしまったのだろうと思ったが、もうすぐお昼になる。昨日の夕方には寝たと考えたら、いくらなんでも寝すぎだ。

警察に警告を受けてから一ヵ月近く、さくらの気持ちを何度も疑った。その前には、さくらと池田の関係を疑ってしまったこともあった。しかし、そのうちに、さくらの気持ちは池田にコントロールされているんじゃないかと考えられるようになった。池田やあの志鷹という女に色々と言われ、混乱しているだけだ。このままでは、さくらは池田を愛していると勘違いしてしまう。それを阻止するために、年末年始の休みに松本へ行こうと決めた。

さくらが実家に帰ったということは、木崎さんから聞いた。駅で、偶然会った。あいさつした方がいいか迷っていたら、向こうから話しかけてきた。昼間だったが、酔っぱらっているみたいだった。聞いてもいないのに、「河口さんなら、実家」とだけ言われた。僕に伝えるようにさくらから言われたのだろうかと思ったけれど、聞く隙もなく、木崎さんはホームの先へ歩いていった。雪が降りそうな日で、ホームにはあまり人がいなかった。ヒールの音が鳴り響いた。高すぎるヒールは、彼女が自分を偽っている証拠だ。母は、父の前で素顔にならなかった。妻としてそうするべきだからだと思っていたが、偽りのない自分のままでは父と向き合えなかったのだろう。さくらはあまり化粧もしないし、着飾りもしない。いつも正直な気持ちを僕に向けてくれる。

松本の実家の住所は、前にさくらの部屋にあった荷物で見たから知っていた。

もう一度さくらに電話をかけるが、出ない。

僕を無視するなんてことは、ありえない。

時間をあけたことにより、僕とさくらの愛は確かなものになった。

GPSで、さくらがどこにいるのか調べられるように設定してある。

家にはいるようだ。

東京に来るための片づけに夢中になっているのだろう。

一日でも早く一緒に暮らそう。

スマホで撮ったさくらの画像を見る。前に撮った画像は、マッサージ屋の口コミサイトに載せて、僕だけのものではなくなってしまった。改めて婚約した後で、画像の削除依頼のメールを送った。でも、正月だったため、まだ対応してもらえていないが、数日のうちに消えるだろう。ネット上の画像というのは、消しても消しても、どこかに残る。僕だけのさくらが欲しかった。

母と同居なんてしなくていい。

さくらが僕の全てだ。

土曜日になり、松本に来た。

まだ二度目だが、僕にとっても故郷という感じがする。

晴れていたから、今回こそどこか観光に行きたかった。でも、東京を出る前に電話でそう話したら、「土日は混むし、誰かに見られたら困る」とさくらに言われたので、前と同じホテルで会うことになった。スイートルームではない普通の部屋だ。ダブルベッドのある部屋にしたけれど、スイートに比べると狭いし、窓の外の景色もあまり良くない。

「やっぱり、スイートに変えてもらおうか？」

フロントで確認したら、年末年始に泊まった部屋よりワンランク下で良ければ、あいているということだった。最高額のスイートに一週間泊まったため、ホテルの対応は変わり、バカにしているような態度をとられることはなくなった。今回は一泊だけだからと言い、普通の部屋にしたが、スイートにすればよかった。

「ここで充分だよ」

さくらは電気ケトルでお湯を沸かし、お茶を淹《い》れる。

スイートならば、専用のラウンジがあり、お茶なんてそこで頼めば淹れてもらえる。こんな部屋は、僕とさくらに相応《ふさわ》しくない。結婚したら、さくらには専業主婦になってもらう。マッサージ師として働きつづけてもらいたいと前は思っていたけれど、やっぱり女は家にいるべきだ。母に出ていってもらえば、二人で住む家はある。それでも、子供が生まれたら、今の会社の給料で生活していくのは厳しい。できるだけ贅沢な暮らしをさせてあげたい。転職して、理想の生活を作りあげていこう。

婚約したことによって、将来への希望がより明確になった。さくらを中心にして、全てを決めればいい。僕とさくらは、愛も恋も超越した運命の相手なんだ。一緒に生きていく人だ。

「狭くない？」

「狭い方が近くにいられるからいいな」恥ずかしいのか、さくらは僕の方を見ずに言う。

「狭くても広くても、近くにいられるよ」後ろから抱きしめる。

「あっ、お茶がこぼれちゃう」

「お茶は後でいいから、しようよ」

もともとセックスは、あまり好きではなかった。

高校二年生の夏に、住吉の紹介で知り合った近くの女子高に通う子に告白されて、とりあえず付き合った。かわいい顔をしていたが、おとなしくて自分の意思がない感じの子で、好きではなかった。親が出かけていると言われ、彼女の家に行った。夏休みが終わる頃で、付き合って一ヵ月が経っていた。当然そういう誘いだと思ったのに、抱きしめてシャツに手を入れると、彼女は「嫌だ」とか「やめて」とか言い出した。逃げようとして暴れるのをおさえこむと、そのうちに何も言わなくなった。初めての感想は、「こんなもんか」という感じだ。相手も初めてだったから、ちゃんとできたのかどうか疑問もあった。終わった後、しばらく彼女は泣いていた。どうしたらいいか分からず、そのままにして帰った。二学期が始まると、なぜか住吉に怒られた。彼女が友達に話し、その友達が住吉に話したらしい。そういうことをする女は頭が悪いとしか思えないし、鬱陶しい。電話で、別れ話をした。その後も、学校の近くの駅で彼女とすれ違うことはあったけれど、あいさつもしなかった。

男子校だったため、誰かの紹介でもなければ、女子との接点はほとんどない。童貞ではないというだけで、英雄扱いだった。高校三年生になり、受験のための予備校に通うようになると、女子の知り合いが増えた。自分から声をかけなくても、向こうから声をかけてきた。何人かと付き合い、セックスをした。初めてという女の子もいた。彼女たちに恥じらいがあったのは、この頃までだ。

大学生になると、彼女たちは露骨に「セックスしたい」という顔で、僕に近づいてきた。まき散らされる性欲が気持ち悪かった。何度やっても、誰とやっても、気持ちいいと思えるようにならなかった。いつまで経っても、「こんなもんか」という感情が付きまといつづけた。気持ち良さを感じるのは、酒が入っていたりして、彼女たちをいつもより乱暴に扱う時だけだ。それは、セックスの気持ち良さとは違うのだと思う。

父が亡くなった頃から、気持ち悪いという感情が性欲に勝るようになった。子供を作る気がない相手とやる必要もない。性欲の処理だけならば、一人でもできる。

そう思っていたのに、さくらと会うと、すぐにでもやりたくなる。

福々堂で初めて会ってからずっと、一人でやる時にもさくらのことだけを考えている。告白して付き合うようになって、その日のうちにでも僕の部屋に呼びたかったが、さくらは他の女みたいに性欲をまき散らしたりしない。大切にしようと決めて、時間をかけることにした。セックスは繁殖のための行為であり、これだけ性欲が突き動かされるのも、僕とさくらが運命の相手である証拠だ。さくらを初めて抱いた時に、「こんなもんか」という感情は消えて、素晴らしいことだと思えるようになった。一日でも早く僕とさくらの子供を作るべきで、避妊なんかしたくないけれど、婚姻届けを出すまでは我慢しなくてはいけない。

「ごめんなさい」さくらは僕の腕の中から抜けて、こぼれたお茶をティッシュで拭く。

「どうしたの？」顔をのぞきこむと、さくらは目を逸らす。

「……生理なの」

「この前も、そうだったよね？」

年末年始に会った時は、最初の日に一回やっただけで、次の日にさくらは生理になった。終わる頃にはできるかと思ったが、さくらがちゃんと終わってからじゃないと無理だと言うので、やらなかった。手や口でやるのも好きじゃないからできればやりたくない、と言われた。それは、僕の性欲の処理に付き合わせるだけになるし、手や口でやられるのは僕も好きではない。うまかったりしたら、幻滅する。マッサージ師だしうまいかもと考えてしまったけれど、それは彼女の仕事に対する侮辱だ。お互いの身体に少し触るだけにしておいた。あの日、急いで帰らずに、ホテルをチェックアウトする前にさくらに聞いたら、もう終わったと言っていた。

「生理不順で、たまにこういうことがあるの」

「前からそうだった？　病院には行ってる？」

ソファーにさくらを座らせて、僕も隣に座る。

生理不順ということは、女性器に問題があるかもしれないということだろう。僕たちの将来に関わることだ。

「松原さんと前に付き合っていた頃は大丈夫だったんだけど、夏が終わった頃からちょっと狂うようになったの。前もそういう時期はあって、すぐに順調に来るように戻ったから、大丈夫だと思う」

「病院に行った方がいいよ」

「もう少し様子見てみる」

「早く行った方がいいって。いいところないか、調べてみようか」

カバンからスマホを出す。来る前にアップデートして再起動したため、指紋認証ができなかった。暗証番号でロックを解除する。番号は、さくらの誕生日だ。

「こっちで通院することになると、東京に行けなくなるよ」

「……そっか」

「東京に引っ越してから、病院に行くよ」

「いや、東京に来るのが遅くなってもいいから、早めに病院に行ってほしい。とりあえず松本で病院に行って、何もなければそれでいいんだから。通院が必要なようだったら、東京の病院を紹介してもらえばいい。僕も、知り合いに聞いてみる」

一日でも早く一緒に暮らしたいが、それよりもさくらの身体が大事だ。場合によっては、僕が仕事をやめて、しばらく松本に住むことだってできる。

「ごめんなさい」さくらは、泣き出してしまう。

「どうしたの？」

「できなくて」

「そんなこと、気にしなくていいよ。正直、残念だとは思ってるけど、それはさくらが気にすることじゃないから」

「ありがとう」

「いいよ」さくらを抱きしめる。「その代わり、できる時には、いっぱいしよう。子供も、早く作ろう」

「ごめんなさい」

泣いているさくらの声が部屋に響く。

まだこの世界に存在していない自分の娘を抱きしめているような気持ちになる。

別れている間、子供みたいなところはさくらの欠点だと思っていたが、そんなことはない。この素直さが彼女のいいところで、愛して、守っていくべきだ。

子供みたいなさくらと子供たちが、笑顔で庭を駆け回っているのが見えた気がした。

僕が帰ると、さくらと子供たちはそのまま駆け寄ってくる。


さくらとのことを報告するために、新年会も兼ねて、久しぶりに住吉と会うことになった。九月に、さくらと連絡がとれないという報告をしてから会っていなかった。正月には、家族写真の年賀状が届いた。子供たちは、お揃いの干支《えと》の衣装を着ていた。母の不倫相手である弁護士からも、毎年必ず年賀状が届く。子供たちが独立してからは干支のイラストが描かれたシンプルなものになったが、何年か前までは家族写真だった。生活する中で撮ったものから写りのいいものを印刷しただけという感じではなくて、写真館で撮ったようなちゃんとした写真だ。愛妻家と言われていて、法律事務所のブログには家族で食事に行った時のことや孫のことをよく書いている。そんな人が不倫なんかしないんじゃないかと思えるけれど、不倫しているからこそああいうアピールをするのだろう。わざわざ言わなくてもいいようなことまで書き、周りに幸せそうと思われるための嘘を作り上げる。

財産なんてどうでも良くて、母は彼を守りたかったのかもしれない。母と彼の奥さんは、学生の頃からの友人だ。彼と奥さんは、母の紹介で知り合った。父と離婚すれば、その理由を奥さんに話さないといけなくなる。そしたら、彼も離婚するかもしれない。離婚は、弁護士である彼のイメージを壊す可能性がある。それぞれ離婚して一緒になることよりも、彼の家庭や生活を守ることを母は選んだ。友人と彼が結婚して、自分も結婚して、それでも諦められないくらい、彼が好きだったのだろう。母の愛は常に、彼だけに向いている。

約束の店に行くと、住吉は先に来ていた。

住吉が決めた居酒屋だ。

新年会で、混んでいる。まだ七時前なのに満席に近くて、笑い声や怒鳴り声が響き渡っている。

奥の座敷席に住吉はいた。

横を向いて誰かと喋っている。隣に座った知らない人に声をかけたのだろうと思ったが、それは池田だった。池田の正面には、志鷹がいた。

池田も、僕に気がつく。

「おっ、早かったな」住吉が言う。

「なんで？」僕が池田に聞く。

何も答えず、池田は睨むような目で僕を見る。

「この二人、大学のサークルの後輩なんだよ」住吉は、二人を手で指し示す。「来る時に偶然会って、久しぶりだったから、ちょっと飲もうってなって。あれ？　知り合い？」

「マッサージ屋のお客さんです」池田が住吉に言う。

「ああ、そうなんだ。そっか、福々堂って、松原の家の近くだ」テーブルに置いたショップカードを住吉は見る。

仕事は何をしているのかという話になり、池田が名刺代わりに渡したのだろう。

「僕が担当したのは一回だけで、後輩の女の子が担当してました」

「へえ。知り合いなら、いいじゃん。四人で飲もうよ」ビールを一口飲み、住吉は僕と池田の顔を交互に見る。「あっ、でも、志鷹が気まずいか」

「松原さんのことは、私も知ってます」志鷹が言う。

「そうなの？　なんで？」

「……ちょっと」

「何？　合コンとか？」

僕と池田と志鷹が気まずく感じていることを住吉は全く気にせず、喋りつづける。

「今日は、帰ります」池田は二千円だけ置いて、席を立つ。「また連絡します」

「私も帰ります。またゆっくり話させてください」

店を出ていく池田の後を志鷹は追いかけていく。

「ちょっと待ってて」住吉に言い、僕も店を出る。

池田と志鷹は、早足で駅の方へ向かっていた。

「あの、待ってください」後ろから二人に声をかける。

立ち止まって振り返り、池田と志鷹は僕を見る。

志鷹をさくらに紹介したのは、やっぱり池田だったんだ。二人でさくらの気持ちをコントロールしようとしたのだろう。

「なんですか？」池田が言う。

「さくらとは、もう会わないでください。連絡を取るのもやめてください」

「河口先生からも、そう言われています」

「そうなんですね」

さくらは、池田よりも僕を選んでくれた。

住吉の大学の後輩ならば、二人とも僕が入れなかった都内の国立大学卒ということだ。志鷹はそれを活かした会社に就職したみたいだが、池田は無駄にしている。勉強ができただけで、活かせるような能力はないのだろう。そんな男をさくらが選ぶはずがない。

「河口先生に何をしたんですか？」池田が言う。

「えっ？」

「年末、僕は松本へ行って、彼女と会いました。東京にいた時よりも元気そうで、回復していけると思えました。あなたと別れてから彼女は、いつも怯えていた。控えめで優しい性格は、卑屈さに変わってしまった。あまり食べなくなり、身体も痩せていった。本人が思っている以上に、精神的にも肉体的にも追い詰められていた。これからゆっくり時間をかけて、元に戻っていくところでした。それなのに、大晦日になって急に、松原さんと付き合うことになったからもう連絡しないでくださいとLINEを送ってきた。どうしてそんなことになったのか、和樹君にも話さない。全く理由が分かりません」

「池田君、やめよう」

志鷹が手を引くが、池田は振りほどく。

「あなたのそういうところがさくらは嫌だったんじゃないですか？」僕が話す。「僕とさくらは、特別な関係にあります。恋というのは、楽しいことばかりではありません。心身共に辛くても、耐えなくてはいけない時もあります。それを乗り越えられるのが愛です。さくらは僕を愛しているから、苦しんでいたんです。そこに、同僚でしかないあなたが来て、うるさく言うことに耐えられなくなったんですよ」

「そんなはずないっ！」

「あなたは、さくらが好きなんですよね？　でも、さくらは僕を選んだ。僕とさくらは、婚約しました。苦しみを乗り越えて、恋や愛とは違う次元にいるんです。他人であるあなたが入ってくることではないんです」

「そうですね」志鷹が言う。「私たちは、松原さんとさくらちゃんの関係にとって、部外者でしかないですもんね」

「そうです。もし今後、あなたたちとさくらが会うようでしたら、今度はこちらから警告させてもらいます」

「分かりました」僕の目を見て、志鷹は言う。

分かってなんていない目だ。ここはおとなしく引き下がった方がいいと思っているだけだろう。たとえそうだとしても、どうでもいいことだ。さくらは、僕だけを見ている。僕以外の奴と会う必要なんてない。女友達と会うことだけは許していたけれど、今後は僕以外の誰とも会わないように言おう。二人でいられれば、それで充分だ。他の奴らは、邪魔にしかならない。

まだ何か言いたそうな池田の手を志鷹は引っ張る。そのまま、駅の方へ歩いていく。

僕は、店に戻る。

「どうした?」住吉が言う。

「ああ、ちょっと」店員にビールを注文してから、座る。

「なんかあったのか?」

「前に彼女のことを話しただろ」

「ああ、マッサージ師の女の子だっけ？」

「彼女が働いてたのが、福々堂なんだよ。さっき言ってた後輩の女の子っていうやつ」

「そうか」枝豆を食べながら、住吉は何か考えている顔をする。

「どうした？」

「いや、池ちゃんと志鷹とその女の子のことを話してたんだよ」

「池ちゃん？」

「大学の時にそう呼んでたから」

「仲良かったのか？」

「仲いいっていうわけではないな。でも、信頼できる奴って感じがした。友達っていうと違う気はするんだけど、親友というのは正しい気がする」

「どっちなんだよ？」

「普段一緒にいるグループは違っても、たまに二人で話した。他の友達や後輩とは、下らないことばっかり話してたのに、池ちゃんとは真面目な話をしてたんだよ。仲いい友達に話せないようなことでも、池ちゃんには話せた。子供ができた時も、なぜか最初に相談したんだよな。騒がないで聞いてくれるって思えた。オレの方が先輩なのに、そういうことを意識せずに頼れた。話してると楽になるっていうか、なんでも受け止めてくれる感じがする。弁護士目指すのやめようと思ってるって相談してくれたことがあって、池ちゃんにとってオレも、そういう相手なのかなって気がした。卒業してしばらくは会ってたんだけど、お互いに忙しくなって会わなくなった。無理に会わなくても、いつかまた会えるだろうって考えてた」

「へえ、そうなんだ」

住吉にはたくさん友達がいるが、池田は別格ということなのだろう。

子供ができた時、最初に相談したのは、僕ではなかったんだ。

「弁護士目指すのやめた時は、もったいない気がしたけど、マッサージ師っていうのは、池ちゃんに合ってる感じがするな」

「挫折したんだろ？」

弁護士になんてなれないと分かって、逃げたのだろう。

店員がビールを持ってきたので、乾杯もせずに、一口飲む。

「いやいや、池ちゃん、すっげー成績良かったから。友達とバカみたいに騒いでサークルにも出て、弁護士事務所でバイトもして、それでも勉強もちゃんとやってた。弁護士じゃもったいないとか言われてた。マッサージ師になるって決めてからも、勉強はしてたし」

「ああ、そう」

なぜ住吉と会って、池田の話をしないといけないのだろう。ウーパールーパーみたいな顔で背も高くない、大学は一流でも三流のマッサージ師でしかないような男なんてどうでもいいのに、僕の人生に入りこんでくるのが本当に鬱陶しい。田沢さんは、「嫌ならば、殺せばいいんですよ」と言っていた。精神的に殺しても、実際は生きていて、池田とはいつかまたどこかで会う気がする。さくらから手を引くとも思えない。精神的に殺すだけでは足りない。

「結婚式の二次会にも来てたんだけど、憶えてない？」

「あの時は、人数多かったから」

「そっか」

「それより、オレの話をしてもいい？」

「ああ、うん」

「彼女とまた付き合うことになった。それで、改めて婚約もした。春から一緒に暮らして、今年中に籍を入れる」

「何？」

「その彼女なんだけどさ……」住吉は言いにくそうにする。

「本当にお前を好きなの？」

「どういうこと？」

「いや、だからな、池ちゃんと志鷹からその女の子のことを聞いたんだよ」

「うん」

「池ちゃんも志鷹も、オレとお前が知り合いなんて、考えてもなかった。オレも、池ちゃんと志鷹がお前のことを話してるなんて、考えもしなかった」

「何を話してたんだよ?」

「池ちゃんの後輩がストーカーに遭ってるから、どうしたらいいかっていう話だった」下を向き、住吉は割りばしが入っていた袋をいじりながら話す。「オレは事件記者じゃないけど、同僚に頼めば専門家みたいな人も紹介できる。でも、そういうことじゃないんだろうな。弁護士紹介すればいいんだったら、二人の同期にも何人かいる。池ちゃんがそういう奴を紹介しないで、志鷹に頼んだのは、本気で信頼できる相手に相談したかったからだと思う。事務的に処理すればいいわけじゃないから。いいアドバイスができないかって考えても、避難するようなことになったら、うちに泊まってもらってもいいとしか言えなかった」

「それのどこがオレの話なんだ?」

「お前がストーカーなんだろ?」住吉は顔を上げて、僕を見る。

「何、言ってんの?」

「お前から聞いた話と池ちゃんの話を合わせると、そういうことになる」

「ちょっと待て。僕は、さくらと婚約してるんだ。ストーカーは、池田の方だ」

「それは、ない」

「どうして?」

「池ちゃんは、そういうことをしない」

「なぜ?」

「池ちゃんは自分より他人を優先させる。好きな女の子を困らせたりしない。今だって、彼女のことが心配なのに、彼女のためを思って、連絡を取れずにいる」

「オレは、そういうことをするように見えるっていうことか？」

僕が聞くと、住吉は小さくうなずく。

「どうして？」

「お前、女の子に対して冷たいから」

「はあっ？」

「暴力を振るったりはしないんだろうけど、それに近い感じがする。松原と付き合って苦しんでる女の子を何人も見てきた。オレはちゃんと付き合ったのなんて今の奥さんぐらいで、恋愛のことを分かってないのかもしれない。でも、松原がやってるのは、恋愛じゃないっていうことぐらい分かる。自分に都合のいい相手を探してるだけだ。友達に対しても、そういうところがある。オレはたまに、松原を怖いと感じる」

「何が怖いんだよ？」

「中学の時からずっと、松原の機嫌が悪くならないように気を遣ってた」

「どこが？」

住吉の態度はいつも無神経で、気を遣われているなんて、感じたこともない。

「オレは松原の前では、前向きで明るい人間でいようとした。松原にとって、いい友達でいたかった」

「意味、分かんないんだけど」

「うまく言えないけどさ、とにかく、彼女と別れてやれよ」

「池田のために、そう言ってるのか？」

「困ってる池ちゃんと志鷹のために、松原に話せるのはオレしかいないとも思ってる。でも、お前のために言ってんだよ」

「さくらは、特別なんだ。他の女とは違う」

「そういうところが怖いんだよ」

「どうして？」

「理想ばかり追っていて、現実を見ようとしない。自分の希望通りではないと、機嫌が悪くなる。友達も彼女も、平然と関係を切ってしまう。今までの女の子たちみたいに、彼女のことも切ってやれよ」

「だから、さくらは違うんだよ」

「彼女はお前を好きなわけじゃないよ」

「お前に何が分かる？　さくらと会ったこともないのに」

「そうなんだけど……」困っている声で言い、髪をかきむしる。

「さくらとのことは、住吉に関係ない」

「オレさ、中学の時に松原の家に初めて行った時、羨ましいって思ったよ」住吉は、小さな声で話す。「家は大きいし、お母さんは美人だし、ばあちゃんは高そうな着物を着てる。父親が新聞記者っていうのも、羨ましかった。団地住まいのサラリーマン一家で、必死になって私立に通うオレとは全然違うって思った。松原は、お坊ちゃんオーラみたいなのもあって、クラスで目立ってた。顔もかっこ良くて、完璧に見えた。運動や成績でどれだけ勝てても、そんなことでは埋められない差があった。高校生になると、他校の女子から松原を紹介してほしいって頼まれるようになった。どうにかして女子と知り合おうとして、オレたちは動き回ってるのに、何もしてない松原ばかりがもてる。オレがいいなって思っていた女の子からも、紹介してって言われた。お前が最初にやった子だよ」

「ああ、うん」

「王子様の機嫌をとる執事になった気分だった。目立ってたから仲良くなりたいと思って声をかけたのに、仲良くなればなるだけ惨めになった。それでも、嫌いになれなかった。離れてしまえば楽だと思っても、松原に憧れる気持ちがあった。大学も新聞記者になるのも、お前の影響で決めた。子供たちには、狭い団地じゃなくて、松原の家みたいな大きな家に住まわせたい」

「そうか」

僕が住吉に対して抱いていた劣等感を、住吉も僕に抱いていたんだ。憧れつづけた住吉が、ただのつまらない男に見える。

「もう充分だろ？」

「なんでも、持ってるんだから。オレがどんなにがんばっても手に入れられないものを松原は持ってる。それで充分だろ？」

「何が？」

「お前との比較なんかで、生きてないんだよ。オレは」

中学生の頃からずっと住吉に勝ちたいと思っていた。けれど、そんなこと思わないで良かったんだ。住吉の言うように、僕たちの間には、どうしたって埋められない差がある。こんな男を友達だとか親友だとか考えていたことがバカバカしくなってくる。中学校一年生の四月に出会ってから、二十年近い間、友達のフリをしていただけだ。

「別れてやれよ」

「お前には、関係ない」

ビールを一口飲んだだけだが、一万円札を置いて、席を立つ。

大声を張り上げて話す人ばかりで、僕たちが揉めたことなんて周りの誰も気にしていない。

こういう騒がしい居酒屋は、苦手だ。

根本的なところが僕と住吉では違う。

友達になれる相手ではなかった。

もう会うことはない。

仕事を休んで松本に来た。

東京を出る時にさくらに電話して、駅まで来るように言った。

改札を出た先にあるコーヒーショップで待ち合わせることにして、電車が着く時間も伝えたのに、来ていない。

コーヒーを飲みながら、さくらを待つ。

昼前だからすいている。出張で来て、約束の時間にはまだ早いから時間をつぶしているという感じのサラリーマンが数人いるくらいだ。松本市内やその周辺には、工場が多くあるようだ。平日でも、特急は混んでいた。

テーブルの上に置いたスマホが鳴ったので、さくらかと思ったが、田沢さんだった。

「もしもし」

「田沢ですけど、無断欠勤ですか？」

「ああ、風邪ってことにしておいて」

「午後から取材があります」

前にも行った神奈川の大学に行く予定が入っていた。

「田沢さん、一人で行けるでしょ」

「分かりました。でも、このままだとクビになるかもしれませんよ」

電話が切れる。

無断欠勤を一回したくらいで、クビになんてならない。紺野か誰かに、余計なことを吹きこまれたのだろう。

最近、紺野とは全く喋っていない。向こうから話しかけてこなければ、話すことはない。意識していたわけではなくても、僕の中から存在が消えていた。住吉の存在も、精神的に殺そうと決めたら、僕の中から消えた。たまたま同級生だったから友達になっただけで、僕の人生に必要ない存在だ。住吉や紺野以上に必要ない存在で消したいのに、池田に対する苛立《いらだ》ちはどうしても消えない。あいつがいなければ、半年と少しの間でもさくらと別れることはなかったし、住吉ともうまく付き合っていけた。

「ごめんね。遅くなって」さくらが来て、僕の正面に座る。

「何かあった？」

「電話かかってきた時、まだ寝てたの。準備に時間がかかっちゃって」

「寝すぎじゃない？」

電話したのは九時前だったから、まだ寝ていてもおかしくはない時間だ。でも、昨日の夜、住吉と別れてすぐに電話した時も寝ていたらしい。八時過ぎから十時ぐらいまで、何度電話しても出なかった。朝の電話で、どうして出なかったの？　と聞いたら、寝てたと言われた。十二時間以上寝ていたことになる。

「ずっと怠《だる》くて」

「病院は、行った？」

「ううん。行かなきゃいけないとは思うんだけど」

「駄目だよ。ちゃんと行かなきゃ」

「今日、仕事は？」

「休み」

「有休とったの？」

「うん」

どうしてもさくらに会いたくてサボったとは、言えなかった。でも、嘘をついたことにも、罪悪感を覚えた。さくらが僕に正直でいてくれるように、僕もさくらに対しては正直でいたい。

「コーヒー買ってくるね」

「待って」

立ち上がろうとするさくらの腕を摑む。

「何？」

「ホテル行こう」

「チェックインするには、まだ早いんじゃない？」さくらは、腕時計を見る。

「そのホテルじゃなくて、三時間とかで入れるところ」

「そういうところは無理って、言ったよね」僕の手を振りほどいてさくらは座り直し、小さな声で言う。

「分かってるけど、これ以上は我慢できないんだ。それとも、今日もできない？」

「……うん」困っている顔でうなずき、そのまま下を向く。

「どうしても無理？」

「……どうしてもではないけど」

「だったら、ホテルに行こう」

今すぐにでもさくらの身体に触りたい。さくらに抱きしめてもらいたい。

「……分かった」

「トイレに行ってくるから、少し待ってて」

コーヒーショップを出て、駅ビルの奥にあるトイレへ行く。

ホテルに行ってからでもいいかと思ったが、気持ちを落ち着かせたかった。

母に愛されていなくても、住吉がいなくなっても、会社をクビになったとしても、僕にはさくらがいる。

会社を辞めて、松本に引っ越してこよう。

市の中心部から少し外れた辺りに家を借りて、誰にも邪魔されず、さくらと二人で暮らす。どこか知らない土地に行くのでもいい。海の近くにも住んでみたい。東京でなんて暮らす必要はない。二人でいられれば、どんな場所ででも、幸せになれる。さくらは僕の言うことを聞いてくれるし、僕の理想通りの妻になってくれる。広い家に住めなくても、狭いマンションやアパートでも、僕とさくらがいて子供たちがいて、家族で楽しく暮らす。子供は、男二人と女一人の三人は欲しい。お兄ちゃんたちはたまにけんかをするけれど、妹のことはかわいがる。成長していく三人を僕とさくらは、静かに見つめる。

用を足して手を洗い、コーヒーショップに戻る。

席には、僕のスマホとカバンと飲みかけのコーヒーがあるだけで、さくらはいなかった。

店の中を探すが、いない。

パソコンやスマホを見ているサラリーマンばかりだ。

さくらに電話をかけるけれど、出ない。

トイレにでも行ったのだろうか。

GPSで居場所を調べればいい。

しかし、調べられなくなっていた。僕が撮ったさくらの画像もなくなっている。

どういうことなのか考えていたら、さくらからLINEが届いた。

〈ごめんなさい。もう耐えられません。別れてください〉

前に別れを告げられた時は、〈別れたい〉というひとことだけだった。それに比べたら成長したと思ったが、そういうことではない。僕がトイレに行っている間に、さくらは僕のスマホを操作して、GPS機能を無効にして、画像も消したということだ。さくらの前でスマホを使った時に暗証番号を見られていたのだろう。画像のデータはスマホにしか保存していなかったから、元に戻せない。

トイレに行っていたのは、五分くらいだ。

そんなに遠くへは、行っていないはずだ。

バスで実家に帰ったとは、考えられない。電車で東京の方へ行ったということもないだろう。さくらは、財布とスマホぐらいしか持っていなかったし、松本から離れることはないと思う。タクシーで友人の家へ行くというのが可能性として、一番高い。

コーヒーショップを出て、階段を駆け下りて、外へ出る。

バスターミナルの端にあるタクシー乗り場に行くが、さくらはいなかった。実家の方へ行くバスの乗り場にもいない。他の乗り場も見て回るけれど、どこにもいない。

ここで会えなくても、諦めなくていい。

僕とさくらが離れ離れになることはない。

東京と松本で離れても、また会えたんだ。

僕とさくらは、運命で繋がっている。

どんなに離れても、いつかまた会える。

9

カゴいっぱいに溜まったタオルを洗濯機で洗い、庭に干す。

晴れていても、寒い。

空気が冷たく澄んでいて、風が吹くと、指先や頰に痛みを感じる。

タオルを一枚一枚、しわが残らないように、丁寧に広げる。こんな寒い中で干したら凍ってしまいそうだが、大丈夫だろう。陽は出ているし、お昼までにはもう少し気温が上がる。余計なことは考えず、タオルを干すことに集中する。

松原さんと別れて、諏訪のおじいちゃんの家に逃げてきた。

柔道整復師として働くおじいちゃんの手伝いをしている。松原さんが来るかもしれないので、受付やマッサージ師として表には出られないから、施術に使ったタオルや手ぬぐいを洗うぐらいしかできない。洗濯ものを干す以外は外に出ないようにして、ずっと家の中にいる。

干し終えたら、カゴを持って縁側から家に上がる。洗面所の洗濯機の横に、カゴを置いておく。家の一階の半分が柔道整復院になっていて、洗濯するタオルや手ぬぐいが溜まったら、受付に入っている叔母さんが洗面所まで持ってきてくれる。平日はそんなにお客さんが来ないから、朝一回だけ洗濯機を回せばいい。

干したタオルが乾くまで、わたしの仕事はない。

居間に行き、こたつに入る。

外は明るいのに、部屋の中は妙に暗い。

家の周りを歩く人もいないし、車が走る音も聞こえない。

電気をつけようかと思ったが、一度座ってしまったら、立ち上がれなかった。テレビをつける気にもなれず、暗く静かな部屋で、窓の外を眺めつづける。

我慢して、松原さんと付き合っていけると思った。

でも、無理だった。

もともとは、素敵だなと思い、憧れていた人だ。告白されて嬉しくて、一ヵ月半くらい付き合い、その間はキスもセックスもした。気持ちが舞い上がり、結婚だって考えた。わたしが我慢して、彼を怒らせなければいいだけのことだと思っていたが、そういうことではなかった。覚悟を決めて、彼が泊まるホテルの部屋に行き、抱かれた。触れられることがどうしようもないほど気持ち悪かった。耳元で「好きだ」とか「愛してる」とか言われると、吐き気を覚えた。わたしの身体が反応しなければ、できないのではないかと思ったが、松原さんは無理矢理奥まで入れてきた。前に世田谷のアパートで、身体をおさえこまれた時もそうだった。目をつぶり、何も見ないようにして、痛みに耐えた。松原さんはわたしの気持ちにも痛みにも気がつかなかったみたいだ。終わった後でわたしの写真を撮り、嬉しそうに笑っていた。一緒に泊まろうと言われたけれど、「帰るって家族に言ったから」と言い、わたしは家に帰った。

家に帰ると、何もできなくなっていた。

心配してくれた和樹が話しかけてきても、父が「テレビ、見ないのか？」と声をかけてきても、母が「明日の夕ごはんは、さくらの好きなものにしようか？」と聞いてきても、答えられなかった。足元にすり寄ってきたウメのことさえ、鬱陶しいと感じた。実家のわたしの部屋は、信用金庫で働いていた頃のまま残っていて、そこに東京で使っていたものを運びこんだ。荷物を整理しきれていない部屋にこもり、家族とも遊びにきてくれた友達とも話さずに、年末を過ごした。

このままではいけないと思っても、身体が動かなかった。

布団に包まり、スマホを見つめ、松原さんからの連絡だけを待った。他の誰のことも考えず、松原さんのことだけを考えるようにした。松原さんだけを見ていれば、いつかまた前みたいに彼を好きになれるんじゃないかと思った。LINEが届いたらすぐに読んですぐに返し、ホテルに呼ばれたらすぐに会いにいく。彼の要求に応じるためだけに動いた。それ以外のことは何もできない中で、大晦日の夜に一度だけ池田先生に〈松原さんと付き合うことになったからもう連絡しないでください〉と、LINEを送った。池田先生に助けてもらいたいという気持ちがあった。甘えてはいけない、頼ってはいけないと思いながら、池田先生が助けてくれることを期待していた。松原さんを好きになろうと思えば思うほど、池田先生への気持ちは強くなっていく。それはいけないことだから、池田先生から返信が届いても、無視をした。

松原さんに身体を触られ、キスされるまでは耐えられる。恥ずかしがっている顔だけしていればいい。でも、セックスはできなくて、生理だから無理と嘘をついた。松原さんは、わたしの嘘を信じた。そのことに安心しながらも、彼の純粋さを利用しているようで罪悪感を覚えた。

仕事のために松原さんが東京へ帰れば、少しは気が楽になると思っていたが、余計に苦しくなった。GPS機能を使い、わたしの行動は監視されていた。どこにいるのか常に分かるようにしたいと松原さんに言われ、断れなかった。スマホを渡すと、彼は慣れた手つきで設定した。前の彼女やその前の彼女にも、同じことをしていたのかもしれない。どこかへ行けば、何をしていたのか問い詰められるので、家から出ないようにした。家にいても、少し動いただけで、見られている気がした。離れていることが不安なのか、十分くらいLINEに気がつかなかったら、何度も電話をかけてきた。もともとLINEというのは、災害時のために作られたらしい。すぐに返信したり電話したりできない状況でも、既読になれば、とりあえず生存が確認できる。それがどうして、こんな風に人の行動を監視するような、息苦しいものになってしまったのだろう。松原さんが松本にいた時以上に速くLINEに反応しなくてはいけない。しかし、それもできなくなった。とにかく眠かった。寝ても寝ても眠い。松原さんが松本にいた間は、眠れない日がつづいた。疲れが出たのかと思ったが、それだけが理由ではないだろう。現実に対する拒否反応が強くなりすぎたのだと思う。

眠ると、夢を見た。

夢の中でわたしは、福々堂にいた。池田先生や木崎さんや他の先生たちやアルバイトの男の子たちと楽しく働いている。それを現実だと思いたかった。

週末になったら、松原さんはまた松本に来た。ホテルで会っても、生理だと嘘をつきつづけた。身体を押し倒されて下着を脱がされれば、嘘であることがばれてしまう。彼の大袈裟な感情をコントロールして、心配させるようにした。どこか悪いんじゃないかと騒ぎ、病院を調べたりしてくれることが辛かった。けれど、彼の中でわたしに対する心配が大きくなれば、乱暴なことは絶対にされない。

だが、いつまでも通用する嘘ではない。一年中ずっと生理で、どこも悪くないなんてことはない。実際には、生理は遅れていた。全く来ないわけではないので、妊娠はしていない。ストレスが原因なことは明らかで、病院に行ったとしてもそう言われるだろう。どうしようか考えていたら、平日に急に松原さんが松本に来た。二人でいるところを誰にも見られたくなかったが、危ない予感がしたので、松本駅のコーヒーショップで待ち合わせた。会うとすぐに、これ以上は我慢できないと言われた。感情的になったら、止められない人だ。嘘をつき通せないし、我慢すると決めたのはわたしだ。ラブホテルに行き、一回だけ抱かれればいい。また無理にやれば、生理というのが嘘だと思われないくらいの血が出るかもしれない。そう考え、「分かった」と、返事をした。

わたしが承諾したことで、松原さんは気が抜けたのか、カバンもスマホも置いたまま、トイレに立った。松原さんのスマホの暗証番号は、一緒にいた時に見たから知っていた。わたしの誕生日だ。眠ってばかりで何もできない日々の中でも、GPS機能については調べた。監視から逃げるチャンスがいつか来ることを願いつづけていた。コーヒーショップ内にトイレはなくて、駅ビルの奥の方まで行かなくてはいけない。すぐには、戻ってこないだろう。今だ！と思い、松原さんのスマホと自分のスマホを操作して、GPSの追跡アプリを削除した。松原さんのスマホに残っていたわたしの写真も消去した。パソコンにも保存しているかもしれないが、消しておきたかった。

駅のホームに走り、諏訪へ行く電車に乗って松原さんに謝罪のLINEを送り、おじいちゃんの家へ逃げこんだ。

その日の夜に、両親と和樹がおじいちゃんの家に集まった。和樹に補足してもらいながら、これまでのことを話した。おじいちゃんは松原さんに対して怒り、父はかわいそうにと言って落ちこんだ顔をして、母は泣きながらわたしを抱きしめてくれた。母の腕の中で、わたしも泣いた。次の日に両親と和樹に付き添ってもらい、諏訪の警察署に行き、松本の警察署にも行った。両方とも、わたしと同世代の女性が担当してくれたが、よく分かっていないようだった。法律や過去の事件について調べてくれた和樹が必死になって話しても、彼女たちは熱心に聞く演技をしているようにしか見えなかった。彼女たちにとっては、仕事でしかないし、初めて会った相手に対して同じように必死になってほしいとお願いするのは無理がある。一一〇番緊急通報登録システムの登録だけ済ませて、警察署を出た。

実家にはまた松原さんが来るかもしれないので、わたしはおじいちゃんの家に住むことになった。

一ヵ月以上経ち、もうすぐ三月になる。

まだ松原さんにわたしの居場所はばれていないようだ。わたしがいなくても、松原さんは実家に来るのではないかと思い、その可能性も警察で話した。しかし、彼のターゲットは、わたしでしかないのだと思う。わたし以外の誰かに報復したり、わたしがいなくなった場所に行ったりはしない。わたしの家族や友達を攻撃してまで、わたしの居場所を聞き出そうとは考えないのだろう。あくまでも、わたしとまた付き合いたいだけなのだ。怒りの対象も、わたしでしかない。

窓の外を見ると、干したタオルの向こう側、山を下っていった先に諏訪湖が見える。諏訪湖を囲む山のどこかから視線を感じる。

午後になって、乾いたタオルをたたんでいたら、母が来た。

松原さんのターゲットがわたしでしかないというのは、わたしの想像だ。想像というか、願望だ。家族や友達に危害が及ばないことを願っている。本当は、彼がどう考えているかなんて分からなくて、何をするつもりなのかも分からない。誰も気がついていないだけで、松本の実家や東京に戻った和樹を見張っているかもしれない。両親や和樹の行動を追えば、わたしの居場所が分かる。それくらいのことは容易に考えられる。一ヵ月以上、何もないからって、安心しない方がいいだろう。最初に別れ話をした時にはしつこくLINEを送ってきた人が、今回は何も言ってきていない。なぜなのか分からなくて、気味が悪い。

両親にも和樹にも、できるだけ諏訪には来ないように話した。母と会うのは一ヵ月ぶりだ。顔を見ただけで、泣きそうになった。

「ちゃんと食べてる？」わたしの隣に座り、母もタオルをたたむ。

「叔母さんが作ってくれるから食べるようにしてる」

叔母さんは毎日、受付の仕事を終えた後に、おじいちゃんとわたしの分の夕ごはんを作ってくれる。

「大丈夫だから。元気だから」

「いいのよ、無理しなくて」

「……無理なんてしてない」我慢しなくてはいけないと思ったのに、涙が零《こぼ》れ落ちた。

「さくら、いい子でいなくていいのよ。和樹が泣き虫でしょっちゅう怪我してたから、さくらをしっかり者のお姉ちゃんにしちゃったのかな。でも、さくらは和樹が生まれる前から手のかからない子だった。おとなしくて、わがままもあまり言わなかった。反抗期は、中学生の時にちょっとだけあったね」

「うん」ティッシュを取り、わたしは涙を拭く。

中学校三年生の時に、お父さんとは口をききたくないと感じ、無視してしまったことがあった。父が寂しそうにしていて、すごく悪いことをしたという気持ちが強くなり、ほんの一週間でわたしの反抗期は終わった。

「お父さんがさくらをかわいがりすぎたのが良くなかったのかな。さくらはいつも、お父さんとお母さんの期待に応えてくれた。お父さんの寂しさなんて無視して、反抗してくれても良かったのに」

「そんなことできないよ」

「そうよね、そういうことできない子だもんね。けど、今回のことは、お父さんとお母さんを困らせたくないなんて考えなくていいから、さくらの気持ちを正直に話して。このまましばらく休んでいたいならば、その生活を支えられるぐらいのお金は、お父さんが稼いでくれる」

いつまでもこのままではいけないという気持ちはあったが、仕事を探そうと思えなくなっていた。わたしが動けば、松原さんも動き、また何か起こる気がした。しばらくおじいちゃんの家にいて、手伝えることを少しずつ増やしていきながら、マッサージの勉強をさせてもらい、時間をかけて仕事に復帰した方がいい。

「本当に、ちゃんと食べてる？」母は、わたしの目を見て聞いてくる。

「食べてる。でも、食欲は、あんまりない。食べるのも何をするのも、面倒くさく感じる」

「会いたい人は、誰かいる？　松本の友達だったらお母さんが一緒に来られるから。東京の友達だって、年末に泊まりにきてくれた志鷹さんなら、和樹に頼めば来てもらえるんじゃない？」

「いい、誰にも会いたくない」

大晦日にＬＩＮＥの返事を無視してしまってから、池田先生とは連絡を取っていない。そのことが伝わったのか、志鷹さんからＬＩＮＥが送られてきたり、電話がかかってきたりすることもなくなった。泊まった次の日に東京へ帰る時、志鷹さんはわたしのことを「さくらちゃん」と、呼んでくれた。友達として認められたようで、嬉しかった。大人になると、仕事ぐらいでしか人と知り合わないし、友達を作るのは学生の時のように簡単ではなくなる。新しい友達の期待をわたしは裏切ってしまった。志鷹さんは、わたしが我慢して松原さんと付き合うなんていう解決方法を望んで、相談に乗ってくれたわけではない。

池田先生のことも志鷹さんのことも、これ以上巻きこみたくない。このまま連絡を取らないでいれば、二人ともわたしのことなんて忘れてしまうだろう。

スマホは充電器にさしたまま、居間の隅に置いてある。

松原さんからＬＩＮＥが送られてきたらどうしようと思いながら、池田先生からの連絡を待っている。

会いたいけれど、会わない方がいい。

いつか、友達として会えればいいなんていう期待も捨てるべきだ。

「誰かに会いたくなったら、言ってね」母が言う。

「分かった」

「さくらの好きなように生きていいんだからね」

「うん、ありがとう」

たたみ終えたタオルをカゴに入れて、柔道整復院に持っていく。

お客さんはいなくて、おじいちゃんが受付に座っていた。

叔母さんは、買い物にでも行っているのだろう。

「タオル、しまっておくね」

「ああ、ありがとう」おじいちゃんは振り返り、わたしの方を見る。

「お母さん、来たよ」

「さっき、こっちにも来た」

「そう」

「和樹も来るみたいだな」

「そうなんだ」

今日は金曜日だ。和樹は、仕事を終えてから来るのだろう。

タオルを棚に入れて、周りを軽く掃除する。

柔道整復院は、家の一部を改装して作られた。木枠にガラス張りの引き戸の玄関から入ると、ソファーと小さな本棚を置いた待合室があり、右手奥に受付がある。突き当たりの扉の先が施術室になっている。受付の裏は、施術室と繋がっていて、その奥にある扉から住居部分に入れる。家に直接上がる時は基本的には勝手口を使うが、母はこっちを通ってきたのだろう。今は誰もいないけれど、平日の午前中は近所に住むおじいちゃんの友達が待合室に集まって、囲碁や将棋をやりながらお喋りしている。

五年前まで、受付には常におばあちゃんがいた。

受付の周りには、今もまだおばあちゃんの使っていた文房具やお客さんの記録を書いたノートが残っている。施術室にあるおじいちゃんの机には、おばあちゃんの写真が飾ってある。父が生まれるよりも前、おじいちゃんとおばあちゃんの二人で改装して、柔道整復院を作りあげたらしい。待合室に置かれたソファーも小さな本棚に並ぶ本も、おばあちゃんが選んだ。お見合いで一度会っただけで結婚したのだけれど、二人はとても愛し合っていたのだと思う。無口で厳しいおじいちゃんを見守るように、おばあちゃんはいつも笑っていた。おじいちゃんの友達も、もともとはおばあちゃんを慕って遊びにきていた。亡くなって五年経った今も、おばあちゃんはここにいる気がする。

ここと同じように、小さくても近所の人に愛されるマッサージ屋を開業したかった。おじいちゃんとおばあちゃんみたいに、夫婦で経営できたら、どんなに素敵なんだろうと夢見ていた。

引き戸が開く。

お客さんが来たんだと思い、住居部分の方へ戻ろうとしたら、和樹だった。会社からそのまま来たのか、スーツ姿でコートを羽織っていた。

「あれ？　受付に出てんの？」わたしを見て、和樹が言う。

「ううん、タオルを持ってきただけ」座っているおじいちゃんの横に立つ。

「ああ、そう」

「早いね」

「半休もらった」

「そうなんだ。仕事、大丈夫なの？」

「大丈夫、大丈夫。姉ちゃんの教え通りに、集中して効率良く仕事してるから」

「そう」

「姉ちゃんに会いたがってる人がいるから、一緒に来た」

「誰？」

「分かってんだろ？」

「……うん」

和樹が東京から一緒に来たのならば、池田先生か志鷹さんだ。

「そこで待ってもらってるけど、どうする？　会うのが無理なら、帰ってもらう」

「うーん」

「今日会えなくても、また来てくれると思う。無理する必要はない。でも、向こうにも向こうの都合がある。時間が経てば、他の女のところに行ってしまうかもしれない。それは、止めようがないことだ。会うべきだって、オレは思う」

つまり、待っているのは、池田先生ということだ。

他の女の人と幸せになってくれれば、それでいい。

そう思いながらも、心の奥底から、そんなの絶対に嫌！　という叫び声が聞こえた。

池田先生に会いたい。一緒にいたい。わたし以外の誰かのところになんて、行かないでほしい。

「どうする？」

「……会う」

「分かった」

和樹は外に出て、池田先生を連れて戻ってくる。

池田先生は、青いダウンコートを着て、どうしたらいいのか迷っているような顔で笑っていた。初めて会った頃から毎年着ているダウンコートで、袖口が少しだけ擦り切れている。新しいのを買った方がいい、と福々堂でみんなに言われていた。

さっき、母の前で泣いたからもう涙は出ないと思ったのに、池田先生を見たら、一気に感情が溢れ出した。

涙が止まらなくて、息が苦しくて、おじいちゃんの横に蹲《うずくま》る。

顔を上げられなくなったわたしの頭を誰かが撫でてくれる。

その手の大きさや温かさに、おじいちゃんか和樹だと思ったら、池田先生だった。

池田先生の手は、家族と同じように感じられる。


おじいちゃんの家では話しにくかったから、池田先生と二人で坂を上がった先にある公園に来た。公園からは、諏訪の町と諏訪湖が一望できる。諏訪湖を囲む山は白く染まっていて、町のあちらこちらに雪が残っている。今年は雪が少なかったけれど、四月の初めまでにあと何回か降るだろう。

外に出たのは久しぶりだったので、少し歩いただけで疲れてしまった。あまり食べていないから体重は減ったのに、身体が重い。

「すごいなあ」諏訪湖を見ながら、池田先生が言う。「松本城も良かったけど、ここもいいな」

「諏訪の中では、ここが一番景色がいいと思います」

「そうなんだ」

「向こうに座りましょうか」ベンチを指さす。

「ああ、うん」

諏訪湖を眺められるベンチに並んで座る。

長いすべり台や遊具がいくつかあり、昼間は子供たちがたくさん来る。紅葉の時期には、観光客も多く来る。しかし、もうすぐ陽が暮れる時間だし、観光シーズンでもないので、わたしと池田先生以外には誰もいない。

松原さんにはまだおじいちゃんの家はばれていないと思うし、もしも何かあったとしても、近所の家に逃げこめる。この近くの人はみんな、おじいちゃんのことを知っているから、わたしを守ってくれる。警察が来るまでそこで待たせてもらえばいい。けれど、大丈夫と思える条件をどれだけ揃えても、不安を拭《ぬぐ》えない。身体が小さく震え、止まらなくなる。外に出るには、まだ早かったのかもしれない。

「大丈夫？」池田先生は、わたしの震えている手を握る。

その手を握り返したら、少しだけ安心できた。

「大丈夫です」

「家に戻る？」

「ここで、話します。辛くなったら、言います」

できることを少しずつでもやっていかなかったら、ずっと家にこもっているままになってしまう。

「遠慮しないでいいからね」

「はい」

「ここに来るまで、すごく迷った」手を握ったまま、池田先生は話す。「河口先生がどういう状況でここにいるのか、和樹君から聞いた。松原に対して、許せないという気持ちはあっても、その怒りをぶつけることがいいとは思えない。実は、オレと松原には、共通の知り合いがいるんだ。一月にその知り合いと会って飲んでいたら、松原が来た。共通の知り合いがいるということは、そこで知った。その時に、オレは怒りをぶつけてしまった。それが余計に松原を怒らせたんじゃないかと思う。河口先生がここに逃げてきた日の前日のことだった。オレが事態を大きくしてしまった」

「そんなことがあったんですね」

松本駅のコーヒーショップで会った時、松原さんの様子はいつもと違った。怒っているというか、興奮状態にあるように見えた。東京で何かあったのだろうと思ったが、そういうことだったんだ。あの日がなかったら、わたしは今も我慢しながら松原さんと付き合っていただろう。池田先生が怒ったから事態が動いた。いいことだったんじゃないかと思ってしまうが、松原さんの怒りが池田先生に向かっていたかもしれない。そう考えると、いいことだったなんて思えない。

「何もせずにおとなしくしているのがいいんだという気がした。オレや志鷹は手を引いて、和樹君やご両親に任せるのがいいと思った。どうしたってオレは怒りをおさえられなくて、松原に会えば、それをぶつけてしまう。事態をこれ以上大きくしないためには、黙っていた方がいい。たとえ松原が何もしてこなくなっても、オレや志鷹と会えば、河口先生は色々と思い出してしまう。家族と一緒に過ごし、いつかマッサージ師としてまた働けるようになり、松本や諏訪で新しい生活を始めて、松原とのことを知らない誰かと付き合うのが河口先生にとっての幸せなんだって、考えた。オレはオレで、春には静岡に行って新しい生活が始まるし、それぞれで生きていけばいい。河口先生と会えなくなってから二ヵ月間、何度も同じことを考えて、何度も自分に言い聞かせてきた」

「はい」

「でも、無理だった。どうしても河口先生と会いたかった。オレがしつこく連絡することも、会いにいくことも、河口先生を怯えさせるかもしれない。迷惑としか思われないかもしれない。そう思っても、自分の気持ちを伝えないまま、諦めるなんてできない。オレは、河口先生が松原と付き合うと聞いた時、悔しかった。どうしようもないくらい、悔しかった。優しい先輩のフリをして相談に乗りながら、別れることを願っていた。こういうことになって、河口先生がオレを頼ってくれたことを嬉しいと感じていた。そんな風に感じている場合ではないのに、河口先生と一緒にいられることに対する喜びがあった。けれど、止められないほど事態が大きくなってしまって、今はただ、河口先生のことが心配で心配でしょうがない」

冷静に話そうとしながらも、池田先生の中からそれよりも強い感情が溢れ出してくる。池田先生はいつも、自分のことよりもわたしのことを優先して考えてくれた。六年前に初めて会った時からずっとだ。池田先生が封じこめつづけた感情があるならば、わたしはそれを受け止めるべきだ。兄と妹と思えるくらい、大切な人だ。本当の弟も大切だけれど、和樹よりずっと大切にしたい。

正面を向いて深呼吸した後で、池田先生はわたしを見る。

「河口先生のことが好きです」

「わたしも、池田先生が好き」繋いでいた手に力をこめる。

「えっ、ああ、えっと」

わたしの答えに驚いたのか、池田先生は慌てたような顔になる。

山の向こうに陽が沈み、空が赤く染まる。

空の色をうつすように、池田先生の顔も赤くなる。

「けど、一緒にはいられません」わたしが言う。

「えっ！」驚いた顔になり、池田先生は声を上げる。

「わたしが諏訪に来てから一ヵ月以上、松原さんは何もしてきていません。でも、これで終わったとは思えない。解決する日は来ないと思います。もしも二年や三年何もしてこなくても、それで安心していいことだとは考えられません。どちらかが死ぬまでつづくんです。松本か諏訪にいれば、逃げこめる家もたくさんあります。いざという時に助けを求められる人もたくさんいます。家族には迷惑をかけるし、ネット上にはまだわたしの裸の写真が残っていて恥ずかしい思いもします。けど、わたし一人では生きられないから、家族に一緒に戦ってもらうしかないんです。一人で生きようとして、わたしがどこかへ行っても、両親や和樹と縁が切れるわけではないです。離れた場所で心配し合っているよりも、近くにいた方がお互いに安心していられます。だから、わたしはしばらく諏訪にいて、その後で松本の実家に帰ります」

兄のように思っても、どれだけ大切でも、池田先生はわたしの家族ではない。彼には彼の人生がある。これ以上、迷惑をかけられない。「好き」なんて言うべきではなかったのかもしれないが、言わないままではいられなかった。離れ離れになるとしても、気持ちを伝えておきたかった。

「だったら、オレと家族になろう」池田先生は、両手でわたしの手を握る。

「えっ！　いや、えっとですね」今度は、わたしが驚く番だった。

「オレが河口先生の家族になる。一緒に静岡に行こう」

「あの、家族になるっていうのは、どういうことですか？」

「結婚しよう」

「そういうことですよね」

一気に恥ずかしくなったのか、冷静になったのか、わたしも池田先生もお互いの手をはなし、諏訪湖の方を見て、大きく息を吐く。

空が暗くなっていき、町に明かりが灯《とも》る。

「なんか、ごめん」池田先生が言う。

「何に対して、ごめんなんですか？」

「全部」

「どうしてですか？」

「ちょっと気持ちが高まりすぎた」

「そうですよね」

世田谷で、夜中に松原さんがわたしの住んでいたアパートの前のマンションにいて、池田先生に助けを求めた夏の日から、わたしたちは気持ちが高まったままだったのだろう。冷静になろうと何度言い聞かせても落ち着かず、高揚していた。突然のプロポーズでピークに達したのか、高まりすぎた気持ちは急降下していき、やっと落ち着いた。

「結婚しようっていうのは、そのせいじゃないから」わたしの方を見て、池田先生は笑う。

「はい、ありがとうございます」

「すぐに結婚とか考えなくていいんだけど、静岡に一緒に行かない？」

「えっと、でも……」

どれだけ冷静に考えても、一緒に行きたいという気持ちは残るだろう。けれど、無理だという気持ちの方が強い。

「静岡でオレが働くマッサージ屋の先生の奥さんが近くにあるリゾートホテルで、スパを経営してる。温泉と女性向けのエステがあるところ。エステっていっても本格的な施術もしていて、有資格者を募集している。河口先生ならば、資格もあるし、アロマにも詳しい。従業員もお客さんも女性限定だから、復帰の場としてちょうどいいんじゃないかって思った」

「はい」

「今日は、その話だけしたかったんだ。けど、なんか、ごめんな」

「いえ、大丈夫です。わたしの方こそ、ごめんなさい」

「静岡に行って、近くに住んで、まずは恋人として、付き合えればと思っています。それで、いつかは結婚することも考えてほしい」

「あの、でも……」

「河口先生の言いたいことは分かる。でも、松原のこととは別に、オレとのことを考えてほしい。オレのことを好きじゃないって言われれば諦めるための努力もするけど、松原のことがあるからごめんなさいっていうんじゃ、いつまでも引きずってしまう。すぐに答えを出してとは言わない。いつまでも待つから、考えて」

「分かりました」

松原さんとのことを通してしか、ものごとを見られなくなっている。池田先生とのことは、松原さんのこととは別にして、ちゃんと考えよう。そうしなければ、今日までわたしに優しくしてくれた池田先生に失礼だ。

「帰ろうか」池田先生は立ち上がる。

「はい」わたしも、立ち上がる。

そうすることが自然なように、手を繋いだ。

明かりの灯った住宅街を二人で歩いていると、幸せに包まれるようで、身体が温かくなるのを感じた。

和樹と一緒に池田先生を上諏訪の駅まで見送った後で、父にもおじいちゃんの家まで来てもらった。おじいちゃんと両親と和樹とわたしで今後のことを話し合った。池田先生と静岡に行くというのを応援したいけれど、知らない町に行かせるのは心配。これが家族全員の意見だった。三月になってからも何度も話し合い、池田先生にも来てもらった。わたしと池田先生と母で静岡に行き、池田先生が働く予定のマッサージ屋やわたしが働く予定のスパを見て、住むとしたらどういうところになるのか確認した。和樹にその周辺について調べてもらい、いざという時に逃げこめるように警察署や二十四時間営業のコンビニが近くにあるアパートを探した。不動産屋さんには、父と和樹がついてきてくれた。アパートを決めた後で、池田先生と両親の三人が、周りを更に調べにいった。安心できる条件を揃えられるだけ揃えて、わたしの静岡行きが決まった。

池田先生は常にわたしやわたしの家族を優先して、考えてくれた。彼についていき、彼を支えていこうと思うことで、わたしは強くなれた気がした。守ってもらうばかりではなくて、池田先生を守れる人になりたい。

三月の終わりに、引っ越しのために松本の実家に帰った。池田先生は自分の引っ越しがあるため来られなくて、荷造りは母と和樹に手伝ってもらった。どこから住所がばれるか分からないから、引っ越し屋さんには頼めないので、自分たちで全部やらなくてはいけない。プリザーブドフラワーと指輪と鍵は、松原さんのマンションに送ろうかと思ったが、実家の押入れの奥に置いておくことにした。宅配便で送れば、わたしが松本から送ったと分かってしまう。住所を書かなくても、伝票番号で調べれば、どこで受け付けたのか分かる。和樹にも相談して、何もしないでおくと決めた。トラックに荷物を積み終わると、父も母も家の前まで見送りに出てきた。二人とも、わたしや和樹が東京に行った時以上に心配そうにしていた。泣いてしまいそうになるのを堪えて、笑顔で手を振り合った。

トラックの助手席に乗ろうとしたら、青い空に傷をつけるような白くて細い月が見えた。

月はいつも、振り返るとそこにある。

どこまで行っても、ついてくる。

静岡に着いて荷物を部屋に運び、電気とガスと水道を使えるようにしてもらい、外から見られないようにカーテンをかけた。荷ほどきは後にして、和樹と一緒にアパートの近くにある警察署へ行った。

建て直したばかりみたいで、まだ新しかった。入口の周りが他の警察署よりも、明るく感じられた。初めて世田谷の警察署に行った時のような緊張感はないが、息苦しさは感じる。どんな人が出てきてもちゃんと伝えられるように、話すべきことを頭の中で何度も繰り返す。

　受付にいた男性警察官に和樹が用件を伝えにいく。

　二階の生活安全課へ行くように言われたので、階段で上がる。

上がったところで、長い廊下のどっちへ行けばいいのか迷っていたら、奥の部屋から女の人が出てきた。

「河口さんですか？」女の人が言う。

　背が高くて、キレイな人だ。年齢は、わたしより少し上くらいだろう。白いシャツに黒のパンツに黒のパンプスで、着飾っているわけでもないのに、華やかな感じがする。それでも、気軽に話せそうな感じがした。

「そうです」わたしが答える。

「こちらにどうぞ」

「はい」

　彼女が入った後についていき、生活安全課に入る。ここも他の警察署よりも、明るかった。

「どうぞ」

「失礼します」

　促されて、奥にある相談室に入る。

　二畳くらいの狭い部屋で、机とパイプ椅子が並んでいるのは、どこも同じような感じだ。ドアは十センチくらい開けたままにするという規則なのだろう。

「座ってください」

「はい」わたしと和樹は、奥に並んで座る。

「井川《いがわ》です」名刺を出し、井川さんは正面に座る。

「河口さくらです。弟の和樹で、付き添いで来てもらいました」

「えっと、じゃあ、今までの状況を話してくれますか？」

井川さんの話し方は少し冷たく感じられたが、余計なことは言わず、真剣に聞いてくれているようにも思えた。

「ここから歩いて五分のアパートに今日引っ越してきたばかりなんです。なので、この町で被害に遭ったわけではありません」和樹に甘えないで、自分で状況を話す。

世田谷で何があったのか、松本で何があったのか、この二ヵ月半くらいは諏訪にいたことを一つ一つ思い出しながら、話していく。話しにくいと感じて、わたしが言葉に詰まると、井川さんは「ゆっくりでいいから、無理せずに話せることを話してください」と言ってくれた。細かくメモを取っているのが見えて、ここに来たことが無駄ではなかったと思えた。最後まで話し終わり、息を吐くと、和樹が背中を擦ってくれた。

「最近は、特に被害に遭っていないということですね？」確認するようにメモを見ながら、井川さんが言う。

「だから、警察署に来るなんて大袈裟とも思ったんです。新しいアパートもばれていないはずで、今後は何もないかもしれません」

「大袈裟なんて考えなくていいですよ」井川さんは、メモから顔を上げる。「というか、大袈裟に考えるべきことです。何もなければ、それでいいんですから」

「あっ、はい。ありがとうございます」

「世田谷での警告の時って、どういう反応だったのか聞いていますか？」

「最初は、自分はそんなことをしていないと抵抗したようですが、すぐに分かりましたと言ったみたいです」警告の時に松原さんがどう返したのかは、山中さんから報告を受けた。

「そうですか」

「でも、電話を切ってから、わたしが引っ越した後のアパートに行ったようなので、分かりましたというのは嘘だったんだと思います」

「分かったフリをしただけということですね」

「あの、警告しない方がよかったんじゃないかって思っているんです」

「どうしてですか？」

「それが余計に彼を怒らせた気がしました。わたしは松本に行くのだし、必要なかったのではないでしょうか？」

「警告を受ければ、自分がストーカーと思われていることに気がつき、やめる人がほとんどです。そこでやめられる人は、好きだからしつこく連絡したとか、好きだから会いにいったとかで、ストーカーと呼べるほどではありません。ストーカーに関して、動機を好きだからとか愛しているからとか考える人がいますが、それは違います。河口さんならば、分かりますよね？」

「はい」

松原さんの中には、わたしに対する恋愛感情が今もあるのだろう。でも、ストーカーになってしまった理由は、それ以上に強い執着と怒りだ。わたしに執着して怒っているのではない。本当に怒りをぶつけたい相手は、他にいるのだと思う。

「ストーカーは、正論を語ります。自分がどれだけ正しくて、相手がどれだけ悪いか、はっきり話せます。恋愛において、優先されるのは感情であり、正論が正しいわけではないと、彼らや彼女たちには分かりません。分かっていても、分からないフリをします。間違っていると指摘されると、彼らや彼女たちは怒ります。警告されることによって怒りが強くなり、報復する人がいるというのは、充分に考えられることです。しかし、残念ながら、日本はまだストーカー対策が遅れています。ストーカー対策が進んでいる国では、まず被害者の保護を万全にしてから、加害者へ警告します。なので、河口さんが松本に行くのに合わせて警告したというのは、間違っていません」

「そうなんですね」

「それに、警告は無駄にはなりません。警告されたらやめる程度ではないということが分かったわけです。そして、口頭警告を一度受けているにもかかわらず、ストーカー行為をつづけた場合、次は文書警告になります。相手が松本まで来た時点ですぐに警察に行っていれば、文書警告ができて、今後は河口さんに近づかないという誓約書を書かせられました」

「えっ？」

山中さんも、他の警察署で話した人も、誓約書なんてことはひとことも言っていなかった。勉強不足のわたしが悪いのかもしれないが、素人には分からないことだ。

「ただ、これは、警察署によって対応も違うので、絶対とは言えないことです」

「警察署によってというのは、どういうことですか？」和樹が聞く。

「署というか、人によってですね。本来、そういうことがあってはいけないと思いますが、警察官も人間です。河口さんのように、相手が元交際相手という場合、事件性のあるストーカーかどうかという判断は難しいです。世の中には、束縛されることで愛を感じる人もいますから。ストーカー対策に力を入れるようにというのは、何年も前から言われています。先ほども言いましたが、大袈裟に考えるべきことなんです。それでも、なかなかピンと来ない人もいます。痴話げんかみたいなもので、騒ぐことじゃないと考えている人も未《いま》だにいます。そういう人には、さっさと警察官をやめてもらいたいんですけどね」

「はい」わたしと和樹は、深々とうなずく。

「一月の半ばに別れてから何もないということなので、今は警告や誓約書という段階ではないと思います。なので、まずは他の警察署と同じように、一一〇番の登録をしましょう」

「はい」

「世田谷や松本や諏訪の警察署に連絡して、今までのことがどう記録されているのか確かめて、不十分なようであれば、補足もしておきます。警視庁や長野県警の本部に報告しているのかどうかも確認しますね」

「本部？」和樹が言う。

「各県警にストーカー対策の本部があって、そこに報告することになっているんです。東京だと、警視庁ですね。ストーカーされた場合は河口さんのように、引っ越しが必要になる場合があります。各署で本部に報告し合い、情報を共有できるようにするんです。事件になる可能性がある場合は、本部に対策を相談します」

「そうなんですね」

これも、初めて聞いたことだった。

「あと、アパートの周辺のパトロールも強化します」

「お願いします」

「アパートを相手に知られたら、河口さんが避難できる場所も紹介します」

「はい」

避難できる場所というのは、シェルターとかのことだろう。ＤＶを受けた人やストーカー被害者のための施設が全国にあるらしい。

「その時には、禁止命令を出すことになると思います。他にも、できることはなんでもしますから、いつでも相談に来てください」

「ありがとうございます」

「でも、絶対に安心はしないでください。うちでは、他の署以上にストーカー対策に力を入れています。海外の事例も見て、独自に対策を練っています。しかし、相談に来られた方には、自分が被害者であるという意識を持ち、全力で逃げるように言います。ストーカー規制法は、まだ充分な法律ではありません。警察官にはできることとできないことがあります。ただ、法律が充分になることを願うべきではないと私は考えています。法改正が必要ということは、そうしなければいけない事件が起きた時です。特に、日本の法律は、誰かが殺されるか、殺されかけなければ変わらない。法律を変える前に、事件が起こらない世の中にするべきなんです。けれど、法改正の必要性を考えさせられる事件は、起こってしまいます。ストーカーは知っているのか知らずにやっているのか、法律の網をかいくぐるんです。彼らや彼女たちは、警察や被害者以上の努力をして、追いかけてきます」

「はい」

「和樹さん、何かスポーツをやられている感じですね？」井川さんは、急に話を変える。

「子供の頃から柔道をやっています。社会人になってからはあまり練習できていませんが、大学を卒業するまでは休まずにつづけていました」

松原さんに立ち向かうために必要なことだと考えたのか、和樹は細かく答える。

「勝つためには努力が必要とか、気持ちの強い人間が勝つとか、考えたことはありますか？」

「はい、何度も」

「実際に、そういうものだと思いますか？」

「僕は、子供の頃は身体が小さかったので、身体の大きい奴を見て、才能が違うと考えたりしました。でも、つづけるうちに、才能なんて関係なくて、努力や気持ちの強さが大事なんだと思うようになりました。気持ちの強い奴は、誰よりも努力して、それが結果に繋がります」

「トーナメントの試合で、あいつは運が良くて勝ち残れた、というように考えたことはありませんか？」

「あります。けれど、それも努力に対して、運が味方したのだと思いました」

「ストーカーも、そういうことだと思ってください」

「どういうことですか？」わたしと和樹は、声を合わせて聞く。

「相手に会い、自分の怒りをぶつけるために、ストーカーは努力します。警察よりも被害者よりも、努力します。運は平等に、努力する者の味方をします。それが間違った努力だとしても。警告されてもつづけるようなストーカーは、人の話を聞けません。自分が正しいと信じ、周りに止められても、無視しつづけます。そのうちに、彼の周りに、味方は一人もいなくなります」

「はい」

「運だけが彼に味方します」井川さんは、わたしの目を見る。「彼以上に努力して、運を河口さんの味方にしてください」

「分かりました」

世田谷の警察署に行った時、山中さんから「ストーカーっていうのは一瞬の隙をついてやって来ます」と、言われた。その隙を作るのは、ストーカーに唯一味方する「運」なのだろう。

「何かあれば、いつでも連絡をください」笑顔になって、井川さんは言う。

「ありがとうございます」わたしは頭を下げて、お礼を伝える。

警察署を出ると、空は暗くなりはじめていた。

井川さんは外まで、わたしと和樹を見送ってくれた。まっすぐに立つ姿に、彼女の内面の強さが表れているように思えた。

頼れる人に、やっと出会えた。

「最初はちょっと冷たい感じがしたけど、いい人だったな」和樹が言う。「見た目のクールさに反するように、内面が熱いっていうのが伝わってきた」

「そうだね」

「良かったな」

「うん」

風が吹き、ピンク色の花びらが飛んでくる。

どこかで、桜が咲いているようだ。

朝ごはんは母が作ってくれたからちゃんと食べたけれど、昼ごはんは引っ越しのトラックの中でおにぎりを食べただけだった。お腹すいたと和樹が言うから、アパートに帰る前に夕ごはんを食べにいくことにした。

明日の昼には和樹は東京に帰るので、今までのお礼も兼ねて、わたしが働くことになっているホテルのフレンチレストランに行った。春休み中だし混んでいるかと思ったが、夕ごはんの時間には少し早いみたいで、窓側の海が見える席に案内された。席に着いてから、フレンチを食べるような格好ではなかったことを思い出し、二人で笑ってしまった。しかし、リゾート地のレストランだからか、他のお客さんもカジュアルな服装の人が多い。高級ホテルよりもランクが上の超高級とも言えるようなホテルだけれど、お金を持っている大人が休むために来ているのであり、ドレスアップする場所ではないのだろう。子供はほとんどいないので、春休みも関係ないようだ。

ごはんを食べた後で、スパにもあいさつに行く。

受付には、経営者であるアサ子さんがいた。

「あら、どうしたの？　引っ越し、今日でしょ」

わたしが声をかけるよりも先に気がつき、アサ子さんは受付から出てくる。

「荷物運びこんで、警察署に行って、ごはん食べにきたんです」

「警察は、どうだった？」

「大丈夫そうです。担当の方がすごくいい人で、たくさん話せました」

「そう。良かったわね」

アサ子さんには、前に来た時にも一度会った。採用のための面接だったのに、世間話をしただけだった。その時に、松原さんのことも話し、ホームページにわたしのプロフィールや写真を載せられると困るということを伝えた。初対面でも、アサ子さんは親身になって話を聞いてくれた。精神的に疲れていて、知らない人と会うのは怖いと思っていたのだけれど、大丈夫だった。アサ子さんは母と同世代くらいだと思うが、母よりもおばあちゃんに似ている気がした。

おじいちゃんの柔道整復院とホテルのスパは、見た感じは全然違うのに、雰囲気が似ている。スパは、隅々まで高級感が漂っている。でも、近づきにくい感じはしなくて、穏やかな空気に包まれている。アサ子さんの人柄が作りあげた場所なのだろう。日本中からアサ子さんに会うために、お客さんが集まってくるらしい。ここにいると自然と気持ちがリラックスできるのは、温泉やすぐそばに広がる海の効果だけではないのだと思う。

わたしは半年近くブランクがあるので、最初は受付をやりながら、徐々にマッサージ師として復帰することになっている。休みの日には、アサ子さんのご主人のマッサージ屋で池田先生と一緒に勉強させてもらう。

面接の後でご主人のマッサージ屋にも行ったが、近所のおじいちゃんやおばあちゃんの他に柔道の練習中に怪我をした中学生や高校生も集まってきていた。院長であるご主人は、怪我のこと以外に中学生の恋愛相談にも乗っていた。アサ子さんとの大恋愛の話をして、中学生の男の子に呆れられていた。同じことを何度も話しているらしい。待合室や施術室から笑い声が聞こえて、池田先生にはぴったりの場所だと思えた。

「弟です」アサ子さんに和樹を紹介する。

「ああ、かっこいい男の子連れていると思ったら、弟さんなのね。池田君がいるのに、浮気してるのかと思っちゃった」

「しませんよ、浮気なんて」

「そうよね」

二人で、笑ってしまう。

まだ笑えるような状況ではないと思っていたのに、アサ子さんと話していると、なんでもおもしろかった中学生や高校生の頃に戻ったように、些細なことでも笑える。

「姉をよろしくお願いします」笑い合うわたしたちに驚いたような顔をしつつも、和樹は頭を下げる。

「私は三十年以上、マッサージ師をやってきました」和樹を見て、アサ子さんは真剣な表情になる。「その間、辛く苦しい思いをしている人にたくさん会いました。さくらちゃんのことは任せてくださいとは、まだ言えません。でも、彼女の人生が素晴らしいものになるように、お手伝いできればと思っています」

「ありがとうございます」和樹は、もう一度頭を下げる。

「ありがとうございます」わたしも、頭を下げる。

「かっこいい男の子が相手だから、真面目に話しちゃった」

「そこまで、かっこ良くないですよ」

わたしが言うと、アサ子さんは笑う。また、二人で笑い合う。

「こういう子、タイプなのよ。体格もいいし、姿勢もいいし」

「院長は、全然違うタイプじゃないですか」

「そうなのよね」

「姉ちゃん、荷ほどき」長くなりそうと感じたのか、和樹がわたしとアサ子さんの話を止める。

「そうだね」

「荷ほどきはできるところまでにして、今日はゆっくり休みなさい」アサ子さんが言う。

「はい。では、来週からよろしくお願いします」

「よろしくお願いします」

頭を下げ合ってあいさつをしてから、わたしと和樹はスパを出る。

海に面したエントランスから出て、砂浜を歩いていく。

夜になって、海も空も真っ暗だ。

水平線は暗闇に消えている。

黒く染まったように見える海で波がうねる。

怖く思える景色なのに、気持ちが穏やかになっていくのを感じた。

誰もわたしのことを見ていない。

「色々と心配だったけど、引っ越してきて良かったな」隣を歩く和樹が言う。

「うん。まだ安心できないけど、ちゃんと生きていこうって思えるようになった」

海から風が吹くと、少し寒い。

でも、松本や諏訪ほどではなかった。

すぐに四月になり、春が来る。

この一年間をなかったことにはできない。けれど、わたしはこの町で、池田先生と一緒に新しい人生を作りあげていくんだ。

「四月になったら、仕事が今まで以上に忙しくなるかもしれない。オレもいつまでも下っ端でいられないから。プロジェクト任されたりするようになるんだ」

「そうなの？」

「まだ任されたりするかもっていう感じで、決定じゃないけど、仕事をがんばっていこうって思ってる。離れて暮らすことになるし、今までみたいには助けにこれない」

「大丈夫。池田先生もいるし。和樹が自分のやりたいことをやってくれたら、わたしもがんばろうって思える」

「でも、何かあって、本当にヤバいっていう時には、頼ってくれていいから」

「分かってる。ありがとう」

「無理はするなよ」

「和樹は、ちょっと無理してでも、仕事がんばってね」

「そうだな。ちょっとどころか、すごく無理するよ。疲れたら、姉ちゃんの働くホテルに泊まりにこよう。従業員割引とかあるんだろ？」

「どうかなあ」

「姉ちゃんが招待してくれてもいいけど」

「それは、無理」

「ケチ」

「給料が入ったら、考えるよ」

「やった」嬉しそうにして、和樹は笑う。

笑った横顔は、子供の頃のままだ。母は、わたしのことを「手のかからない子」だと言っていたけれど、和樹が生まれた時もわたしには反抗期があった。みんなが弟ばかりかわいがっているように見えて、つまらなく感じた。まだ座ることもできない和樹に意地悪しようとした。そんなわたしの気持ちに気がつかず、和樹は笑顔で、わたしの指を握った。その笑顔を見たら、意地悪しようという気持ちは消えた。わたしは、あの時からずっと和樹に守られてきたのだと思う。和樹の優しさや素直さに、何度も救われた。

「ありがとうね」もう一度、和樹に言う。

「何が？」

「全部」

波の音だけが聞こえる。

海の向こうには、行ったことのない国がある。

世界は広くて、わたしはどこにだって行ける。

アパートに帰ったら九時を少し過ぎていた。

明日の昼には、和樹と交替するように、池田先生が引っ越してくる。一緒に住むという話もしたのだけれど、二部屋並んであいているアパートがあったので、まずは隣同士で住むことにした。荷物はそんなに多くないから今日中に荷ほどきを終えて、明日は池田先生の手伝いをする予定だったが、無理そうだ。アパートは二階建てで、わたしの部屋は二階の奥から二番目にある。一番奥が池田先生の部屋だ。遅くまで荷物の整理をしていたら、下の階や反対側の隣の部屋に音が響くだろう。必要なものだけを出して、荷ほどきは明日にすることにした。

「とりあえず、何を出せばいい？」和樹がわたしに聞く。

「着替えと食器だけでいいかな。あと、洗面道具も必要か。お風呂、入りたいもんね」

「どの箱？」

「この箱が食器とか鍋とかだと思うから、ここからグラスやお皿を出して、台所に並べて。それで、ついでに夜食を作って」

「なんでだよ？」

「お腹すかない？　フレンチって、大きなお皿にちょっとなんだもん」

松本や諏訪にいた頃は、お母さんや叔母さんが作ってくれたごはんもなかなか食べられなかったのに、静岡に着いてから食欲が湧いてきた。引っ越しをして、身体を動かしたのも良かったのかもしれない。

「夜食作るって言っても、何もないじゃん」

「そうなんだよね」

冷蔵庫は実家のわたしの部屋には置けなかったので、倉庫になっている部屋にしまっていた。それも持ってきたが、まだ電源も入れていないし、中身も入っていない。帰りにコンビニに寄り、ペットボトルのお茶だけ買ってきたけれど、食べ物は何も買わなかった。

「コンビニ行って、なんか買ってくる」和樹は、カバンから財布とスマホを出す。「段ボール捨てるのに、ビニール紐とかも必要だし。他に何かいる？」

「とりあえず大丈夫だと思う。食べるもの以外は、明日でもいいし」

「あれ？　一緒に行った方がいいのか？　一人になっても平気？」

「……平気じゃないかな？」

井川さんに言われたことが頭を過《よぎ》る。わたしは、松原さんより努力して、逃げなくてはいけない。一人にならない方がいいだろう。でも、コンビニまでは、歩いて三分くらいだ。和樹は歩くのが速いから、三分かからないかもしれない。買うものを買って、十分もかからずに帰ってこられる。引っ越してきたばかりで、松原さんが追いかけてくるとは思えない。朝からずっとトイレに行く以外は、和樹と一緒にいた。このまま明日の昼まで一緒にいることを考えると、お互いにここで少し一人になる時間が欲しいところだ。

「本当に平気？」和樹がわたしに聞く。

念を押されると、怖くなる。二階だし、玄関のドアを閉めていれば、安全面の問題はないと思うけれど、一人になるのはまだ不安だ。

「池田先生に電話しながら待ってるよ。そうすれば、気持ち的にも安心だし」

「分かった。じゃあ、すぐに帰ってくる」

「お願い」

「いってきます。鍵、持っていくから。インターフォン鳴っても、オレじゃないから出るなよ」

和樹は部屋を出てすぐに外から鍵をかける。わたしも、荷物を出してホコリが立ったために開けていたベランダ側の窓を閉めて、鍵をかけ、カーテンも閉める。

これからは、こうして一つ一つ注意していかなくてはいけない。

カバンからスマホを出し、池田先生に電話をかける。

待っていたのか、呼び出し音が鳴るとすぐに、池田先生は電話に出た。

「荷ほどき、終わった？」池田先生が言う。

「全然」

「終わってないの？」

「警察に行って、夕ごはん食べて、アサ子さんのところに行ったら、時間がなくなってしまいました」

「そっか。明日の昼にはオレもそっちに着くから、ゆっくり進めよう」

「はい」話すうちに、気持ちが落ち着いていく。

「警察は、どうだった？」

「大丈夫そう。明日、話しますね」

「分かった」

「海にも行って、ちょっとだけ散歩してきました」

「オレが一緒に行きたかったな」

「これから何度でも行けますよ」

「そうだな。色々なところに行こう」

「はい」

「桜並木は、もう見た？」

「どこにあるんですか？」

ガラスの割れる音が部屋に響く。

部屋の中に、握り拳くらいの石が転がりこんでくる。

池田先生が電話の向こうで何か言うが、よく聞こえなかった。

背中からわたしを覆うように、強い風が吹く。

潮の香りがする。

振り返ると、カーテンが風に舞い上がった。

閉めたばかりの窓が開いていて、ベランダに松原さんが立っていた。

松原さんの後ろには、夜空が広がっている。

月が輝き、桜の花びらが舞う。

風に乗って、花びらは部屋に入ってくる。

桜並木は、どこにあるのだろう。

10

さくらを殺し、自分も死ぬと決めていた。

それなのに、さくらの弟の和樹が入ってきて、僕は死ねなかった。

玄関の鍵が開いてから数秒のことは、よく憶えていない。ドアが開き、和樹が飛びかかってきて揉み合いになる間に、僕は手に持っていた包丁を落とした。僕の手からも和樹の手からも、血が流れていた。さくらの血と混ざり、床が赤く染まった。その上に押さえこまれ、僕は意識を失った。気が遠くなるのを感じながら、目をつぶって横たわるさくらの顔を見ていた。

意識が戻った時、僕はまだ赤く染まった床に倒れていた。

隣にいたはずのさくらがいない。

救急車で、搬送された後だったようだ。

女性の警察官が立っていて、僕の手には手錠がはまっていた。

サイレンの音が聞こえた。

窓の外も赤い。

一月に松本駅のコーヒーショップで会った時、さくらは僕がトイレに立った間に、いなくなった。〈ごめんなさい。もう耐えられません。別れてください〉というＬＩＮＥが送られてきた後、僕はさくらを捜しつづけた。駅の周りにはいなくて、実家やその周辺まで行ったのに、見つからない。ＬＩＮＥや電話で話し合うようなことではないので、返信は送らなかった。とにかくさくらと会って話したいと思っていた。

東京に帰ってきて福々堂に行き、院長と副院長を問い詰めても、河口先生の居場所なんて知らないと言われた。秋まで福々堂で働いていたさくらには、確定申告に必要な支払調書を送らなくてはいけないはずで、知らないわけがないと思ったが、警察を呼ぶと言われたので引き下がることにした。逃げるようにいなくなったさくらが悪いのだから、警察を呼ばれてもいいのだけれど、騒ぎを大きくしない方がいい。またストーカーとか言われたら、話が混乱する。僕はさくらと会って、二人の将来のために話し合いたいだけで、ストーカーなんかではない。

池田に聞けば、分かるかもしれないと思ったが、それだけは避けたかった。「知っている」と言われたら、僕はショックを受けただろう。住吉といる時に会って以来、前以上に池田に対する許せないという気持ちが強くなった。何もかも、池田が悪い。あいつがいなければ、僕はさくらと付き合いつづけられて、住吉とも親友のままでいられた。あんな邪魔な人間はいない。

木崎さんにまた偶然会えないかと思ったが、彼女がどんな生活をしているのかも、どこに住んでいるのかも知らない。福々堂は辞めたようだ。さくらが辞め、木崎さんが辞め、もう一人いた受付の女性も辞めたらしい。客は減っているみたいで、前を通るといつも、アルバイトの男の子が眠そうな顔をして受付に座っていた。僕が院長と副院長にさくらのことを聞きにいった時も、客は一人もいなかった。もう少しで潰れるというところまで、追いこむことができた。

SNSをやっていそうだと思い、ネットで木崎さんを検索してみた。さくらのスマホのアドレス帳に入っていたから、下の名前も知っていた。SNSは見つからなくて、裸の画像が出てきた。二十歳ぐらいの頃から、そういう仕事をしていたようだ。芸名でやっていたが、本名が暴露されていた。AVにも出ていて、五分程度のサンプル動画が残っていた。長い脚を大きく開き、男の上にまたがり、声を上げている。スタイルが良すぎるせいか、人気はなかったらしい。過激なことをやらされるようになり、ある時突然に業界からいなくなった。もともとは、ファッション誌のモデルを目指し、青森から出てきたということだ。彼女は、もう東京にいないだろう。福々堂で働いていた間は、東京に対する未練があったのだろうけれど、身の程が分かったのだと思う。化粧でごましているだけで、美人というほどではない。こんな女とさくらが仲良くしていたのだと思うと、腹の底から怒りが湧いてきた。

女同士というのは、恋愛のことをいちいち報告し合う。高校生や大学生の頃、付き合っていた彼女ではなくて、その友達から責められたことが何度かあった。自分たちは正しいという顔で「冷たくしないであげて」とか、「乱暴なことをするのは、もうやめてあげて」とか、言ってきた。恋愛は、二人でするものだ。彼女が二人きりの時のことを友達に話したのも、その友達の態度も許せず、別れを決めた。「ごめんなさい」と、どれだけ謝られたところで、聞く気になれない。友達に、付き合っているということぐらいならば報告してもいい。僕だって、さくらとのことは住吉に話した。彼女たちはそれ以外に、キスやセックスのこと、けんかしたことまで詳しく話す。さくらも木崎さんに、僕のことを話したのだと思う。人前で裸になれるような女と何を話していたのだろう。僕の前でさくらは、恥ずかしそうにして、男のことなんて何も知らないような顔をしていた。その姿を信じている僕を、木崎さんと一緒にバカにしていたのかもしれない。

会社には行かず、マンションにこもり、さくらの周辺の人間について調べつづけた。田沢さんから電話がかかってきても無視した。紺野からかかってきても、蕪木さんからかかってきても無視していたら、人事部から手紙が届いた。度重なる無断欠勤による解雇を検討しているということだった。それにも応じないでいると、しばらく経ってから、僕が会社で使っていた私物が宅配便で送られてきた。中を確認したが、いらないものばかりだ。それどころではないので、そのまま捨てた。

池田も志鷹も和樹も、本名ではSNSをやっていないようだった。検索しても、何も出てこなかった。住吉が学生時代に入っていたサークルについて調べたら、ホームページのアーカイブに十年前の合宿の画像があった。そこには、池田と志鷹も写っていた。本名は出さずにSNSをやっている場合もある。画像の下に参加者の名前が書いてあったので、そのサークルのメンバーを検索して、彼らや彼女たちがツイッターやフェイスブックやインスタグラムで繋がっている中に、池田や志鷹と思われる人物がいないか調べつづけた。しかし、それらしき人物は、見つけられなかった。調べながら、住吉のことを思い出していた。

憎み合い、バカにし合っていても、住吉とは親友のままでいたかった。あの時、住吉が池田ではなくて、僕の味方をしてくれれば、こんなことにはならなかった。僕を止められるのは、住吉だけだ。中学校一年生で初めて会った時からそうだった。負けたくないという気持ちの奥にはいつも、住吉に対する強い憧れがあった。成績優秀で、運動ができて、友達が多くて、家族とも仲がいい。いつも明るくて、僕に優しくしてくれる住吉のようになりたかった。家に遊びにいくと、狭い部屋に家族がいつも一緒にいて、羨ましかった。住吉の弟や妹は僕と会うといつも、兄弟の一人のように接してくれた。特に妹は、「お兄ちゃんには秘密ね」と言い、色々なことを話してくれた。純粋な子供だった妹が中学生になり、高校生になり、女になってしまったのは、残念で仕方がない。他の友達にむかついても、女の子たちに腹が立っても、住吉に嫌われたくないと思えば、自分をおさえられた。

住吉だけが僕の良心だった。

池田や志鷹についてはどれだけ検索しても、大学生の頃の画像以外には、福々堂や志鷹の勤める会社のホームページくらいしか出てこなかった。使える情報はなさそうだったので、和樹に的を絞った。和樹は、大学を卒業するまで柔道をやっていたようだ。「河口和樹」で検索すると、試合の記録がいくつも出てきた。高校生の頃、長野県内で有名な選手だったらしい。通っていた高校のホームページには、試合の時の画像が残っていた。坊主頭で試合をしている和樹を応援する観客の中に、さくらを見つけた。まだ短大に通っていた頃だろう。さくらの髪は今よりも長くて、白いTシャツを着ている。笑顔で応援する姿は、幼く見えた。その画像を見ただけで、どうしようもないほどにさくらと会いたくなった。パソコンの前にずっといて、お腹がすいたらコンビニに行くぐらいだ。昼も夜も区別がつかなくなり、日付も分からなくなった。最後に松本でさくらと会ってから一ヵ月も経っていなかったと思うが、もう何年も会えていないような気がした。

福々堂のカーテンを閉めたままの暗い部屋で、画像の中のさくらを見つめつづけた。口コミサイトには、削除依頼をしたのに、ホームページも見て、さくらの画像を集めた。僕が投稿した口コミサイトには、削除依頼をしたのに、さくらの裸の画像が残ったままになっていた。対応の遅さは気になったが、残っていて良かった。木崎さんのAVよりも、ずっと興奮する。しばらくは、さくらの画像ばかり見ていた。

その合間に和樹に関する検索をつづけた。大学の柔道部で一緒だったという奴のツイッターのフォローから、和樹らしき人物を見つけた。アカウント名には、カタカナでカズキとだけ書いてあった。最初の頃は、友達と食事に行ったことや彼女と旅行に行ったことを書いていたが、すぐに飽きたようだ。友達とたまにやり取りをする程度で、一年くらい前から何も書き込んでいない。カズキなんていう名前の奴は、日本中に何千人もいるだろう。確信は持てなかったけれど、調べつづけた。フォローとフォロワーの中に、同じ会社で働いている奴が何人かいた。過去のやり取りを見る限り、カズキの同僚のようだ。そいつらのツイートを読んでいき、フェイスブックを調べ、インスタグラムも調べたら、会社のバーベキューの画像に和樹が写っていた。これにより、和樹の会社が分かった。

名刺をもらっていたので、志鷹の会社も分かっていた。しかし、他人である志鷹は、今後も必ずさくらと接触するわけではない。さくらと志鷹がどれだけの仲か知らないが、友人になったのは僕とさくらが最初に別れたのより後だと思う。さくらのスマホから男の連絡先を削除した時、志鷹なんて名前はなかった。二人は友人になって日が浅く、しばらく会わないかもしれない。二度と会わない可能性もある。また、SNSから行動を追うくらいならばいいけれど、志鷹を直接追わない方がいい。直接追ったことがばれた場合、住吉に伝わるかもしれない。住吉に止めてもらいたい気持ちがある半面、会いたくないとも思っていた。

弟である和樹は、いつか必ずさくらと会う。家族である以上、一生会わないなんてことはない。僕だって、二度と会いたくないと思っていた祖父母と正月に会った。和樹を追えば、さくらの居場所が分かる。

久しぶりに外へ出て、和樹の会社の前へ行った。

会社は都心部にあり、高層ビルの中に入っている。ビル全体が和樹の勤める会社というわけではなくて、そのうちの三フロアを借りている。早朝から夜遅くまで、多くの人がビルに出入りする。エントランスも複数あり、なかなか和樹を見つけられなかった。見つけるまでに十日近くかかった。

毎日、会社に見張りに行ったわけではなくて、松本のさくらの実家も見にいった。家の前にずっとはいられないので、近くを歩きまわった。さくらが通ったと思われる小学校や中学校にも行った。中学校の校庭はとても広くて、野球部とサッカー部が練習しても、まだ余っていた。下校する女の子たちの中に、さくらと似た雰囲気の子がいて、じっと見てしまった。中学校の同級生として、さくらと出会えたら、どんなに楽しかっただろう。僕たちは自然と惹《ひ》かれ合い、付き合うようになり、二人で登下校して、クラスで公認の仲になる。いつも一緒にいて、同じ高校に行こうと約束する。けんかせずに付き合いつづけ、思春期の悩みの全てを分かち合いながら大人になり、結婚する。さくらは他の男を見ないで、僕の言うことをなんでも聞く。僕だけのさくらでいてくれる。それがさくらにとっても、一番幸せな人生だ。

実家を見張っていても、さくらはいないようだった。出入りしたのは、両親と猫だけだ。家の中にいるかもしれないと思ったが、それならば会えただろう。年末に松本に行った時も、僕がさくらの実家の前に着いたのと同時に、さくらは帰ってきた。それより前の日曜日に、世田谷のさくらが住んでいたアパートの近くの緑道に僕がいたら、さくらが来たことがあった。約束もしていないのに、偶然が重なるようになっている。

東京に帰り、和樹の行動を見張りつづけた。和樹は、地下鉄の駅の出入口に近いエントランスを基本的に使っていた。しかし、他から出ることもあるようだ。エントランスの向かいのファミレスで見張っていても、出てこないまま一日が終わったこともあった。仕事で遅くなることも多いみたいで、深夜二時や三時になってから出てきて、タクシーで帰っていった。ファミレスを出て、タクシーで追おうとしても、追いつけなかった。僕の存在が和樹にばれてはいけない。ドラマや映画みたいに、派手にタクシーに乗りこんで「前の車を追ってください！」と言ったりはできず、コソコソとタクシーに乗ってしどろもどろになっているうちに追うべき車を見失った。会社帰りに、和樹は同僚や友人と飲みに行くこともあった。店についていくわけにいかなくて、追うのを断念した。どこに住んでいるのかがなかなか分からなかった。和樹のアパートにさくらがいるかもしれない。いないとしても、アパートが分かれば、会社の前で見張る必要がなくなる。

二週間が経った頃にアパートが分かった。珍しく定時で出てきた時に、後を追った。アパートは、僕のマンションとさくらが住んでいたアパートと同じ世田谷区内にあった。会社よりもうちから近くて、見張りに行くのは楽になったが、ここもずっと見ているわけにはいかない。住宅街の中で、周りにはコーヒーショップもファミレスもなかった。土日の朝だけ、見にいくことにした。平日は、和樹は一日中会社にいて、さくらと会うとは考えられない。和樹がいない時にアパートの部屋の電気がつくこともなかったので、そこにさくらはいないのだろう。

土日にまた行こうと決め、久しぶりにカレンダーを意識した。松本に行った回数や和樹の会社に行った回数で、何日経ったというのはなんとなく分かっていたけれど、今日が何月何日で何曜日というのは考えなくなっていた。三月の半ばで、松本でさくらと最後に会ってから二ヵ月が経っていた。

土曜日の朝、和樹のアパートまで行った。アパートの前にずっといると、不審者とか言われそうなので、周りを歩きつづけた。僕は二度、和樹と会っている。さくらと緑道で偶然会った時に和樹が来た。松本の実家の前でさくらと会った時は、さくらの横に和樹がいた。向こうも、僕の顔を憶えているだろう。角を曲がる時には気をつけて、鉢合わせにならないようにした。しばらく歩いていたら、アパートから出てきた和樹の後ろ姿が見えた。和樹は駅に向かい、電車に乗り、東京駅まで行って新幹線に乗った。僕も自由席券を買って追い、デッキから様子を見た。品川から彼女や友達が乗ってきてどこかへ行くのだろうかと思ったが、和樹は一人だった。静岡県に入ったところで在来線に乗り換え、海沿いの町へ向かった。改札を出たところに、さくらと父親がいた。三人は、駅前の不動産屋に入っていった。追いかけるのは、そこまでにしておき、僕は東京へ帰った。

久しぶりにさくらと会えて、元気そうな顔を見られたことで、安心した。僕も、元気になれた。減退していた食欲も睡眠欲も、戻ってきた。顔を見たら、許せない気持ちになるかと思っていたが、この時は居場所が分かったという安心感の方が強かった。

不動産屋に行くということは、さくらの部屋はまだ決まっていないのだから、また別の日に会いにいけばいい。引っ越すのは和樹や父親ということではないだろう。和樹の勤める会社については、調べてあった。静岡県内に支社もなければ、関連会社もない。転勤で、和樹が静岡に行くという可能性は極めて低い。転職でもないと思う。都心部に本社のあるまあまあの会社で、朝から夜遅くまで仕事をしているのに、辞めて静岡へ行くとは考えられない。さくらの父親の勤め先は知らないが、父親が静岡に転勤するというこどでもないと思う。もし父親の転勤で家を探しているのであれば、和樹やさくらよりも母親が同行する。父親と和樹とさくらという組み合わせで、部屋を探しているのだから、静岡に住むのはさくらだ。その町に住むのは確かなので、急いで追わなくていいと思えた。

他の町ならば、もう少し離れたところに住むのかもしれないとも考えられる。でも、そこは、特別な場所だった。僕が子供の頃に父と母と行った海の近くだ。山もあり、川沿いには桜並木がある。さくらの部屋に行った時に、夏休みに一緒に行こうと話したことがあった。どこと具体的に場所を伝えるよりも前に、さくらから〈別れたい〉とLINEが送られてきた。だから、さくらはあの時に話した場所だと知らないはずだ。それなのに、住む場所として選ぶなんて、運命としか思えない。どこへ行っても、僕とさくらは出会うように、神様に義務づけられている。

マンションに帰り、久しぶりに掃除をして、長くなった髪を切りに美容院へ行き、駅の反対側にあるカジュアルフレンチの店で食事をした。初めてさくらと二人で会い、僕が告白した店だ。シャンパンを飲み、告白した時のことを思い出した。その時と同じメニューを食べて帰り、ネットで集めてパソコンに保存したさくらの画像を見てから、眠った。眠りは深くて、起きた時には朝になっていた。

会社から私物が送られてきた後も、田沢さんや紺野や蕪木さんから何度か電話がかかってきた。人事部から退社のための手続きをするようにという通達も届いたが、無視しつづけた。クビになっているのは、確かだろう。それでいいと思えた。ずっと辞めたいと思っていた会社だし、僕も静岡へ行く。静岡で、さくらともう一度出会い、やり直す。

掃除をしてキレイになった部屋で、すがすがしさを覚えた。

正月にメールを送って以来、母からは連絡がなかった。もともと母から連絡してきたことなんて、ほんの数回しかない。僕が会いにいき、僕からメールを送り、僕から電話をかけていた。このまま僕が連絡しなければ、母からは何も言ってこない。黙って、静岡へ行くことを決めた。さくらと愛し合って生きていく僕にとって、母の愛情は不要なものになった。

引っ越して、スマホを解約すれば、過去の僕は消える。田沢さんも紺野も蕪木さんも人事部の人も誰も、僕に連絡をとれなくなる。さくらを見つけるために和樹を追うと決めた時は、家族の縁はなかなか切れないと考えたが、それだけのことで母とも会わなくなるだろう。連絡先が分からなくなったら困ると思える相手は、住吉だけだった。住吉からの連絡を一月の半ばから二ヵ月間、待っていた。でも、メールもLINEも送られてこなくて、電話もかかってこなかった。

自分の部屋を探したかったし、さくらがどうしているのかも知りたかったので、僕は静岡に向かった。駅前の不動産屋を見て、海の方まで歩き、商店街や住宅街を見て回った。僕が子供の頃に父と母と来た時より、お店も家も増えていた。海の近くには新しいリゾートホテルもできていた。初めて来た町のように見えたが、川沿いの桜並木は変わっていない。蕾《つぼみ》が膨らみ、もうすぐ花が咲くところだ。さくらは、名前の通りに桜が好きで、世田谷で住んでいたアパートの前も桜並木だった。この町はさくらに合うと思いながら駅につづく道を歩いていたら、マッサージ屋から見たことのある男が出てきた。池田だった。

空は暗くなりはじめていて、向こうは僕に気がつかなかった。スマホで話しながら、池田は駅の方へ歩いていく。会話の全ては聞こえず、河口先生、引っ越し、アパートという単語だけが聞こえてきた。電話の相手は、さくらだ。池田とさくらは、二人でこの町に引っ越してくる。

許せないという気持ちが一気に強くなった。

どれだけ怒りが湧いても、さくらを信じようとした。池田ではなくて、僕を選んでくれると思っていた。それなのに、池田を選んだ。他の男にとられたくないとか、僕を選んでほしいとか、そういうことで怒っているわけではない。間違いを繰り返すさくらが許せなかった。さくらを幸せにできるのは、僕だけだ。そのことがどうして分からないのだろう。

そう考えていると、僕の人生を駄目にしたのは、さくらなのではないかという気がしてきた。さくらと出会う前は、母との関係もうまくいっていたし、住吉とも親友として楽しく付き合っていたし、会社でもクビになるほどの問題を起こしたことはなかった。さくらと出会わなければ、僕の人生は順調だった。しかし、さくらと出会わない人生は考えられない。やはり、僕とさくらの仲を邪魔する池田が悪いと考えるべきだ。

それから僕は、池田を追い、和樹を追い、さくらを追い、東京と松本と静岡を行ったり来たりしつづけた。さくらがどこに住むのかさえ分かればいいが、さくらだけを追うのは危ないという感じがした。東京で和樹の勤める会社を見張っていた時は、大勢の中に紛れられた。松本や静岡では、そうはいかない。分散させて追うことで、相手に気がつかれないようにした。さくらと二人で話して、僕も静岡に引っ越してくると伝えられれば、それで済む。けれど、いつも誰かが一緒にいて、さくらが一人になることはなかった。

三人の行動から、池田とさくらが同じアパートの隣同士に住むことが分かった。

二人の住むアパートを、さくらと父親と和樹と不動産屋が見にきた時も、さくらの両親と池田が見にきた時も、僕は一階の廊下の隅にいた。二階の廊下で話している声は、全てがはっきりと聞こえた。階段を下りてくる足音が聞こえたら、柵《さく》を乗り越えてアパートの敷地から離れ、顔を合わせないようにした。

三月の終わり、桜が咲きはじめた頃、さくらが引っ越してきた。

アパートの前に立ち、二人がいつ引っ越してくるのか待っていたら、さくらと和樹の乗ったトラックが来た。僕はすぐにその場を去った。一時間くらい経ってから戻ると、トラックはなくなっていた。さくらと和樹も部屋にいないようだ。確かめるために、僕はアパートの隣に建つ家の塀を上り、塀からはみ出している木の枝に足をかけ、さくらが引っ越してきた部屋の隣のベランダに下りた。平日の昼間だったため、住宅街を歩く人は少なくて、誰にも見られなかった。そこは、池田の部屋で、まだ引っ越してきていなかった。ベランダには仕切りの壁があったが、身を乗り出せば、隣が見える。さくらの部屋はカーテンが閉まっていて、中は見えなかったけれど、人がいる気配はしなかった。荷ほどきは後にして、どこかへ行ったのだろう。そのままベランダにしゃがみこみ、さくらの帰りを待ちつづけた。

どうにかしていいように考えたくても、悪いことばかり考えてしまう。何日も経たないうちに、池田も引っ越してくる。そしたら、さくらの気持ちは、池田のコントロールから抜けられなくなる。僕は、どうしたらいいのだろう。さくらのために止めなくてはいけない。池田なんかと一緒にいても、さくらは幸せになれない。疲れがたまっていたせいか、考えているうちに眠ってしまった。

目が覚めたら、夜になっていた。

隣をのぞきこむと、さくらと和樹が帰ってきていた。窓とカーテンを開けて、荷ほどきをしている。そして、和樹だけが部屋を出ていき、さくらは窓とカーテンを閉めた。

さくらと二人だけで話すには、最後のチャンスだ。和樹は軽装だから、すぐに戻ってくるだろう。玄関に回っている時間はない。アパートの前を和樹が通り過ぎたのを確認して、ベランダの柵に上り、落ちないようにしながら、さくらの部屋のベランダに入った。

エアコンの室外機の下に、握り拳より一回り小さいくらいの石があった。室外機の下の隙間を調整するために置いてあったようだ。それを投げ、ガラスを割った。割れた隙間から手を入れて、鍵を開け、窓を開けた。

さくらは電話で誰かと話していたのだが、僕に気がつき、振り返った。

その瞬間に、殺そうと決めた。

ずっと前から、「死にたい」と考えていた。

死ぬ前に、僕をこれだけ傷つけたさくらのことも殺したかった。

そうしなければ、許せないという気持ちは、おさまらない。

マッサージ屋の口コミサイトにさくらの裸の画像を載せた時のようにカッとして、そう考えたわけではない。頭の中は、澄み切っていると感じられるくらい冷静だった。心も、落ち着いていた。どれだけ考えても、それ以上の結論はないと思えた。視界がクリアになり、周りがよく見えた。

狭い部屋の向こうに小さな台所があった。そこに置かれた段ボール箱が開いていて、布に包まれた細長いものが入っていた。包丁じゃないかと思って開くと、思った通りだった。

電話を切って立ち上がり、さくらは玄関から逃げようとした。その腕を掴み、首を切った。血が一気に溢れ出て、さくらは意識を失った。しかし、まだ生きているかもしれないと思い、心臓の辺りを何度も刺した。動かなくなったさくらの手をはなし、僕も死のうと思ったところで、和樹が帰ってきた。

救急車が到着した時、さくらは手遅れだったらしい。

搬送先の病院では、死亡確認をしただけだ。

ここは狭くて、薄暗くて、何もない。

窓があるけれど開けられないし、磨《す》りガラスになっているから、外の天気はよく分からない。

食事は、まずい。

耐えがたい生活だが、安らぎのようなものを感じることもある。

誰かの目を気にしたり、誰かと比べたりしなくていい。

面会に来た祖父母も、母も、住吉も泣いていた。田沢さんだけが、嬉しそうに笑っていた。笑っても、ブスはブスだ。「嫌なら、殺せばいいんですよ」と言ったのは、田沢さんだったことを思い出した。祖父母は体調を崩したみたいで、二回来ただけで来なくなった。母は一回来て「弁護士さんにお願いするから、大丈夫よ」と、泣きながら言ったきりだ。泣くことが母親としての義務だったのだろう。母の愛人の紹介で、僕と同い年という弁護士の男が来たが、話す気になれなかった。彼の話によると、事件のことは「ストーカー殺人」と言われ、ニュースになっているということだった。池田がさくらの婚約者として、法改正の必要性を訴え、僕に死刑を求めているらしい。

僕が初めて福々堂に行った時、池田が担当だった。一目見て、笑顔の気持ち悪い奴だと感じた。いつも笑っていて優しいなんて言われている奴は、何を考えているのか分からない。心の中では、誰よりも残酷なことを考えていたりする。そういうタイプの笑顔に思えた。死刑を求めるということは、池田は僕の死を願っているということだ。誰かの死を平気で願えるような奴なんだ。一人殺したぐらいでは、余程の理由がなければ、死刑になんてならない。死刑になってもいいけれど、池田の望みは聞きたくない。

そして、さくらの婚約者は池田ではなくて、僕だ。

さくらよりも池田を殺すべきだった。

つまらない話をしただけで、弁護士もすぐに来なくなった。

住吉だけが何度も来てくれる。さくらを今も愛しているし、死にたいと今もまだ考えていると話すと、住吉は必ず泣く。その涙に、救われた気がした。

もっと早くに僕に会いにきて、泣いてくれたら良かったんだ。

そしたら、さくらを殺さないで済んだ。

でも、さくらを殺したことは、後悔していない。

いつだって、僕は正しい。


夜になり、電気が消されて、眠ろうとすると、これまでの人生のことを思い出す。

幼稚園に入るよりも前のことは、ほとんど憶えていない。

思い出そうとすると、僕を監視する両親や祖父母の睨むような目だけが浮かんでくる。

家から少し遠くにある幼稚園に通園バスで通っていた。白いシャツに紺の半ズボンの制服で、冬は紺のブレザーを着る。そこは幼児教育に力を入れていて、外に出て遊ぶことよりも、教室で算数や国語の勉強をすることが優先された。英語の授業もあった。小学校に上がるよりも前に、一年生で教わる程度のことはできるようにならなくてはいけない。頭のいい子は、掛け算までできた。僕は、落ちこぼれだった。いつまで経っても、平仮名を全て書けるようにならず、足し算や引き算もできず、外国人の先生の前では黙ってしまう。同じクラスの子たちが園庭に出て遊んでいる間も、僕は一人で教室に残った。みんなが楽しそうにしているのを遠くから見ていた。運動や音楽も苦手だったし、同じクラスの子とは仲良くなれなかったから、遊ぶことが優先された幼稚園に通っていたら、もっと浮いていただろう。

幼稚園に入るよりも前、僕には友達がいなかった。仕事をしていた母は、公園に連れていってくれなかった。祖母も、近所の人と交流したりなんてしなかった。家で何をしていたのか思い出せないが、外にはほとんど出なかったはずだ。幼稚園に通うようになり、初めて同い年の子と会うようになった。だが、入園した時に母親のグループは既にできあがっていて、それに合わせた子供のグループもできあがっていた。友達の作り方なんて、誰からも教わっていない。どうしたらグループに入れてもらえるのか分からず、落ちこぼれの僕は、卒園するまで一人ぼっちだった。

年中組の秋から、僕は祖母に連れられて小学校受験の教室に通っていた。しかし、私立の小学校には、受からなかった。大学までエスカレーター式に進める名門に入ることを、祖母も母も期待していた。その期待を、僕は裏切った。

この受験の失敗により、祖母も母も「お父さんのようになりなさい」と、しつこく言うようになる。名門私立に入れなかったのだから、国立大学に入らなければ、逆転できない。父は、何も関心がなさそうだった。そもそも、父は僕に関心がなかったのだろう。幼稚園の運動会にも、小学校の授業参観や学芸会にも、一回も来なかった。お父さんとキャンプに行くという同級生が羨ましくて、その気持ちを表に出さないために、忙しく働く父を誰よりも尊敬している自分を作り上げた。

小学校に入っても、勉強が苦手なのは変わらなかった。幼稚園の頃から小学校受験の教室の他に、ピアノ教室やバイオリン教室やスイミングスクールに通っていた。でも、どれも得意とは思えなかったし、いつまで経っても上達しなかった。努力して、努力して、やっと人並みにできた。友達を作るのは、いつまで経っても苦手だった。

高級住宅街の中にあっても、公立の小学校には色々な生徒が通ってきていた。駅の辺りにある商店の子たちは、金持ちの子というわけではない。僕たちの学年で一番身体が大きくて威張っていたのは、駅前にある電気屋の息子だった。電気屋には最新のゲームが発売日よりも前に届くみたいで、そのことを偉そうに話していた。だが、それしか自慢できることがないような、潰れる寸前という感じの店だ。実際に、僕たちが小学校を卒業した年に潰れて、家族で引っ越していった。僕は五年生になるまで、クラスの男子の中で一番小さかった。おとなしく目立たないようにしていたのに、彼に目をつけられた。何もしていないのに汚いとか臭いとか言われ、ドッジボールではわざと顔面にぶつけられ、体育や学級会でグループを作る時には仲間外れにされた。五年生になって、僕の身長が伸びると、下も成長しているんじゃないかと言われて、トイレでズボンとパンツを脱がされた。同級生たちに身体を押さえつけられながら、大人になるというのは恥ずかしくてみっともないことなのだと考えていた。卒業と同時に彼が引っ越すなんてその時は知らなかったから、絶対に私立の中学校に入って父のようになるという気持ちを強くした。

いじめられていることを家族には言えなかった。父に「学校は、どうだ?」と聞かれた時には、「友達はたくさんいるし、勉強も楽しい」と、嘘をついた。褒められたくて父に嘘をつくようになったのは、この頃からだ。

「死にたい」と初めて考えたのも、この頃だ。

小学校四年生になる前の春休みから、僕は二駅先にある中学受験のための塾に通っていた。うまくなると思えない習い事は全てやめて、受験勉強に集中した。週四日、学校が終わるとすぐに塾へ行き、遅くまで勉強する。中学受験の塾は、成績順でクラスが分かれていた。一番下のクラスは、遊びにきているようなバカばかりだ。電気屋の息子に似たような雰囲気のデブが、クラスを仕切っていた。学校とは違い、成績さえ良ければ、そこから抜け出せる。四年生の最初は一番下のクラスだったが、徐々に成績を上げていった。祖母や母に何か言われるだけでは、結果を出せるほどの努力はできなかった。あいつと一緒にいたくないとか負けたくないとか考えると、自分でも信じられないほどの努力ができた。五年生の夏に一番上のクラスになり、それからは一番上をキープした。その塾では、毎週席替えがあった。日曜日にテストを受けて、翌日の月曜日には成績順で一位から順番に座る。一位が一番前の真ん中の席だ。座席表に点数まで書かれるので、一点二点を争いがみ合いのようなことはあったけれど、小学校の同級生たちみたいな乱暴さはない。勉強するために通っているのであり、上位クラスでは他人に構っているような時間もなかった。目立ってしまったとしても、いじめられる心配はない。上位に入って前の方に座れると、優越感を覚えた。

祖母と母が望んだ私立の男子校に合格した。そこは、父の母校でもある超難関と言われる進学校だ。喜んでもらえるかと思ったが、父は「そうか」と言っただけだった。この時、父に認められたいという気持ちを初めて意識した。父と同じ大学に入って、同じように政治部の新聞記者になることが僕にとっても本気の目標になった。それ以外に、父に僕を見てもらう方法が思いつかなかった。

僕は、みんなよりも成長期が少し早かったので、小学校を卒業する時にはクラスの平均身長よりも少し高いくらいになっていた。それでも、いじめに対する警戒心はあった。友達とうまく付き合えない性格は、幼稚園の頃から変わっていない。小学校でも、塾でも、友達はできなかった。祖母に許された範囲でしかテレビを見られず、テレビゲームも禁止されていたので、みんなの話していることの意味が分からなかった。それ以前の問題として、みんなが話すリズムに乗れなかった。どこで話に入ればいいのか迷っているうちに話題が変わってしまい、ずっと黙っていることになる。スイミングスクールに通ったおかげで、運動ができないというほどではなくなったけれど、サッカーやバスケットボールのようなチームプレイは苦手なままだ。

中高一貫で六年間通うので、いじめられないようにしようと思いながら、入学式へ行った。教室には、僕と似た感じの男子が揃っていた。緊張もあったのか、全員が怯えているように見えた。うちの辺りは、中学受験をする人が多くいて特別なことではなかったけれど、どこでも同じなわけではないのだろう。地元の公立には行けない理由を抱えた生徒が何人かいた。いじめられることはなさそうだと安心したところで話しかけてきたのが、住吉だった。住吉は、小学校の時にサッカークラブやミニバスのチームに所属していた奴が放っていたのと同じような空気をまとっていた。明るくて、見た感じだけでも運動神経の良さが分かり、自分を選ばれた人間だと思っている。いじめには加わらないが、クラスで威張っている奴らよりも自分は上の存在だと分かっている。そういう空気だ。なぜこんな奴が僕に話しかけてくるんだと思いながらも、嬉しかった。クラスの中心人物に、認められた気がした。

中学校の勉強は、とにかく難しかった。進学校なので、高校二年生の夏休みまでに、六年間分の勉強を終える。その後は、大学受験のためだけの勉強になる。授業の進む速さについていけないと、すぐに落ちこぼれになる。初めて見た時に感じた通り、住吉はなんでもできた。クラスを引っ張り、走っても一番、勉強も一番だった。そんな住吉の親友でいるため、僕は努力をつづけた。父のようになるという目標もあった。小学生の時とは違い、マイナスの感情ではなくて、プラスの感情で努力ができた。日曜日には、勉強すると言って、住吉の家に遊びにいった。住吉も、僕の家に遊びにきた。最初の頃は、嫌われるんじゃないかと不安になっていた。しかし、中学校三年生になる頃には、そんなこと考えなくていいと思えるようになった。僕と住吉は、誰もが認める親友だった。感じ方が変わったのは、高校生になってからだ。

何をしても住吉に勝てないことに、苛立ちを覚えるようになった。高校生になると、模試で大学の合否判定が出る。僕はどれだけ勉強しても、第一志望の国立は受かりそうになかった。担任の先生からも、「私立文系に絞った方がいい」と、何度も言われた。学年トップをキープして、国立に絶対合格すると言われている住吉が妬《ねた》ましかった。バスケ部の練習にも出ている住吉が僕以上に勉強しているとは思えず、持って生まれたものの差を感じた。

さくらを殺すよりも前、居酒屋で会った時に住吉は、僕の家が羨ましかったと言っていた。

僕のうちはクラスの中でも特別と思えるくらい金持ちで、父は一流の新聞記者で、母はいつもキレイにしている。でも、だからと言って、家庭環境がいいとは言えない。祖母と母がけんかばかりしていることにも、何も言わない祖父と父にも、嫌悪感があった。祖父母が全て悪いということにすれば、両親を好きでいられた。住吉の家族は、しょっちゅうけんかしていたけれど、うちみたいに陰気ではない。言い合いながらも、仲良くしていた。妹は「お兄ちゃんより松原君がいい」と言ってくれたが、内心では住吉を慕っていた。本当に家柄がいいというのは、ああいうことだと思う。住吉の家が羨ましかった。

住吉に勝てたのは、見た目の良さだけだ。僕は高校生になった時には、今と同じ身長になっていて、クラスで高い方だった。別に、住吉の身長も僕より少し低いくらいだし、見た目が悪いわけではない。男から見ればいい方と思えるが、女子から見ると普通らしい。女の子に興味はあったけれど、僕は他の男のように女子の目を意識して、髪をセットしたりしなかった。そういうことをすれば、祖母に怒られる。いつか彼女が欲しいと思うぐらいだった。

高校一年生の夏休みになる前、近くにある女子高に通う子から駅で「メールアドレスを教えてください」と言われた。突然のことに驚き、断ってしまった。後になって、その女子高で、僕がかっこいいと噂になっていると住吉から聞いた。住吉の幼なじみがその女子高にいたらしい。それから何度か同じようなことがあったが、僕は誰にもメールアドレスを教えなかった。全然知らない女の子に好かれることに気持ち悪さを感じた。けれど、女の子に人気があるという優越感はあった。中学受験の塾で成績が上位になった時以来の優越感だ。同級生がもてたくて必死になっている中で、僕だけは余裕でいられた。二年生になって住吉の紹介で知り合った女の子と付き合い、夏休み中に童貞ではなくなった。住吉が彼女を気に入っていることを知っていて、僕は付き合った。彼女のことなんて、好きでもなんでもなかった。これまでにないような大きな優越感を覚えられるだろうと思ったが、虚《むな》しさの方が強かった。僕の前で、住吉は悔しそうな顔をしなかった。童貞ではなくなったことをからかうように、「いいな」と言われただけだ。彼女が僕と別れた後で住吉を頼ったことにより、虚しさは僕の胸を覆うように広がっていった。これによって、何をしても住吉に勝てないことが決定的になった気がした。

卒業するまでに、他にも何人かと付き合ったが、虚しさは広がるばかりだった。

住吉は第一志望の国立に受かり、僕は私立には受かったけれど浪人することに決めた。浪人した友達は他にもいたが、卒業後は誰とも会わなかった。中学と高校の六年間、僕にはたくさんの友達がいた。でも、彼らは、住吉の親友である僕だから友達でいてくれただけだ。住吉がいないと、僕は彼らとどう接したらいいのか分からなくなり、話の輪に入れなくなった。

一浪した結果、僕は現役の時も合格したのと同じ私立大学に入った。

大学に行くと、サークルの勧誘ブースが並んでいた。僕が高校を卒業したのと同時に、祖父母が隠居すると言って家を出たため、帰りが遅くなっても怒られることはない。どこかのサークルに入り、普通の大学生活を送ってみようと思ったけれど、勧誘してくる人たちのノリの軽さが苦手で、どこにも入らないことにした。中学と高校でも、部活には入らなかった。住吉には一緒にバスケ部に入ろうと誘われたが、うまくなれる気がしなかったから、断った。他の部の見学に行ったけれど、どこにも馴染《なじ》めそうになかった。六年間、帰宅部で通した。

幼稚園の頃からずっと、他の人が普通にできることが僕にはできなくて、一人では友達も作れないという感覚があった。嫌われるのが怖かったし、いじめに対する怯えもあった。自分を守るために、僕はすぐに怒ってしまう。友達に対して怒る僕を、中学と高校では住吉がフォローしてくれた。住吉がいなければ、僕は誰とも友達になれない。大学では、グループで何かするということは、ほとんどなかった。無理に誰かと仲良くしなくていい。誰かと接すれば、期待して、傷つくことになる。一人でいることを選んだ。一人で授業に出て、一人で学食でごはんを食べて、一人で家に帰る。それだけの日々だ。大学には中学と高校の同級生が何人かいたので、彼らと会った時には少しだけ話した。飲み会に誘われて、喜んで行ってしまったが、女の子を呼ぶために使われただけだ。そこで知り合った人たちを友達のように感じていたけれど、僕の勘違いでしかなかった。いつも一人でいる僕は、目立っていたらしい。話してみたいと言っている女の子が何人かいて、「松原君が来るなら、飲み会に行ってもいい」という条件だったようだ。

　セックスしたいと顔に書いてあるような女の子の何人かと付き合った。大学生らしいデートなんかせず、彼女が住むアパートやホテルで、セックスばかりしていた。「どこか行きたい」と言われても、煩わしかった。向こうが僕を好きだと言うから付き合っただけで、僕が彼女のために何かする必要なんてない。女は黙って、男の言うことを聞くべきだ。けんかになると、彼女は友達に一部始終を話し、その友達が僕のところに文句を言いにきた。僕は、彼女に暴力を振るったことはない。それなのに、「乱暴なことをするのは、もうやめてあげて」と、言われたことが何度かあった。彼女が友達に、セックスの時のことを話したからだ。反論すれば、更に言い返されて、面倒くさいことになるから「分かった」とだけ答え、彼女とは別れた。大学の四年間で、何人と付き合ったのか、正確な人数は分からない。十人前後だと思う。誰の顔も名前も思い出せない。僕から好きになったことは、一度もなかった。

僕が大学に入ってから、住吉とたまに飲みに行くようになった。お互いに近況を報告し合う。住吉は、大学一年生の四月から今の奥さんと付き合っていた。会うといつも、冗談のように「松原はいいよな。オレも色んな女の子と付き合ってみたい」と、言われた。本音の部分もあったのだろうけれど、住吉は彼女以外の女とは二人で会おうともしなかった。僕はもてても、本気で好かれていたわけではない。彼女たちは、僕の見た目や大学名が好きだっただけだ。性格を知るとすぐに、文句を言い出した。一人の女の子に愛されている住吉の方が、僕よりずっと幸せそうだった。

二年生の六月に父が亡くなった。

心の支えになっていた柱が折れた気がした。性欲をまき散らす女の子を気持ち悪いと思いながら、付き合ってもいない何人かの女の子と寝た。父に褒めてもらえなかった分、僕を認めてくれる誰かが必要だった。けれど、何人と寝ても、僕だけの誰かは見つからなかった。

父のいなくなった家では、前以上に祖母と母が揉めるようになった。隠居先から東京に出てきた祖母は、この家から出ていくようにと母に言った。母の愛人である弁護士が間に入り、話がまとまるまで、一年以上かかった。僕は、母の味方をした。母を、僕だけの誰かだと思うことにした。「お父さんのようになって」と、母が僕に言ったのは、祖母への見栄でしかなかったのだろう。息子を父と同じように育てることで、見返したかったのだと思う。いつだって、母の行動には裏があることに気がついていた。でも、全ては僕への愛情だと考えることにした。他の誰に愛されなくても、父と母にだけは、愛されていたかった。僕がいい子にしていて、息子として甘えれば、母はそれに応えてくれた。

三年生になると、就職活動がはじまり、女の子とはあまり会わなくなった。一学年上の住吉は、僕の父が勤めていた新聞社から内定をもらっていた。僕も必ず、同じ新聞社に就職すると約束した。国立大学には入れなかったが、新聞社に就職して政治部の記者になれば、祖母も母も喜んでくれるはずだ。目標を絞りながらも、テスト感覚で複数社を受けた。しかし、どこも二次か三次で落ちた。就職課に相談に行くと、単位もちゃんと取っているし見た目もいいのになんでだろうねえ、と言われた。見た目は関係ないんじゃないかと思ったが、エントリーシート用の写真をプロに撮ってもらっている女子もいたから、関係なくもないのだろう。このままでは新聞社から内定をもらえないと感じ、就職マニュアルみたいな本を読みあさった。マニュアル通りにやると、最終面接まで進めるようになった。けれど、それは僕が評価されたわけではない。面接官の質問に正直に答えると、それまで通りに、二次か三次で落ちる。見た目やマニュアル通りの態度は評価されても、僕自身のままでは駄目ということだ。ただ、どちらにしても、内定はもらえなかった。正直に話しても認められず、嘘をついても認められない。何をしても、駄目なんだ。

卒業する間際まで就職活動をつづけ、出版社から内定をもらった。

新聞社は地方紙まで受けたけれど、全滅して、それが分かった時点で祖母も母も僕の就職先に興味を失ったようだ。出版社に決まったことを母に伝えると、「おめでとう」と言ってくれたが、その気持ちの中には就職浪人しなかったことに対する安堵《あんど》しかなかったのだと思う。

出版社の同期は、紺野の他に経理部の女の子しかいなかった。会社説明だけの研修が一日あり、すぐに配属先が決まった。もっと研修をするもんじゃないのかと思ったが、紺野も経理の女の子も気にしていないようだった。紺野は、昼は競艇と競輪とパチンコに行き、夜は雀荘《ジャンそう》に行き、ギャンブルに大学四年間を費やし、友達の協力でどうにか卒業したらしい。卒業間際に就職活動を始めたが、大好きな競艇雑誌を出している出版社にうまいこと滑りこんだ。こんな奴とは一緒に働きたくないと感じ、できるだけ関わらないようにしようと決めた。経理の女の子は、女子大で簿記の資格を一応とったけれど、計算は好きじゃないと話していた。寿退社したいと初日から言っていた。実際に、経理部の先輩と結婚して、二年で辞めた。

僕は、パチンコ雑誌の編集部に配属された。自分自身の人間性がどうだからとか、何かが苦手だからとか、そんな理由は全く関係なくて、馴染めなかった。パチンコ雑誌の編集部に久しぶりに入った新入社員の僕に、人権は認められない。朝から真夜中まで、こき使われた。命令され、何をしても怒られ、何もしていないのに殴られた。殴られたことを人事部に訴えると、注意を受けた先輩社員から前以上に強く殴られた。精神が崩壊して、死にたいとも考えられなくなった。たまに住吉と会うと、会社では楽しくやっているると嘘をついた。住吉がしんどそうにして「会社、きつい」とか、「子供産まれたし、オレもがんばらないと」とか話しているのは、嫌味にしか思えなかった。

二年目になり、三年目になり、僕は仕事を任されるようになった。それでも、人権は認められない。何に対しても、イエス以外の返事は許されなかった。パチンコ台のメーカーの人に飲み会に誘われて断ったのがばれると、仕事中に後ろから蹴り飛ばされた。嫌なものは嫌なので、抵抗をつづけた。取材や打ち合わせのために一人で外へ出る機会が多くなり、余裕ができたことによって、辞めたいと考えられるくらいに精神は回復した。クビになってもいいと思っていた。それでも、仕事としてやるべきことはちゃんとやった。そうしていれば、クビを言い渡された時に、会社をハラスメントで訴えられる。もう限界だと思っていた頃に、科学雑誌の編集部に異動になった。

科学雑誌の編集部は、誰も交流しようとしていなかった。命令されることもないが、話しかけられることもない。用件を伝えるための必要最低限の会話しかしなかった。同じ会社なのに、パチンコ雑誌とは全くルールが違う。与えられる仕事も、新入社員でもできるような簡単なものばかりで、それを黙々とこなせばよかった。ここには馴染めると感じたが、それは気のせいだ。馴染む以前の問題で、誰も存在していないような気がした。

仕事をしながら、自分がどうしたらこの苦しい人生から救われるのかばかり考えていた。仕事は、好きになれない。唯一の親友である住吉と会っても、息苦しい。彼女はいたけれど、好きではなかった。僕が就職した頃から、祖父母は何も言ってこなくなった。母とは仲良くしていた。しかし、愛されていないことは、分かっていた。

僕のことを信じて、愛してくれる女の子と出会いたい。

だが、自分の人生は、希望通りに進まない。

人生での成功体験は、中学受験だけだ。それ以外、希望通りだったことなんて、一つもない。中学受験の時と同じだけ努力したところで、望みが叶うことはないだろう。住吉のようになんでも希望通りにいく奴もいるのに、僕の望みは一つも叶わない。希望した通りの女の子になんて、出会えない。

何もかも諦めていた時に、さくらと出会った。

福々堂に二度目に行った時、担当してくれたのがさくらだった。

知らない女性に身体を触られたくないので、男性のマッサージ師と交替してもらおうかと思った。でも、さくらならば、大丈夫に見えた。小さく細い身体をして、笑顔で僕を見ていたさくらに、交替をお願いするのはかわいそうだという気もした。僕はこの時、さくらを二十代前半だろうと思っていた。

交替してほしいとは言わずに、マッサージを受けることにした。

さくらはマッサージをする前に、僕の全身を見て、それから熱心に話を聞いてくれた。

一度目に来た時に池田のマッサージを受けてもあまり楽にならなかったことや、肩こりが酷いことや、仕事のことをさくらに話した。いつもならば嫌に感じるようなプライベートのことまで聞かれても、気にせずに話せた。出版社に勤めていると言うと、さくらは驚いた顔をして「すごいですね！」と言ってくれた。ベッドに座る僕の足元に、さくらはしゃがんでいて、見つめ合って話した。

マッサージを受けている間も、色々と話した。「すごいですね！」と言ってもらいたくて、大手出版社に勤めていると嘘をついてしまった。すぐに後悔したが、さくらは僕の嘘を信じた。「お仕事忙しくて、大変でしょう」と、僕のことを考えてくれた。何を言っても信じるさくらに、僕は嘘をつきつづけた。担当している小説が映画化する時には芸能人とも仕事すると言ったりした。友達同士で話している時のように素直な反応をするさくらをかわいいと感じた。強く押すだけではないマッサージも心地いい。身体が楽になっていく以上に、精神的に楽になるのを感じた。

それから福々堂に通うようになり、さくらを毎回指名した。

仕事で疲れがたまっていると言い、週に二回行ったこともあった。それは嘘で、さくらと会いたかっただけだ。何をしていても、さくらのことを考えるようになった。ぼうっとしていると、さくらの笑顔が頭の中に浮かんでくる。一人で性欲を処理する時にも、さくらの笑顔が浮かんだ。こんな時に考えてはいけないと思ったところで、止められない。他の女の子なんて、目に入らなくなった。中学生にでもなったみたいに、さくらと二人でいることを何度も妄想した。辛いことも、苦しいことも、全てをさくらに話したかった。福々堂のホームページを見て、画像に写っているさくらを見るのが習慣になった。それを加工して、スマホの壁紙に設定して、いつでも見られるようにした。マッサージを受けない時にも、福々堂の前を通った。受付にさくらがいるのが見られただけで、嬉しくなった。

福々堂に行くといつも、さくらは笑顔で僕を迎えて、優しくしてくれた。どんな時でも、僕を気遣ってくれるさくらに恋をした。

初めて、自分から好きになった。

でも、その気持ちをどう伝えたらいいのか分からなかった。告白したことなんてない。福々堂で何度も会い、気持ちが通じ合っているのは感じた。このまま自然な流れで、付き合うようになるんじゃないかと思った。けれど、男である僕から気持ちをはっきり伝えるべきだ。いつ、どのタイミングで言えばいいのか考えつづけた。四月に、マッサージを受けながら話した時に、誕生日だということをさくら本人から聞いた。話の流れで、年齢も聞いた。すごく年下だろうと思っていたのに、僕の三歳下だった。結婚相手として、バランスがいい。躊躇う必要はない！　と思い、プレゼントをあげることにした。住吉の子供たちの出産や誕生日祝い以外で、誰かにプレゼントをあげたことなんてない。何がいいのかは、母に聞いた。おとなしくて真面目で優しいさくらを紹介すれば、今度こそ本当に母に喜んでもらえると思えた。翌日、プリザーブドフラワーに連絡先を書いたカードを入れて福々堂に行き、さくらに渡した。それが精一杯だった。さくらからお礼のメールが送られてきて、LINEでやり取りするようになり、二人で食事に行った。

さくらは少し派手にも思えたけれど、ピンク色のかわいいワンピースを着て、レストランに来た。いつもと違う姿を見て、緊張してしまった。しかし、緊張している場合ではない。告白すると、決めていた。食事を頼み、シャンパンが来たところで、僕の気持ちを伝えた。「河口先生のことが好きです」と、はっきり言った。福々堂のホームページで名前を知っていたから、心の中では「さくら」と呼んでいたが、本人の前では「河口先生」と呼んでいた。さくらは、うなずいてくれた。同時に、本人の前でも「さくら」と呼べるようになった。

僕の望みが叶った。

これからは、全てがうまくいく。

食事の間中、さくらは照れた顔で笑っていた。

さくらだけが僕の光だ。

僕は一人で、暗闇の中にいる。

でも、目をつぶれば、さくらの笑顔が浮かんでくる。

夜空で輝く月のように、そこにだけ光がある。

二度と消えることはない。

解説

小早川明子

　不思議な題名だと思った。月とストーカーを並べて考えていたら、満月と「狼男」が浮かんできた。しかし、小説のストーカーは白くて細い月の夜に、「後ろには、夜空が広がっている。月が輝き、桜の花が舞う」最後の姿を現した。キラリと光る細い月がストーカーの危うさを際立たせる。

「狼男」と言えば、フロイトの最も有名な症例となったセルゲイ・パンケイエフの名前を思い出す。ニックネームは本人が語った狼の夢にちなんで「狼男」。フロイトと「狼男」は5年という長きにわたる治療の後、フロイトの死まで関係を続けた。二人は「転移」（患者から治療者への性的幻想の投影）と「逆転移」（治療者から患者への性的幻想の投影）の関係だったと言われている。

　小説の二人の主人公の出会いはマッサージ店。客の松原《まつばら》君をマッサージ師のさくらが担当した。マッサージ店での出会いを偶然と言えばそれまでだが、ストーキングの相談に乗ってきた経験から言うと、マッサージ師と客という関係のストーキングは典型的とまでは言えなくても少なくはないのだ。歯医者と患者の間のストーキングもたくさん見てきた。命に係わるほど重くない、健康とさえ言ってよい身体を俎板《まないた》の上の鯉のように横たえる側、否応なく密着してくる側、その非日常的なシチュエーションで、どちらかの、あるいは双方の「欲動」（性＝生エネルギー）が蠢《うごめ》くとき、対象に対する強い「接近欲求」が生じ、理性を凌駕《りょうが》すれば対象への関心が「固着」する。「接近欲求」が成就すれば恋愛だが、拒否されるという「摩擦」が生じればさらに欲求が高まりストーカーとなる。

フロイトの創始した精神分析療法においても、患者は長椅子に横たわり、頭部の後ろに治療者が座る。心的不調の原因は無意識に押し込められた葛藤《かっとう》の記憶だとする。治療者が語り掛け、患者の連想に同行し、それを突き止め、意識化し、言語化する。葛藤の記憶は自我に支配され、心的不調の諸症状は解消するという手順だ。

最終章の松原君の告白から見えるものは、月の光の中のように冷えた家庭で育ち、虚勢を張り、嫌いな自分を隠しながら生きてきた光景だ。私がセラピーをするストーカーの多くも、両親から得られるはずだった無条件の愛の不在について語る。彼らと松原君の間に差はない。彼らのインナーチャイルド（内なる子供時代の人格）は叫んでいる。愛してほしいと泣いている。安心できる誰かを求めている。探し求めてきたものは太陽の日差しのような温もりだ。

そこに差し伸べられたさくらの温かな手、声、醸し出す雰囲気、それらは毒のようにあっという間に松原君の全身に回っただろう。人情豊かな家族に囲まれて育ったさくらには、純朴さ、素直さ、控えめさという特筆すべき古風な価値がある。過去、自分に積極的に近づいてきた女性たちには感情を動かすことなく足蹴《あしげ》にしてきた松原君が、さくらには激しく動揺し、時間も金も労力も惜しまない。アディクション（熱中、嗜癖《しへき》、耽溺《たんでき》）が始まる。

小説は二人の主人公がそれぞれ一人称で語るという構成になっていて、ストーカーと被害者の意識の落差を、ここまで書くかというくらいに詳《つまび》らかにし、進行する。夢見心地で始めた交際はあっという間に事故現場のような有様になる。予想もしていなかった支配者として君臨する松原君に驚くさくら。苦悩し、「別れたい」と一言だけのラインをしたが、素直すぎた。ストーカーが飛び立つ滑走路を造ってしまった。

ストーカーが羊の皮を脱いで狼の本性を現すのは、だいたい交際して2、3か月から半年くらいだ。何かおかしい、常識が通じないという感覚に襲われたら別れる決断は早ければ早いほど良い。ただしストーキングされないように、されても対応できるように、別れ方は計画的に行わないといけない。さくらができなかったことをしないといけない。金銭などの貸し借りの清算（さくらが貰《もら》った指輪とプリザーブドフラワーのように特別なものは別れを告げたのちに他者を通じて丁寧に返す方が良い)、お互いの持ち物を戻しあう作業(服は丁寧にクリーニングして郵送でもよい)、鍵《かぎ》を渡していたなら錠前を変えてしまう、これらは別れを切り出す前に少しずつ進めていく。そして、いざという時の居場所の確保(目星をつけておく)、相手が電話をしてきたり押しかけて来る可能性のある場所(職場、学校、実家など)への相談もしておかねばならない。

準備が整えば、一度は喫茶店など公衆の場所で会って、「別れます」と伝えることだ。暴力的な相手なら決して会わず、メッセージだけ送る。相手の問題点をいろいろと指摘してはいけない。「治すから別れないで」と言われるのが落ちだ。

ストーカーは、交際中は相手が離れないように自由を奪い、正当なことをしていると考える。相手が去れば「戻ってさえくれれば全てがうまくいく、それが相手のためなのだ」と考える。強すぎる欲求を、無意識的に正当化するため思考が歪《ゆが》むのだ。ながなが話しても決して考えは変わらない。最後に一度会いたいと言われても、会ったら最後にはならない。だから、話は15分で切り上げる。

別れを告げた日は(できれば数週間は)自宅に戻らないようにする。少なくとも自宅付近で一人歩きはしない。ラインやメールは閉じず、相手の受け止め方、感情の悪化の程度を把握できるようにする。メッセージがきて何を言われても「私の考えは変わりません。別れます。連絡しないでください」を繰り返す。それでもメッセージが続き、職場などに連絡してきたら、法律家に代理人となってもらい「直接の接触はお断りします」との内容証明郵便を出してもらう。あるいは警察からストーカー規制法の警告を発出してもらう。ここまで来たらラインなどはブロックし、引っ越しするのに越したことはない。

しかし、これでストーキングが止まっても安心してはならない。ストーカーに「風化」はない。ストーカーが姿を消した時こそ危険だと思うべきだ。カウンセリングや治療を受けない限り、ストーカーが欲求を手放したり、欲求を低減させたりするのは至難の業なのだ。どこかで見張っている、狙っていると想定して、行動しないといけない。

小説は終末に向かい、松原君はさくらを追い詰め、自らも追い詰められていく。ストーカーの息はたいてい浅い。姿を隠し、息を潜めながら必死に標的に接近するからか。執念を燃やしてさくらの居場所を探し出した松原君は、さくらとの出会いを「運命としか思えない」と確信したが、さくらがすでに自分の手から逃れ、別の運命に身をゆだねていると知ったとたん、「許せない」気持ちへと一気に転じる。最初からさくらの気持ちが離れていることは分かっていた、分かっていながら受け入れることを拒み、作り上げてきた「妄想」が崩れたのだ。

さくらは守ってくれる人たちと行動を共にし、迫ってくるストーカーの気配に気づかず少しの安堵《あんど》を得ていた。その間隙《かんげき》をつかれる場面は、さくらの鼓動が聞こえてくるような迫真の描写で、体が震えた。作者自身も心臓を震わせながら書いたに違いない。

私は以前、ある人間から「カウンセラーはメンタル慰安婦だ」と言われたことがある。違和感があり反論したかったが、違和感の理由がわからずできなかった。それがこの小説を読んで少し理解できたように思えた。慰安婦という言葉には「誘惑者」というニュアンスがこめられていたのではないか。彼は私に対して無意識的に慰安を求める人間だった。そして私から慰安を提供されると、今度は下位に置かれるという警戒心から誘惑されたととらえたのではないか。松原君がさくらに魅了されたのも、さくらに拒絶され傷ついたのも、さくらの責任ではない。松原君自身が勝手に魅了され、勝手に傷ついたのだ。その傷を治したいならカウンセリングが助けになる。

人は他者に何かを求める存在だ。求めない人はいない。だからこそ、自分が求めているということに責任を負うべきだ。そのためには、「私は寂しい（苦しい、お金がない、罪を犯した、仕事をなくした、等々）、だからこうしてほしい、しかし、そうしてくれなくてもあなたの自由だ、私はあきらめる。でも、もし私の希望を受け入れてくれたら感謝でいっぱいだ」と、言葉で言える強さが欲しい（そう思えなくても言葉にすればそのように感じられてくる）。ここには爽《さわ》やかさがある。カウンセリングを受けながら「カウンセラーはメンタル慰安婦だ」とは言えなくなるだろう。

松原君は最後に友達についての思いを述べている。「住吉《すみよし》は必ず泣く。その涙に、救われた気がした。もっと早くに僕に会いにきて、泣いてくれたら良かったんだ」と。松原君は、自分が本当は温かいものを求めていたということを理解しなかった。わからなくても、誰かが温かさの中に招き入れてくれたら、彼はカウンセリングや治療に助けを求めることもでき、事件を起こさなかっただろう。

この小説はストーカーについて書かれているが、二人の主人公を取り巻く人物たちの個性や熱量の差といった視点でも興味がつきない。ストーカーと縁を持たないための、またストーカーにならないためのテキストとして多くの人に読み込んでほしいと思うとともに、登場人物の誰に共感できるかできないかを感じることで、自分がどう生きたいのか、他者に求めるものはどういうものかを考える楽しみを味わってもらいたいと思う。

本書は、二〇一七年九月に新潮社より刊行された単行本を加筆修正のうえ、文庫化したものです。

本作はフィクションです。本作における法律等は二〇一七年の執筆当時のものに依拠しています。

消《き》えない月《つき》

畑野智美《はたのともみ》

令和3年 2月25日 初版発行
令和5年 11月10日 14版発行

発行者●山下直久

発行●株式会社KADOKAWA
〒102-8177 東京都千代田区富士見2-13-3
電話 0570-002-301（ナビダイヤル）

角川文庫 22544

印刷所●株式会社KADOKAWA
製本所●株式会社KADOKAWA

表紙画●和田三造

●お問い合わせ
https://www.kadokawa.co.jp/（「お問い合わせ」へお進みください）
※内容によっては、お答えできない場合があります。
※サポートは日本国内のみとさせていただきます。
※Japanese text only

ISBN 978-4-04-110973-1 C0193

◆◇◇

角川文庫発刊に際して

角川源義

第二次世界大戦の敗北は、軍事力の敗北であった以上に、私たちの若い文化力の敗退であった。私たちの文化が戦争に対して如何に無力であり、単なるあだ花に過ぎなかったかを、私たちは身を以て体験し痛感した。西洋近代文化の摂取にとって、明治以後八十年の歳月は決して短かすぎたとは言えない。にもかかわらず、近代文化の伝統を確立し、自由な批判と柔軟な良識に富む文化層として自らを形成することに私たちは失敗して来た。そしてこれは、各層への文化の普及滲透を任務とする出版人の責任でもあった。

一九四五年以来、私たちは再び振出しに戻り、第一歩から踏み出すことを余儀なくされた。これは大きな不幸ではあるが、反面、これまでの混沌・未熟・歪曲の中にあった我が国の文化に秩序と確たる基礎を齎らすためには絶好の機会でもある。角川書店は、このような祖国の文化的危機にあたり、微力をも顧みず再建の礎石たるべき抱負と決意とをもって出発したが、ここに創立以来の念願を果すべく角川文庫を発刊する。これまで刊行されたあらゆる全集叢書文庫類の長所と短所とを検討し、古今東西の不朽の典籍を、良心的編集のもとに、廉価に、そして書架にふさわしい美本として、多くのひとびとに提供しようとする。しかし私たちは徒らに百科全書的な知識のジレッタントを作ることを目的とせず、あくまで祖国の文化に秩序と再建への道を示し、この文庫を角川書店の栄ある事業として、今後永久に継続発展せしめ、学芸と教養との殿堂として大成せんことを期したい。多くの読書子の愛情ある忠言と支持とによって、この希望と抱負とを完遂せしめられんことを願う。

一九四九年五月三日